서른 살의 강

우리 시대 작가 9인의 서른 살 테마 소설

서른살의 강

은희경
김소진
전경린
성석제
양순석
이병천
차현숙
박상우
윤 효

문학동네

차 례

연미와 유미

은희경

1959년 전북 고창에서 태어나 숙명여대 국문과와 연세대 대학원 국문과를 졸업했다. 1995년 동아일보 신춘문예에 중편 「이중주」가 당선되어 등단했으며, 같은 해 첫 장편소설 『새의 선물』로 제1회 문학동네소설상을 수상했다. 소설집 『타인에게 말걸기』 『행복한 사람은 시계를 보지 않는다』 『상속』 『아름다움이 나를 멸시한다』 『다른 모든 눈송이와 아주 비슷하게 생긴 단 하나의 눈송이』 『중국식 룰렛』 『장미의 이름은 장미』, 장편소설 『그것은 꿈이었을까』 『마지막 춤은 나와 함께』 『마이너리그』 『비밀과 거짓말』 『소년을 위로해줘』 『태연한 인생』 『빛의 과거』, 산문집 『생각의 일요일들』이 있다. 동서문학상, 이상문학상, 한국소설문학상, 한국일보문학상, 이산문학상, 동인문학상, 황순원문학상, 오영수문학상을 수상했다.

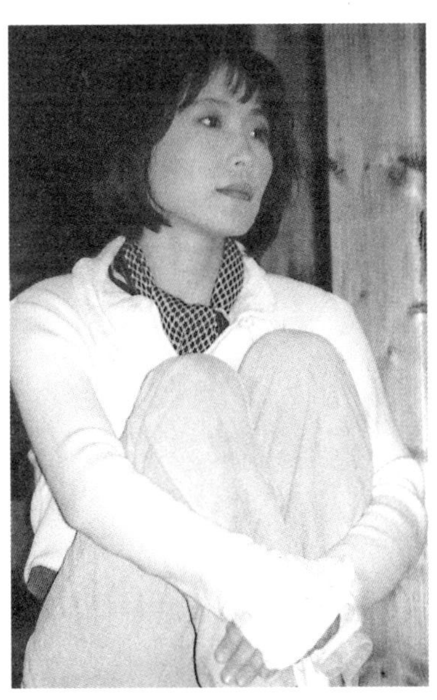

뉴캐슬은 조용한 곳이다. 단조롭고 아름답다.

이곳에 온 지 일 년 만에 나는 새로운 사실을 알았다. 세계 어느 곳이나 마찬가지로 뉴캐슬도 고독한 장소라는 것을.

기숙사에 들어서면 언제나 우편함으로 먼저 눈이 간다.

내게 오는 편지는 대부분 엄마가 보내는 안부 편지이다. 아버지 사업이 잘 안 돼서 걱정이지만 그럭저럭 잘 지내고 있다, 김치 없이 먹는 밥이 오죽하랴마는 건강을 생각해서 잘 먹어라.

마지막에는 언제나 사귀는 남자는 없냐는 말로 끝난다. 혼자 먼 이국에서 공부를 하는 것이 자랑스럽다는 말 따위는 없다.

언니가 대학원에 갈 때는 그렇지 않았다.

언니는 어릴 때부터 모범생이었다. 아버지는 언니가 교수나 의사가 될 거라고 굳게 믿었다. 언니가 평범한 여자대학에 진학했을 때 아버지의 꿈은 사라지는가 싶었다. 그러나 사 년 뒤 언니는 일류대의 대학원에 합격했다. 아버지는 꿈을 되찾았다.

　그곳은 언니를 버리고 군대로 떠나버린 남자가 다니던 학교의 대학원이었다. 몇 달 뒤인가 복학생이 된 그 남자와 식당 앞에서 마주쳤지만 언니는 남자를 거들떠보지도 않았다. 다른 조교들과 함께 교수식당으로 들어갔다.

　엄마의 편지에는 이따금 언니의 소식도 들어 있다. 형부의 병원은 돈을 잘 벌어들이는 모양이었다. 올해 학교에 들어간 조카는 영어회화를 곧잘 한다고 한다. 한국에 나오면 함께 영어로 말해보라며 엄마는 손자를 대견해한다. 교수도 의사도 되지 못했지만 언니는 여전히 부모의 자랑이다.

　언니에게서 직접 편지가 오는 일은 없다. 대신 일 년에 세 번씩 돈을 부쳐온다. 내 생일과 크리스마스, 어린이날.

　어린이날에 돈을 보내는 것은 언니다운 발상이다. 내 생일은 10월이다. 크리스마스에 돈을 받으면 열 달이 지나야 다시 언니로부터 돈이 온다. 언니는 중간에 한 번 더 돈을 보내기 위해 5월 어린이날을 택한 것이다. 내가 어린이가 아니라는 것을 모를 리는 없겠지만 세상일을 자기 중심으로 생각하는 것이 언니의 방식이다.

　나는 아버지가 부쳐주는 돈을 무척 아껴 쓴다. 서른이 되어서까지 경제적 독립을 하지 못했다는 것은 괴로운 일이다. 솔직히 말하면 참담하다. 이곳에 온 지도 삼 년이 되었는데 매해 새학기마다 우울해진다. 등록금이 오르기 때문이다. 아버지에게 돈이 필요하다는 전화를 하고 나면 언제나 티셔츠가 식은땀에 젖어 등에 달라붙어 있다. 검소한 생활을 하는데도 늘 죄책감이 든다. 나 자신이 말라가는 고목에 끝까지 달라붙어 있는 진드기같이 느껴진다.

그러나 언니가 부쳐주는 돈은 그렇지 않다. 한꺼번에 써버린다. 버버리 매장에 가서 코트를 사거나 기숙사 친구들에게 한턱낸다. 이태리 여행을 다녀온 적도 있다. 절대 생활비로는 쓰지 않는다. 언니가 내게 음식과 옷을 주었다고 생각하기는 싫었다.

언니의 후의는 어쩐지 오래 지니고 있기가 싫다.

내일부터 시작되는 부활절 방학에 스페인 여행을 가는 것도 언니의 돈을 쓰기 위해서이다. 그룹여행을 주선하는 여행사에서는 인원이 차지 않으면 출발 직전 절반 가격에 티켓을 판다. 나는 지난 크리스마스 때 보내온 언니의 돈으로 티켓을 샀다. 내일이면 나는 스페인에 있을 것이다.

여행을 간다 한들 달라질 것은 없다. 뉴캐슬의 흐린 날씨에서 잠시 벗어나는 것뿐이다. 밝은 햇살 아래라고 해서 사물이 분명하게 보이는 것은 아니다. 하지만 맑은 날씨를 본 지가 꽤 오래되었다.

모자를 하나 샀다. 그런지 스타일의 흰 모자이다. 하얀 테두리 띠에는 손톱만한 푸른 물방울이 사선으로 흩어져 있다. 모자를 흔들면 물방울이 내 손등 위에 튀어와 박힐 것 같다. 선명한 푸른 물방울.

재킷을 벗어 옷장에 건다. 모자는 책상 위에 올려놓는다. 책상 위에 메모지 한 장이 놓여 있다.

'0181 759 2424'

적힌 것은 그것뿐이다. 기억에 없는 전화번호이다. 지역번호도 낯설고 아무리 생각해봐도 영국 어딘가에서 전화를 걸어올 사람이란 없다. 룸메이트 중 누군가의 책상 위로 갈 메모가 잘못 놓인 것이 틀림없다. 나는 메모지를 방 한가운데의 공용 메모판에 붙여둔다.

형부에게서 전화가 걸려온 것은 밤늦게이다.

나는 누군지 빨리 알아채지 못한다. 형부는 미안해한다. 전화도 처음 하고 내가 너무 무심했지, 라고 텔레비전 연속극 속의 형부들처럼 말한다. 언니네 가족은 해외여행을 자주 하는 편이었다. 지난 2월에도 여행사를 통해 유럽 그룹여행을 했다. 영국도 거쳐갔다. 나는 그 사실을 서울과의 유일한 통로인 엄마를 통해 알았다.

"그리고 처제, 언니 오늘 도착했지?"

언니가 또 영국에 왔나?

왜?

전화를 끊으면서 형부는 덧붙인다. 참, 지난번 오데코롱은 잘 받았어.

언니는 지난번 영국에 왔을 때 하루 동안 그룹에서 떨어져나온 모양이다. 나를 만나기 위해서. 그리고 돌아가서는 형부에게 남성용 오데코롱을 준 것이다. 내가 준 선물이라고 하면서.

전화를 끊고 나서 커피주전자를 불에 얹는다. 물이 끓는 소리와 창밖의 빗소리가 뒤섞인다.

나는 메모판 앞으로 간다. 메모는 내가 코르크 핀으로 꽂아놓은 그대로이다.

시계를 보니 자정에 가까운 시각이다.

내일 아침에 걸어봐도 늦지 않을 것이다. 어차피 오전에 공항으로 가야 하니 일찍 일어나야 한다. 지금부터라도 빨리 자두어야겠다. 나는 레인지의 불을 꺼버린다.

이불 속에 누워서 메모지에 있던 낯선 전화번호를 생각한다. 2424라고? 한국에서 이런 번호는 이삿짐센터이다. 언니와 이삿짐은 전혀 연결이 안 된다. 언니가 이사를 했을 리는 없다. 방이 여섯 개나 되는 집을 놔두고.

유학을 가겠다고 하자 엄마는 결혼이 더 급하다고 나를 설득하려

했다. 적당한 사람이 나타나면 그냥 주저앉겠거니 하는 게 엄마의 생각이었다. 언니 아닌 내가 교수가 되는 일에 관심이 없기는 아버지가 더했다. 스물여섯 살 가을과 겨울에 걸쳐 나는 선을 열한 번이나 보았다.

대부분 서울에서 선을 봤기 때문에 그때마다 엄마가 지방에서 올라왔다. 내 자취방에서 자진 않았다. 방이 여섯 개 있는 언니네 집으로 갔다. 선보는 자리에 언니를 대동하기 위해서였다.

엄마의 기대대로 언니는 늘 자리를 빛냈다. 미인인데다 교양이 있었다. 상대방 자리에서는 언니 칭찬이 먼저 나왔다. 엄마는 일류대학 대학원을 나왔다고 보충설명을 했다. 남편이 병원을 갖고 있다는 말도 잊지 않았다.

내 모습은 빛을 잃은 낮달처럼 테두리뿐이었다.

집에 돌아와서 엄마는 으레 상대 남자를 칭찬했다. 내가 싫다고 하면 뭘 믿고 그렇게 눈만 높냐며 조급해했다. 언니는 아무 말도 하지 않았다.

언니도 꽤 많은 선을 본 뒤 결혼했다. 그때는 언니가 괜찮다고 하는데도 엄마가 고개를 저었다. 고르고 고른 끝에 지금의 형부로 결정이 되자 만난 지 석 달 만에 식을 올렸다. 언니는 행복하게 살고 있다.

언니는 불완전한 선택은 하지 않는다.

형부는 가정적인 남자였다. 밖에 있을 때면 매일 서너 번씩 집으로 전화를 걸었다. 꽃배달 전화번호도 알고 있었고 주말을 함께 시내 호텔에서 보내기도 했다. 부부동반 모임에서 언니 부부는 가장 다정한 커플이었다. 언니는 스포츠 클럽이나 문화센터 같은 데에도 나가지 않았다. 형부나 아이가 집에 오면 그림자처럼 붙어다녔다. 혼자일 때는 언제나 자기 방에 처박혀 있었다.

자취방을 구하기 전 언니 집에 머문 적이 있었다. 언니는 워낙 말수가 적은 편이었지만 결혼하고는 더욱 말이 없어졌다. 자기 가족 외에는 관심이 없는 것처럼 보였다. 마치 그 결혼을 하기 위해 태어난 사람 같았다. 내가 언니 집에 머무는 이 주일 동안 내게 말을 걸어온 것도 열 번 정도밖에 안 되었다. 밥을 먹을 때 갈비찜이나 살짝 데친 두릅을 내 앞으로 옮겨놓아주기는 했다. 하지만 그것도 몸에 밴 예의나 친절일 뿐이었다.

언니는 내가 대학원에서 전공을 영문학으로 바꿨다는 것도 몰랐다. 나도 언니의 석사논문을 도서관에서 대출한 적이 있다는 말을 하지 않았다.

759 2424는 호텔이었다. 히드로 공항 바로 옆에 있는 셰라톤 히드로 호텔. 그런데 이미 체크아웃된 뒤이다. 나는 전화기를 내려놓고 나서 이마를 짚는다.

언니가 다시 연락을 할 때면 나는 이미 스페인에 있을 것이다. 내 잘못은 아니다. 언니가 온다는 것은 꿈에도 생각 못 한 일이다.

기숙사 앞에서 한국인 친구와 마주쳤다.

"모자 멋지다 얘. 어디 여행 가니?"

그애는 지난 학기에 뉴캐슬 대학에서 나갔기 때문에 지금은 기숙사에 살지 않는다. 일 주일에 사십 파운드 정도 하는 셋집을 구해 살고 있다. 공부는 잘 안 하지만 살아가는 일에 관한 한 아는 것이 많은 애다.

"스페인 그룹여행이라고? 기대는 마. 아마 할머니 할아버지 들뿐

일걸?"

공항에 가서 줄을 서보니 정말로 까만 머리통은 나뿐이다. 그애의 말이 맞았다.

비행기가 이륙하자 갑자기 기내가 시끄러워진다. 안경줄을 배꼽까지 내려뜨린 할아버지가 옆자리의 진주목걸이를 한 할머니에게 나이를 묻는다. 예순둘이라고 하자 할아버지는 감탄한다. 좋은 나이요. 나는 예순일곱인데 내가 당신 나이라면 못 할 게 없을 거요.

얼마 전 아내와 사별한 뒤 갑자기 더 늙은 기분이라는 할아버지는 아내가 그립진 않다고 한다. 난 그 여자를 사랑하지 않았다오. 평생 미워했지. 그런데 죽은 다음에는 더 미워하게 되었소. 이 나이에 비로소 나를 혼자 남겨놓다니 참 그 여자다운 복수가 아니겠소?

늙어서까지 견딜 수 없는 것이 있다면 고독뿐이라는 할아버지의 말이 귓가에서 멀어진다.

언니가 내 결혼에 대해 자기 의견을 말한 것은 뜻밖이었다. 마지막 선을 보고 온 날이었다. 상대는 고급 공무원 집안의 둘째아들이고 치과 의사였다. 엄마는 이 집하고 사돈을 맺으면 아버지 사업에도 좋다고 강조했다. 한두 번 듣는 얘기도 아니었다. 은행 지점장 때도 변호사 집안 때도 그랬다.

싫다고 하자 엄마는 화를 냈다. 늙어가는 부모 생각은 손톱만치도 하지 않는다고 내 속을 긁었다. 혹시 아들일까 싶어 다 늦게 나를 낳은 게 잘못이라고까지 했다. 나중에는 그 남자가 마음에 안 드는 이유를 알아듣게 설명하라고 다그쳤다. 어쩐지 끌리지 않는다고 더듬거렸더니 더욱 화를 냈다. 얘 좀 봐, 큰일났네. 네가 나이나 적냐?

결혼을 안 하겠다는 게 결코 아니었다. 나도 안정된 삶을 원할 나이였다. 드난살이 같은 자취생활이 지겨웠다. 이리저리 끌고 다닌 박스 속의 책들을 유리문이 달린 어엿한 책장에 넣어주고 싶었다. 그러나 아무런 감흥이 없는 남자와 평생을 살 수는 없었다.

선본 남자들이 다 형편없었던 것은 아니었다. 다른 자리에서 만났으면 오히려 좋아졌을 사람도 있었다. 그러나 상대가 자동차나 컴퓨터 사양처럼 내 신상에 대해 길게 써놓은 뒤 하나하나 체크를 해나가고 있으리라는 것을 생각하면 견딜 수가 없었다. 상대 역시 나에 대해 마찬가지 생각을 할 것이다. 이런 식으로 선을 보는 여자라면 바라는 것도 뻔할 거라고.

나는 '엄마는 내가 아무하고든 결혼만 했으면 싶은 거냐'고 대들었다. 언니가 끼어든 것은 그때였다.

"결혼은 아무나하고 하는 거야."

결혼식을 올림으로써 두 사람 각자의 계산은 모두 끝난다. 합산이 시작된다. 그때부터 할 일이 이제 서로 사랑하게 되는 일이다. 언니는 그렇게 말했다. 감정이란 변하고 사라지는 거야. 결혼은 변하지 않는 것을 기준으로 해서 결정하는 게 좋아.

언니는 아무 남자라도 사랑할 수 있다는 거야? 하고 내가 비꼬았다.

언니는 물끄러미 나를 쳐다보았다. 그러더니 담담하게 대답했다. 네 일이니 네가 알아서 하겠지. 사람이란 다 다르니까. 언니는 다시 교양 있고 무관심한 얼굴로 돌아가 있었다.

결혼은 외로움에서 벗어나기 위해 하는 것이다.

그 무렵 나는 그렇게 생각하고 있었다.

언니가 대학생이 되어 서울로 올라가던 해에 나는 열두 살이었다.

언니의 입시 뒷바라지가 끝나서 홀가분해진 엄마는 늘 집을 비웠다. 이제 집에서 엄마가 신경 쓸 일은 없다고 생각했다.

나는 열쇠로 문을 따고 들어가곤 했다. 식탁에 차려진 저녁을 혼자 먹고 텔레비전을 보다가 잠들었다. 엄마와 언니가 밉다는 일기를 썼다가 찢어버리기도 했다. 그러나 학교에서 돌아올 때면 늘 골목에서부터 뛰었다. 엄마가 집에 있을까 해서 가슴이 두근거렸다. 초인종을 열 번쯤 눌러본 다음에는 언제나 필통에서 열쇠를 꺼내야 했다.

스물일곱 살 여름은 내 삶 중 가장 외로운 때였다.

한 학기쯤 연장하여 논문을 제대로 써볼 욕심도 있었다. 그러나 아버지는 이 년이면 내 뒷바라지에서 벗어나리라고 믿고 있었다. 아버지가 정한 기한 안에 나는 졸업을 했다. 그리고는 무력감에 시달렸다. 두 시간짜리 강의 하나 얻을 수 없었다.

주어진 일이라고는 두 가지뿐이었다. 변두리 학원에서 일 주일에 두 번씩 중학교 영어를 가르치는 일과 선보는 일. 선보는 일마저 집어치우자 내 일과는 간단해졌다. 이틀은 학원에 나가고 나머지 닷새는 자취방에 틀어박혔다. 방에서 나는 내 석사논문과 달력을 번갈아 노려보며 지냈다.

친구를 만나면 질투나 푸념을 하고 있는 나를 발견할 뿐이었다. 혼자 있는 것보다는 나았다. 혼자 있는 것은 넌더리가 났다. 하지만 교통비나 커피값을 아껴야 했다.

장마가 끝나가던 어느 날 옛 애인을 만났다. 대학 졸업 후 처음으로. 그는 여전히 멋있었다. 담배 필터에 닿는 그의 입술을 쳐다보았다. 불꽃을 매달고 있는 하얀 담배종이가 따뜻해 보였다. 첫 키스의 기억이 떠올랐다. 나는 무심코 손을 들어 내 아랫입술을 만졌다.

그의 차가 다리를 지나면서부터 비가 내리기 시작했다. 와이퍼

를 작동시키며 그가 말했다. 영국 간다는 소식 들었어. 너는 잘해
낼 거야.

작별인사를 할 때 그는 제일 멋졌다. 끝내 키스는 하지 않았다. 세
상에는 작별의 키스도 있는 법인데. 그날 밤 두 시간이나 울었다. 그
를 만나는 순간부터 나는 키스를 원했다. 그것이 우리의 만남이 다시
시작되리라는 징표일 것 같았다. 모든 것이 허사로 돌아간 바에야 그
마음을 들키지 않은 것이 다행스러웠다. 그러나 들켰다면 그가 그냥
떠나버리지 않았을지도 모른다는 후회도 들었다. 어쩌면 상황을 돌
이킬 수도 있었다고 생각하는 것이 바로 미련인 모양이다.

9월에 뉴캐슬로 떠날 때는 서울에 아무 미련이 없었다.

뉴캐슬엔 언제나 비가 추적추적 내린다. 그래서 폭우만 아니면 그
냥 맞고 다닌다. 겨울에는 북해에서 불어오는 바람이 살을 엔다. 오
후 세시 반이면 해가 진다. 그런가 하면 여름에는 밤 열한시까지 해
가 떠 있어 정신을 괴롭힌다.

그럴 때마다 나는 서울에서의 마지막 일 년을 떠올렸다. 그 곰팡내
나는 일상, 희망 없는 자가 게으름에 익숙해져갈 때의 허튼 웃음. 그
것은 의도가 있는 빈둥거림과는 달랐다. 다시는 그런 시간으로 되돌
아가고 싶지 않았다.

기숙사에서도 나는 빨리 적응했다. 한 동에 여섯 명이 정원이지만
우리 동에는 모두 다섯 명이 살았다. 나를 빼면 다 영국인이고 한 명
만이 이름도 들어본 적 없는 아프리카 어느 작은 나라에서 왔다. 화장
실과 샤워실이 두 개씩이기 때문에 공동생활에 큰 불편은 없었다. 밥
은 각자 해먹었다. 두 대의 냉장고에 오븐과 토스터, 주방시설도 나쁘
지 않았다.

영국 애들은 좀 지저분하고 시끄러운 편이었다. 늘 설거지감을 담

가놓았다. 반면 아프리카 애는 예의 바르고 깔끔했다. 자기 나라에서 상류층 신분이었기 때문이다. 섞여 사는 생활의 장점이라면 이렇게 편견을 고칠 수 있다는 점일 것이다.

나는 타인강 위의 뉴캐슬(NEWCASTLE ON TYNE)이 좋았다.

할아버지 할머니들은 밤마다 탱고와 지르박을 추며 논다. 나는 계속 머릿속이 복잡하다. 언니는 2월에 하루 동안 어디를 갔던 것일까. 왜 영국에 다시 왔을까. 확실한 것은 언니가 나를 만나러 영국에 온 건 아니라는 사실뿐이다.

기념품 가게에 들어갔다.

무질서하게 꽂혀 있는 엽서 중에서 몇 장을 고른다. 나는 기념엽서를 보낼 만한 주소 하나 갖고 있지 않다. 그런데도 산다.

플라멩코를 추고 있는 남녀의 사진이 들어 있는 엽서이다. 여자의 붉은 치마와 남자의 날씬한 검은 조끼에는 새틴을 입혀놓았다. 붉은 치맛단 속에 겹겹이 달려 있는 검붉은 레이스도 진짜 레이스이다. 입체 엽서 속에서 그들은 손을 잡고 입이 찢어질 듯이 웃으며 나를 보고 있다.

언제부터 다시 외로워지기 시작했는지 모르겠다.

그 동안 나는 이곳에 주소를 내리는 일에만 몰두했다.

텔레비전도 전화도 없이 살았다. 영어가 늘지 않을까봐 한국 학생과는 인사만 하고 지나치는 관계로 지냈다. 온 거리가 무섭게 조용한 크리스마스 때는 혼자 성당에 갔다. 단지 영어를 쓰는 사람들이 모이는 장소라는 이유로. 한국말이 미치도록 하고 싶을 때도 많았다. 그럴 때는 일부러 며칠씩 외출을 하지 않았다.

그런데도 나는 언제나 구석의 이방인이다. 언니라면 어떻게 했을까.

어려운 리포트에 부닥쳐서 초조한 마음을 억누르며 작년에 공부했던 노트를 다시 들춰봤는데 거기에조차 아직 모르는 게 많다면. 금방이라도 숨이 끊어질 듯이 뛰어왔는데 마지막 숨을 토해내면서 바라보니 저만치에 있는 것이 골인 테이프가 아니라 막다른 벽이라면.

그런 생각으로 혼자 울던 날 엄마는 편지를 보내 내 나이가 곧 삼십이 된다거나 드디어 삼십이 되었다는 것을 일깨워주곤 했다.

얼마 전 나는 샤워를 하다가 미끄러졌다. 욕조에 가슴팍을 세게 부딪쳤다. 스페인 단체여행이면 효도관광일 거라고 말해주던 그 한국 친구가 그때도 엑스레이를 찍어봐야 한다고 충고했다. 저녁 여섯시 이후에 응급실로 가면 병원비가 무료라는 것도 가르쳐주었다.

응급실에는 진짜 응급환자들이 신음하고 있었다. 죄책감이 들어서 나는 심하게 아픈 척을 했다. 당직의사는 젊고 미남인데 친절했다. 진찰받을 곳이 가슴이란 걸 알자 그는 물었다. 여자 의사를 불러줄까요? 얼굴을 붉히며 나는 고맙다고 대답했다.

엑스레이를 찍어봤지만 이상은 없었다. 미남 의사가 나와서 다시 증상을 물었다. 많이 아프냐고 물을 때는 마치 자기가 아픈 듯이 얼굴까지 찡그렸다. 진통제를 쥐어주며 꼭 시간을 지켜 먹으라고 당부했다. 돌아갈 때는 한 손을 들어 보이며 씩 웃는데, 한 번 더 보고 싶은 멋진 모습이었다. 몇 발짝 가다가 돌아보니 놀랍게도 그는 아직 나를 쳐다보고 있었다. 그리고 내가 원하던 대로 정말 다시 손을 쳐들어주었다.

병원 뜰로 나온 뒤 나는 나무 밑동을 발로 찼다.

이 나라 사람들은 약자에게 친절하다. 그것뿐이다.

정에 굶주린 사람처럼 굴 때 나 자신이 가장 싫다. 나라는 몸뚱이를 가죽째 벗겨내서 길바닥에 팽개쳐버리고 싶다. 언니라면 훨씬 강하게 살 것이다. 아버지와 엄마가 옳다. 나는 언니보다 훨씬 못하다.

그날 밤 나는 한국 학생 하나가 서울로 돌아간다는 소식을 들었다. 나와 같은 날 도착한 여학생이었다.

늘 이곳 날씨가 끔찍하다고 입버릇처럼 말하던 애였다. 그애는 콩나물국이나 수제비를 끓이는 일로 향수를 달랬다. 그런데 장을 보러 갔다가 몇 번이나 되돌아오곤 했다. 숨이 턱에 닿도록 뛰었지만 폐점 시각에서 일 분이 지나 있었다. 손을 뻗으면 집을 수 있는 거리에 사려는 물건이 있었지만 셔터가 내려졌다.

그애는 도서관과 기숙사에서 초콜릿을 먹는 버릇이 생겼다. 떠날 때 보니 확실히 뚱뚱해져 있었다.

누군가가 떠나면 남아 있는 사람들은 우울해진다. 영국인 룸메이트가 나를 위로했다. 왜 미국으로 가지 않았니? 우리 영국인들은 그렇게 친절하고 다정한 편이 못 돼.

하지만 다정함에 주린 사람은 어디를 가든 외롭다.

그날 밤 오랜만에 옛 애인의 꿈을 꾸고 깨어나 어둠 속에서 나는 그것을 깨달았다.

돌아오는 비행기 안은 떠날 때와 달리 조용하다. 기내등도 다 꺼져 있다. 나는 좌석 위의 조그만 등을 켜놓고 엽서를 쓴다. 엄마에게. 여기는 비행기 안이에요. 저는 스페인 여행을 다녀오는 길입니다. 그 다음부터는 아무 생각도 떠오르지 않는다. 일어나서 화장실에 간다. 모두들 잠이 들어 있어서 조용조용 발을 뗀다. 안경줄을 늘어뜨린 할아버지와 진주목걸이 할머니도 나란히 잠들어 있다. 그런데 손을 잡고 있다.

　그 동안 내게 온 전화 메모 같은 것은 없었다. 대신 우편물이 하나
기다리고 있다. 제법 두툼한 서류봉투이다. 나는 보낸 사람의 주소를
읽는다.
　'T. H. KWAK. 11 King ST. Beeston Nottingham NG 9 2 DL'
　노팅엄에 아는 사람이 전혀 없을 뿐 아니라 곽 아무개 역시 들어본
적이 없는 이름이다. 모르는 사람에게서 온 우편물이다. 반쯤 뜯자
봉투 안에 들어 있던 노트 귀퉁이가 보인다. 봉투를 거꾸로 들었더니
뭔가가 먼저 떨어져나와서 발밑까지 굴러간다. 언니 사진이다.
　언니는 웃고 있다. 젊은 언니. 대학원 시절이라는 걸 알 수 있다.
그때 언니는 언제나 머리를 길게 기르고 있었다. 싱그럽고도 애잔하
게 출렁이던 언니의 긴 머리. 그것은 처녀의 상징처럼 정숙해 보이기
도 했다.
　노트는 사진에 대한 이야기부터 시작되고 있다.

　내 사진을 보고 있으면 견딜 수가 없어집니다.
　당신의 사랑을 받던 때의 내 모습을 보는 일은 너무 고통스러워요.

　나는 노트에서 시선을 떼고 창 밖을 본다. 비가 오고 있다. 바로 어
제 스페인의 햇살을 보았지만 어떤 느낌이었는지 떠오르지 않는다.
비 오는 뉴캐슬을 떠나본 적이 없는 것 같다. 내가 알지 못하는 언니
에 대해서도 마찬가지이다. 경직된 생각들이 머릿속에서 소리를 낸
다. 빗줄기가 굵어지는 것을 보고서야 나는 다시 노트로 눈을 돌린다.

사진 속의 내 눈빛이 무엇을 생각하느라 그렇게 애틋하게 빛나며, 반쯤 벌린 입술이 무슨 기억 때문에 미소짓고 있겠습니까.

당신을 의식하고 있는 사진 속 내 모습을 보고 있으면 나를 둘러싸고 있는 당신이라는 세상까지 다 보입니다. 언제나 당신만을 바라보고 또 당신에게만 보여지기를 바라던 그 시절 내 사진 속 어딘가에는 이미 당신의 모습도 찍혀 있는 것입니다.

저 스웨터와 스카프, 당신이 좋아했던 옷입니다.

가슴 한가운데에 드리워진 목걸이의 펜던트, 저것을 걸어주며 당신은 '하트 오브 골드'의 뜻은 '변치 않는 마음'이라고 가르쳐 주었지요. 바람이 불던 봄날이라 저 머리핀을 꽂았던 것인데 그날 당신이 내게 프로방스의 소녀처럼 귀여워 보인다고 말하던 기억도 납니다.

하지만 나는 그런 추억을 그리워하는 게 아닙니다. 스웨터와 목걸이, 머리핀이 추억을 환기하는 것일 뿐이라면 저 사진을 보는 일이 이렇게까지 고통스럽진 않을 것입니다. 고통스러운 것은 그것들에 스친 당신의 손길이 너무나 간절히 떠오르기 때문입니다.

사진 속의 내 입술을 보면 그 입술에 닿는 당신의 숨결이 느껴져 내 팔엔 순식간에 잔털이 곤두섭니다. 사진 속의 내 목, 내 어깨, 그것을 보고 있자면 거기에 얼굴을 묻던 당신의 체중이 지금도 느껴집니다. 그리고 당신을 받아들이기 위해 내 몸이 긴장하던 것도요.

그때 내 모든 것은 당신의 손길을 기다리고 있었으며 또 나라는 들뜬 육체와 영혼 어디든지 당신의 손길이 닿지 않은 부분은 없었습니다.

그 시절 나는 머리를 빗다가도 문득 멍하니 서 있곤 했습니다.

—내 머리카락에서도 당신 냄새가 나.

라고 중얼거렸습니다. 당신 가슴에 안겼던 내 몸을 두 팔로 싸안아 보기도 했습니다. 한때는 거추장스럽고 하찮던 내 몸이 당신에게로 가지를 달고 꽃을 피우는 것이 너무나 행복했습니다.

우리는 늦가을 들길을 걷고 있었습니다.

아침바다를 그물로 건져올린 듯한 햇살이 반짝반짝 나뭇가지 위에 출렁거렸습니다. 초록이 사라진 들을 온통 하얗게 억새가 뒤덮고 있었지요. 바람이 불 때마다 억새는 소리지르듯 우르르 일어났다가 이내 버림받은 여자처럼 기운 없이 돌아누우며 잠잠해지곤 했습니다.

앞서 걷던 당신이 갑자기 나를 돌아보았습니다.

억새풀 안에서 우리는 입을 맞추었습니다. 당신 가슴에 안기면 이 세상 모든 것이 사라집니다. 세상에는 나를 안아주고 있는 당신이 있을 뿐입니다. 그렇게 당신에게 안겨 있으면 아무에게도 내가 안 보일 거라는 생각이 들곤 했습니다.

전철이나 도서관처럼 사람들이 많은 곳에서도 나는 전혀 남을 의식하지 못했습니다. 모든 것으로부터 차단되어 늘 당신과만 있는 기분이었습니다. 당신 생각뿐이었고 당신에게 보일 나를 생각할 뿐이었습니다.

혼자 있는 시간에도 당신이 있었습니다. 나는 당신이 볼까봐 부끄러워서 이불 속에 들어가 속옷을 갈아입었습니다.

시간이 지나자 차츰 사람들이 눈에 들어오기 시작했습니다. 그러나 나는 그들을 보면서도 당신과 어떤 점이 비슷하다거나 이런 점에서 당신과 다르다거나 하는 생각밖에 할 수가 없었습니다. 그 두 가지가 남을 대하는 내 방식이었습니다. 그러자 모든 사람에게서 당신을 보게 되었습니다.

─어차피 운명이란 없는 거다, 운명적이라는 해석은 있지만.

이렇게 말하면서 당신이 나를 안고 싶다고 말했을 때 당신에게 잡힌 내 손에서는 땀이 찐득히 배어나오고 있었습니다. 그리고 한동안 침묵이 우리 사이의 허공을 무겁게 내리눌렀지요. 마침내 당신이 고개를 숙이고 발밑에다 한숨을 토해냈습니다. 그런 다음 두 손으로 내 뺨을 감싸고는 무슨 말인가 하기 위해 천천히 입을 떼는 당신 눈 속의 갈망.

그래서 나는 불현듯 눈을 꾹 감고 마구 고개를 저으며, 아녜요, 아녜요, 저도 오래 전부터 원하고 있었어요, 라며 그대로 당신 입술에 내 입술을 갖다댔던 것입니다.

겨울이 왔을 때 우리는 다시 그 들에 나갔습니다.

마른 나뭇가지와 마른 풀, 말라 있는 땅. 하늘까지 건조한 무채색으로 흐리기만 한데 그 한가운데에서 겨울 해만이 흑백사진에 컬러링을 한 것처럼 선명하고 동그란 빨간색으로 잉잉거리고 있었습니다. 우리는 마른 땅을 밟으며 황량한 들을 천천히 걸었습니다.

내 오른쪽 어깨를 감싸고 있는 당신의 팔의 다정한 무게와 온기. 그것들을 더욱 가까이 실감하기 위해 나는 둥지에 주둥이를 문지르는 새처럼 이따금 당신 옷소매에 입맞추었습니다.

그때 당신이 왼팔로 내 눈을 가렸습니다. 이렇게 하고 걸어봐. 넌 아무것도 볼 수 없어. 내가 이끄는 대로만 걸어가는 거야. 내가 웃으며 물었지요. 이제 난 영원히 세상을 볼 수 없는 거예요? 겨울 들판에서 당신은 마술사처럼 내 귓불에 하얀 입김을 만들어 불어가며 속삭였습니다. 아니, 내가 보여주는 세상만 보면서 내가 이끄는 새로운 세상으로 가는 거야.

당신의 어깨에 머리를 기대고 당신 팔을 들어서 두 눈을 가린 채 그렇게 얼마를 걸었는지 모르겠습니다. 두어 걸음 더듬거렸지만 몇 걸음 후부터는 잘 걷게 되었지요. 당신에게 모든 것을 맡긴 것이 그렇게 편안할 수가 없었습니다. 이대로 통째로 당신이 내 인생을 가져가버렸으면 싶었습니다.

발밑에 밟히는 마른 땅, 회색 하늘, 그리고 지상의 시간…… 그것들이 아득히 멀어졌습니다. 자기 가슴에 총을 쏴달라고 애인에게 애원하던 영화 속의 여자가 떠올랐습니다. 당신이 그대로 나를 죽여준다면 얼마나 행복했을까요.

새벽에 깨어나면 언제나 당신이 그리웠습니다. 눈을 감고 있는데도 당신의 웃는 모습이 똑똑히 보입니다. 그 당신이 입술을 움직여 내게 잘 잤냐고 말을 걸고 베개를 돋워주고 손가락으로 뺨을 건드립니다. 그렇게 당신과 새벽을 함께 보내고 있는 사이 창 밖이 환해지고 아침이 시작됩니다.

나에게 아침이란 당신이 있는 세상으로의 진입이었습니다. 학교에 가면서 매번 버스 안에서 읽을 책을 챙겨나오지만 창 밖을 바라보고 있자면 종점에 닿을 때까지도 당신 생각이 끝나지 않습니다. 종점에서 다시 버스를 돌려타고 나오며 나는 당신을 생각할 시간이 길어져서 좋았습니다.

내 삶의 정면에 있는 것은 당신뿐이므로 다른 삶은 모두 곁가지입니다. 그런 일상사는 그때그때 대충 막아내버립니다. 발등에 떨어진 불도 불꽃이 타들어가기 전까지는 끌 생각을 안 합니다. 당신 등에 떨어진 머리카락부터 떼줘야 하니까요.

바쁜 날도 있었습니다. 선배에게 부탁한 논문 자료를 열한시에 만나 받기로 했고 두시에는 오래된 친구들끼리의 월례모임이 있고 또 여섯시부터는 학과장님의 출판기념회 행사가 있었습니다.

이틀 후가 아버지 생신이라 선물도 사서 부쳐야 했습니다. 그러나 나는 아무 데도 가지 않았습니다. 당신에게 전화가 걸려왔기 때문입니다.

다방 카운터에 자료만 맡겨놓아달라고 하자 선배는 어이가 없는 모양이었습니다. 전화를 끊고 나서 이제 그 선배에게 무엇을 부탁할 수 없게 되었다는 것을 알았지만 상관없었습니다. 친구들도 화를 냈습니다. 얘, 네가 석 달이나 안 나와서 벌금이 꽤 많아졌잖니. 오늘 그 벌금으로 우리 모두 영화 보기로 했는데 네가 안 나오면 어떡해? 전화기에 대고 미안하다고 쩔쩔매면서도 거울 속에서 나는 웃고 있었습니다.

매일 얼굴을 보고 서로의 일상에 대해 속속들이 알고, 같이 먹고 얘기하고 그리고 같이 잠자는데도 아직 무엇이 더 남아 있는 걸까요. 왜 날이 갈수록 오히려 마음이 더 사무치고 당신 곁으로만 가기 위해 하루 종일 안달하는 걸까요. 내가 느끼는 모든 냄새나 소리까지 다 당신 쪽으로만 기울어 있었습니다. 이제 다 왔구나, 여기까지 왔는데 또 무엇이 있겠어. 하지만 그 생각은 몇 년째 계속되고 있습니다. 사람을 좋아한다는 것의 밑바닥을 알 수 없는 신비와 달콤함, 거기에 경탄하고 경탄했던 시간들.

점점 당신이 특별한 존재임을 깨닫게 되었습니다.

당신에게 화났을 때, 질투할 때, 보고 싶을 때, 그런 사랑은 흔한 감정입니다. 하지만 슬플 때의 사랑을 아십니까? 마치 견과류처럼 슬픔이라는 딱딱한 껍질 속에 말라가면서 달콤해지는 사랑을 느껴본 적이 있습니까? 어두운 우물 속에 깊숙이 가라앉아 있는 물처럼 깊고 어쩔 수 없고 자연스럽고, 아, 그럼에도 비현실적인 거리 바깥에 당신은 있음이니.

그렇게나 내 속을 뚫고 들어와 있는데도 당신은 늘 비현실적인 존재입니다. 어떤 때 당신은 마치 공연중인 연극배우이거나 심지어 전시중인 사진 같습니다. 그냥 보기만 해야 할 뿐 말을 걸거나 만지지는 못할 존재 말입니다.

내가 이따금 당신을 빤히 쳐다보다가 갑자기 손을 뻗어 옷깃을 만지지 않았던가요? 그것은 당신이 내 앞에 있다는 실감이 중요했기 때문입니다. 만지면 물살처럼 퍼지며 중심에서부터 뭉개져 사라져버릴 물그림자가 아닌가 하고, 그래서 만져보고 싶었던 것입니다. 아, 당신이 내 것이라고 소리쳐 말할 수만 있다면!

정말 당신이 내게 왔었던가요. 꿈이라거나 거짓말이 아니고 생시에 당신이 나를 사랑했던 건가요. 누군가가 처음부터 없었던 일이라고 우긴다면 나는 그저 고개를 끄덕일 수밖에요. 상상 임신을 했던 여자처럼 허탈하지만 믿어야 하겠지요. 어차피 지상에 등재될 수 없는 일이었으니, 당신과 나의, 사랑.

사랑한다는 말.

사랑한다, 사랑한다, 혼자 수없이 뱉어놓고도 끝내 마음에 들지 않는 기분이 드는 것이 바로 사랑한다는 말입니다. 그 말은 도정된 곡식알처럼 매끄럽게 삼켜지지만 순간의 진실일 뿐입니다. 나는 거친 진실을 원했지요. 내가 당신의 균형잡힌 삶을 난폭하게 허물고 도도한 감정의 물줄기에 격랑을 일으키고 그리하여 나에게 속하지 않는 당신의 모든 것을 모조리 팽개쳐버리기를.

당신에게 말했습니다. 내가 당신의 삶에 아무 흔적도 남기지 않는다는 것이 너무 고통스러워요. 그리고 눈물을 참을 수 없어서 뛰쳐나와버렸습니다. 당신은 붙잡지도 않았지요. 계단을 내려오며 나는 이미 후회하고 있었습니다. 교정을 다 내려와서 교문 앞에 닿을 때까지도 눈물이 그치지 않았습니다. 견딜 수가 없었습니다. 나는 용서를 빌기 위해서 뛰어 돌아갔습니다.

문을 거칠게 열었습니다. 갑자기 눈앞이 하얘지는 기분. 당신을 둘러싸고 앉아 있던 사람들이 일제히 나를 쳐다보았습니다. 하얗게 질린 채 식식거리며 서 있는 나를 가장 놀란 눈으로 쳐다보는 것은 당신이었습니다. 그러나 당신은 차분하게 말했지요. 지금은 회의중이니까 용건이 있으면 나중에 와요.

나중이라면 언제를 말하는 것인지요. 제가 당신에게 속할 수 있는 시간이 있다는 것인지요.

당신에게 속할 수 있다면 당신의 환부라도 되고 싶었습니다. 종양 같은 것이 되어서 당신을 오래오래 아프게 하고 싶었습니다. 그러면 당신은 고통을 달래느라 나에게 쩔쩔매고 배려하고 보살피겠지요.

진심입니다. 나는 빗장이 질러진 당신의 갈비뼈를 문처럼 열어젖히고 들어가서 그 속에 몸을 접고 웅크려 있기를 원했습니다.

무엇이 돌이킬 수 없게 치닫고 있음을 느끼면서도 추스르고 싶지 않았습니다. 그것이 세상 사람들에 대한 두려움이든 당신의 감정에 대한 불안이든 피하고 싶었습니다. 당연하고도 견실한 내 삶의 둥지 속에서는 금방이라도 벗겨져나갈 듯한 자전거 체인처럼 불안한 잡음을 토해내면서, 당신이라는 부실하기 짝이 없는 거푸집의 지붕 아래에서 내 영혼의 주소를 느꼈던 나를 용서하세요. 세상에 용서를 빌어야겠지만 그전에 먼저 당신에게 용서받고 싶군요.

당신이 잠든 사이에 내가 당신의 속옷을 빨아버린 적이 있었습니다. 가지 못하게 하려는 것은 아니었어요. 아무렇게나 벗어놓은 당신의 옷을 본 순간 그것을 내 손으로 빨아보고 싶었습니다. 당신의 속옷을.

그날 당신이 내 머리카락을 넘겨주며 물었습니다.

—너한테는 결혼이 중요하지?

—아녜요. 당신하고 할 수 없다고 생각한 다음부터는 중요하지
않게 되었어요.

당신은 그 말을 믿었나요. 그것은 거짓말이었습니다.

밤새 당신에게 긴 편지를 썼습니다. 새벽에 그 편지를 봉투에
넣었습니다. 그리고는 겉봉을 쓰려다 갑자기 멍해졌습니다. 내가
당신에게 편지를 부칠 수 있는 주소…… 지상에는 없는 것이었습
니다.

길을 가다가 레코드 가게에서 흘러나오는 슬픈 음악을 듣고 걸
음이 느려집니다. 5월이 기울면서 화사했던 봄꽃들의 색이 지저분
하게 바래 있는 것만 봐도 눈물이 났습니다. 복잡한 버스 정류장에
서 엄마의 걸음을 애써 쫓아가다가 마주 오는 사람들에 밀려 손을
놓치고 울음을 터뜨리는 아기를 보았습니다. 엄마가 돌아보며 아
기에게 손을 내밀었습니다. 아기는 놓칠세라 그 손바닥만을 뚫어
지게 쳐다보며 울며 종종걸음을 쳤습니다. 그것이 왜 그렇게 슬펐
을까요.

오랜만에 옛 친구를 만났습니다. 낯빛이 좋지 않다고 걱정하면
서 채근하기에 설렁탕 그릇 속에 열심히 숟가락을 담가가며 씹히
지 않는 밥알을 한사코 목구멍 속으로 밀어넣었습니다. 그러다가
고개를 들어보니 친구가 마악 숟가락을 입에 넣고 있었습니다.

당신의 먹는 모습이 겹쳐 떠올랐습니다. 숟가락 안의 뜨거운 국
물을 내려다보면서 두어 번 후후 분 다음 국물의 흔들림이 가라앉
기를 기다려 조심스럽게 수평을 유지하며 그것을 두 입술 사이에

옮겨넣는 당신의 모습이. 친구가 입 안의 것을 삼킬 때 내 입에도 침이 고여왔습니다. 친구가 깍두기를 집을 때 나는 그 붉은 덩어리를 입에 넣을 때까지 팔이 긋는 젓가락의 곡선을 쳐다보았습니다. 당신은 젓가락 끝에 묻은 고춧가루를 설렁탕 그릇에 담가 헹궈서 제자리에 놓는 버릇이 있었습니다. 냅킨으로 친구가 입을 닦습니다. 당신이 입을 닦는 모습도 저렇게 느긋한 표정이었지요.

내게는 세상 모두가 당신입니다. 친구를 만나 위로를 얻으려 하다니 얼마나 어리석은 생각입니까.

만나지 않는다고 사랑이 사라지는 것은 아니었습니다.

나는 그렇게 생각하기 시작했습니다. 곁에 있다고 거리가 없는 것은 아닐 것입니다. 단위를 좀 크게 생각하면 됩니다. 같은 집이라거나 같은 장소가 아니라 같은 도시, 같은 세상에서 살아가는 거라고. 이 세상 어딘가에 당신은 살아가고 나는 그 어딘가의 당신을 사랑하며 사는 것이라고 말입니다.

시간도 마찬가지입니다. 한 달 뒤나 일 년 뒤가 아니고 십 년이나 이십 년 뒤면 어떻습니까. 언젠가는 만날 당신, 그 당신을 사랑하는데요.

저는 지금 삼 주째 밖에 나가지 않고 있습니다.

전기밥솥이 가볍게 철컥 소리를 내더니 보온을 나타내는 초록빛 불이 들어옵니다. 아주 작은 소리인데도 권태롭고 적막하기만 한 방의 정적 속에서 그것은 제법 눈에 띄는 움직임입니다.

밥 한 공기를 퍼서 식탁 위에 놓은 다음 냉장고를 뒤져 김치와 먹다 남은 참치 통조림을 꺼냅니다. 그리고 젓가락통과 함께 언제나 식탁 귀퉁이에 놓여 있는 김통을 엽니다. 물 한 잔을 따라놓는 것을 마지막으로 식사준비를 마친 나는 밥을 먹기 시작합니다.

첫술을 들어올리자 밥알은 몇 알만 잡힐 뿐 대부분이 젓가락 사이에서 낱낱이 흘러내려버립니다. 손에 힘을 주고 다시 밥알을 집어봅니다. 안 되겠습니다. 애써 다리에 힘을 주어 식탁에서 일어납니다. 냉장고 안에 달걀 두 알이 남아 있습니다. 프라이팬에 기름을 두르고 달걀을 부치는데 소금통 구멍이 막혀서 소금이 나오지 않습니다. 소금통도 제 나름대로 눅눅한 여름을 견뎌낸 뒤인 것입니다.

이럴 때 누군가 전화를 걸어서 '밥 먹었니? 뭐 하고 있었어?'라고 다정하게 말해준다면 나는 고아원 아이처럼 감동해버릴 것 같습니다. 그런 말을 해주는 사람이라면 그의 무엇이 되어도 좋을 것 같습니다.

그 생각을 하자 나는 웃어버립니다. 아직도 당신의 말투를 잊지 못하고 있구나 하고. 말해보세요. 당신은 어떻게 했기에 나를 이렇게 철저히 길들였어요? 당신을 기억나게 하는 물건은 모두 다, 모차르트 바이올린 5번 곡 테이프까지 내다 버렸는데 말입니다.

더 견디기 힘들 때도 많습니다.

당신이 읽을 책을 사고 필요한 자료를 찾아 복사하고, 당신이 나타나기를 기다렸다가 우연인 듯이 캠퍼스를 함께 걸어올라가고 또 이런저런 모임에 따라가서 몇 사람 건너 앉아 술을 마시는 당신 얼굴을 훔쳐보며 멀리서 당신이 회를 집으면 초고추장을, 당신이 고기를 집으면 기름소금을 당신 자리로 옮겨놓으면서 그렇게라도 당신 곁자리를 얻어 가질 수 있다면, 그냥 그렇게 살 것을 그랬나요?

내일 어머니가 올라오십니다. 이제 저는 결혼을 하기 위해 선을 보게 됩니다.

상대를 고르는 데 오래 끌고 싶지는 않습니다.

내 삶을 방치하는 것은 아닙니다. 그 반대입니다. 나는 남편에게 헌신적이 될 것이며 내 머릿속에는 세상에 남편 이외의 다른 남자가 있다는 사실조차 떠오르지 않을 것입니다. 사랑을 원하지 않기 때문에 어쩌면 행복해질지도 모릅니다.

당신과 함께일 때 나는 언제나 불행했습니다.

나를 불행하게 했던 당신, 당신만을 사랑합니다.

나는 다시 한번 언니의 사진을 본다. 내 눈에도 이제 언니의 사진 속에 같이 찍혀 있는 시간들이 보인다. 언니의 둘레를 꽉 채우고 있는 누군가의 모습도.

곽이라는 성은 흔한 성이 아니다. 언니는 대학 시절 방학 때 두 번인가 집에 내려온 적이 있다. 그때 내가 학교에서 돌아오는 길에 우체부를 만나 언니에게 온 편지를 전해주곤 했다. 이름은 기억 안 나지만 성이 곽이었다. 언니를 버리고 다른 여자와 약혼한 뒤 군대로 떠났던 남자이다.

다음날 나는 노팅엄으로 전보를 보낸다. T. H. KWAK. 언니와 통화하고 싶습니다. 115-725-0964 뉴캐슬.

내 전보를 받고 그쪽에서 전화가 걸려왔다. 내가 짐작했던 그 남자이다. 그는 언니 부탁으로 노트를 보냈다고 말한다. 이틀 전에 언니는 서울로 돌아갔다면서.

언니가 영국에 왜 왔는지는 모르지만 확실한 것은 자기를 만나러 온 것은 아니라고 한다.

그는 오 년 전부터 노팅엄에 살고 있다. 지난 2월 서울에 갔다가 영국으로 돌아오는 브리티시 에어라인 기내에서 우연히 언니를 만났다. 언니에게 명함을 주면서 그는 언니가 진짜 연락을 하리라고는 생각하지 않았다. 셰라톤 히드로 호텔에서 언니가 전화를 했을 때 그는 노팅엄으로 가는 교통편을 알려주었다. 그때도 언니가 정말로 오리라고 믿지는 않았다. 언니는 바로 다음날 도착했다.

—그냥 여행하는 거예요. 혼자 있고 싶다 생각이 들면 못 참거든요. 2월에 런던에 왔을 때도 혼자 바비칸 센터에 갔었어요. 런던심포니 오케스트라 연주가 있었는데 모차르트 바이올린 5번 협주곡이더라구요. 음악을 듣고 발코니 카페에서 혼자 커피를 마셨어요. 이번에도 무슨 용건이 있어서 온 건 아녜요.

일 주일 동안 언니는 영화를 보고 오래된 성을 구경하고 책방에 갔다. 어떤 날은 콘티넨털 브렉퍼스트를 먹고 하루 종일 호텔에 처박혀 있었다. 노팅엄 대학에도 몇 번 갔지만 캠퍼스 벤치에 앉아 있다가 돌아오곤 했다.

서울로 떠나면서 언니는 그에게 고맙다는 말을 했다. 출국 수속을 마치고 문으로 들어가면서 손도 흔들었다. 그러더니 갑자기 다시 돌아나와 항공가방 안에서 노트를 꺼냈다.

"동생 칭찬을 여러 번 하더군요."

"언니가요?"

"네. 자기하고 달라서 강하다고, 뭐든지 스스로 선택한다고 말이죠."

나는 전화를 끊으려다 말고 한 가지 더 묻는다.

"혹시, 노트를 읽으셨어요?"

분명 그는 당황한다. 목소리가 어색하다.

"……미안합니다."

"언니가 누구를 만나러 왔는지 짐작이 안 가세요?"

"제 생각에는…… 그때 비행기 안에서 만났을 때 영국에 있는 사람들 소식을 전했거든요. 그중 한 사람 같아요."

그는 잠깐 말을 멈춘다.

"언니가 조교일 때 그 교수 방에 있었죠. 지금은 교환교수로 여기 노팅엄에 와 있어요."

다음 말은 약간 시니컬하게 내뱉는다.

"언니는 원래 아버지 같은 남자를 좋아했어요."

5월 5일 언니는 여전히 돈을 부쳐왔다.

6월 시험이 끝나고 나는 삼 년 만에 한국에 돌아왔다.

돌아온 지 한 달이 넘었는데 나는 언니를 만나러 가지 않는다.

엄마는 여전히 바쁘다. 불교회관에 나가고 주부대학에도 열심이다. 일 주일에 한 번씩 노인들을 씻기러 양로원에도 간다. 나 혼자 종일 집에 틀어박혀 있다. 초등학교 때처럼 엄마가 돌아오기만 기다리며.

친구들 소식을 들었다. 몇 명은 승진을 하고 몇 명은 아기엄마가 되어 있다. 집안일이나 회사일이나 한창 바쁜 나이라서 만나지는 못한다. 그래서 전화가 자주 통화중이다.

옛 애인이 결혼했다는 것도 전화를 통해서 들었다. 모임에 나왔는데 뒷목이 접히고 배가 나와 있더라고 한다. 주된 화제는 돌 지난 아들과 얼마 전 바꾼 자동차였고.

그에게는 시간을 살았다는 흔적이 있다.

모든 사람이 시간이라는 터널을 통과한다. 내가 마지막 만났을 때까지만 해도 그는 혼자 터널에 들어가고 있었다. 그러나 나올 때는 셋이 되어 있다. 나는 삼 년 전 그 터널에 들어갈 때나 나올 때나 똑같다. 여전히 혼자이고 경제적 독립도 하지 못했다. 미망이나 외로움에 대해 아직도 고민하고 있다.

언니에게 가끔 전화가 걸려온다. 내가 받으면 몇 마디 하지 않고 전화기를 엄마에게 넘겨줘버린다. 둘 다 노트 이야기는 꺼내지도 않는다. 언니는 요즘 입덧을 하고 있다.

오늘 엄마는 외출을 하지 않는다. 하루 종일 언니에게 가져갈 여러 가지 김치를 담근다. 밑반찬도 만들었다. 저녁밥을 안치며 엄마는 아버지 전화를 받는다. 내일 아침 여덟시 차표라구요? 하면서 나를 쳐다본다. 나도 함께 가게 돼 있다는 뜻이다.

된장국이 끓기 시작해서인지 갑자기 부엌이 너무 더운 것 같다. 답답하다. 나는 창문을 연다. 한여름에 입덧을 하니 안 그래도 꼬챙이 같은 몸이 얼마나 가시가 됐을지, 엄마가 혀를 찬다. 첫애 때도 된장만 먹었는데, 하면서 숟가락과 플라스틱통을 들고 지하실로 가면서 소리친다. 국 넘치나 잘 봐라.

냉방장치가 잘 된 언니네 집에 들어서니 대번에 땀이 식는다.

엄마가 걱정하던 대로 언니는 얼굴빛이 좋지 않다. 살결이 흰 편이라 누렇게 뜨지는 않고 핼쑥하다. 입덧보다는 실연당한 여자 같아 보인다. 별일 없니, 삼 년 만에 만났어도 언니의 인사말은 똑같다. 엄마가 부엌에 들어가 파출부에게 김치며 밑반찬의 보관법에 대해 하나하나 설명한다. 그 동안 언니는 소파에 앉아 말없이 과일을 깎는다.

파출부의 대답이 뚱하다. 일일이 다짐을 두는 엄마의 목소리가 점점 높아진다. 금방 끝날 성싶지 않다.

언니는 참외 하나를 다 깎고 나서 오렌지를 반으로 가른다. 딱딱한 껍질을 가르기 위해서 과일칼에 힘을 준다. 여윈 손등에 파랗게 힘줄이 돋는다. 태어나서 처음으로 언니 삶의 안간힘을 보는 듯하다.

“그 노트 말야……”

말을 꺼내놓고도 내 목소리는 어색하게 흐려진다.

우리는 똑같은 모양의 오렌지를 반쪽씩 손에 들고 묵묵히 껍질을 벗기기 시작한다. 언니가 대답한다.

“도로 집으로 가져올 수는 없었어.”

내리깐 눈은 계속 오렌지만 쳐다본다.

“그때 생각했는데…… 상처나 치부를 보일 수 있는 것이 너뿐이더라.”

나도 오렌지만 내려다보며 열심히 껍질을 벗긴다.

“너, 내가 불행하다고 생각하니? 그 노트 읽고 나서?”

“……”

“내가 왜 그 사람을 안 만나고 그냥 돌아왔는지 알아?”

이상하게 마음이 조마조마해서 나는 한사코 오렌지를 노려본다.

“어릴 때부터 나는 뭔가 강한 것에 기대지 않으면 불안했어. 결혼한 다음에야 그런 것에서 놓여났지. 결혼한 다음부터는 삶에 대한 기대도 없었고 누구를 의지하는 마음 없이 나 혼자 살아온 셈이니까. 그것을 영국에 갔을 때 깨달았던 거야. 혼자였기 때문에 행복하다는 것을.”

혼자가 될 수 있다면 결혼은 행복한 것이다.

언니는 그렇게 말하고 있다.

내 쪽을 쳐다보더니 갑자기 언니가 명랑한 목소리를 낸다.

“어머, 넌 오렌지 껍질을 세로로 벗기는구나. 나는 옆으로 벗기는데.”

나는 아무 말 없이 과육을 입에 넣고 씹는다.

언니네 집에 다녀오고부터 나는 오렌지를 좋아하게 되었다. 어제 엄마는 서울로 떠나면서 말했다. 내일 어떻게 할래? 미역국이라도 끓여 먹어야지. 하지만 나는 지금 오렌지만 세 개째 먹고 있다.

10월 27일 오늘은 내 생일이다. 나는 서른 살이 되었다.

서른 살이 된다고 달라질 것은 아무것도 없다. 어느 나이나 마찬가지로 서른도 외로운 나이이다. 뉴캐슬이 세상 어느 곳이나 마찬가지로 고독한 장소인 것처럼.

가을 학기가 시작된 지 이 주일이 지났는데도 나는 뉴캐슬로 돌아가지 않고 있다.

오렌지 껍질을 세로로 벗기며 생각한다.

언니와 나는 다르다, 언니는 연미이고 나는 유미이다, 라고.

갈매나무를 찾아서

김소진

1963년 강원도 철원에서 태어나 서울대 영문과를 졸업했다. 한겨레신문사에서 5년간 기자로 재직했고, 1995년부터 1997년 타계하기까지는 창작에만 전념했다. 1991년 경향신문 신춘문예에 단편소설 「쥐잡기」가 당선되어 등단했다. 소설집 『열린 사회와 그 적들』『고아떤 뺑덕어멈』『자전거 도둑』『눈사람 속의 검은 항아리』, 장편소설 『장석조네 사람들』『양파』, 짧은 소설집 『바람 부는 쪽으로 가라』『달팽이 사랑』, 산문집 『아버지의 미소』, 미완성 장편소설 『동물원』, 『김소진 전집』(전6권)이 있다. 오늘의젊은예술가상을 수상했다.

는개비가 부슬부슬 바람에 흩뿌리는 게 보였다. 두현은 진흙투성이 발자국이 바닥에 어지럽게 찍힌 역사를 빠져나와 갈 곳 잃은 사람처럼 잠시 우두커니 서 있었다. 고개를 아래로 꺾은 채 발짝을 떼기 시작했다. 그러다 문득 생각났다는 듯 왼쪽 어깨 너머로 자신을 싣고 온 기차가 굴러간 철로 위로 물끄러미 눈길을 던졌다. 기차 바퀴에 닳아 은회색으로 빛나는 레일 표면이 빗물에 젖어 차갑게 누워 있었다. 그는 어깨에 메고 있던 사진기 가방의 멜빵을 추슬러 겨드랑이 사이에 단단히 끼워넣었다. 사진을 찍기에는 별로 좋지 않은 날이었다.

철로 오른쪽 위의 높은 둔덕을 따라 왔던 길을 되돌아가던 두현은 곧 둔덕 밑으로 내려서서 철로변에 깔린 돌멩이들을 소리내 밟으며 걸어갔다. 등산할 때 가끔 쓰는 둥근 챙모자를 바짝 눌러썼지만 그 밑으로 자디잔 빗방울이 자꾸만 안경에 와 달라붙어 시야가 흐려지곤 했다. 입에서 하얀 입김이 뿜어져나오기 시작할 무렵 차단기가 공중으로 높이 솟은 무인 건널목이 나왔고 그는 폐유를 머금어 시커메진 침목을 밟고 철로 반대편으로 가로질렀다. 길이 보였다. 그 포장되지 않은 길은 들판을 향해 구불구불 뻗어나갔다. 길 앞에 서는 순간 왠지 장딴지에서 맥이 풀리는 것을 느꼈다.

아, 그 아름다운 지옥이 지금도 남아 있을까?

그는 목에 걸친 수건으로 안경을 벗어 닦고 얼굴을 훔치며 입속말로 짧게 읊조렸다. 그렇다. 그는 지금 아름다운 지옥을 찾아가는 길이었다. 오 년 전에 붉게 타올랐던 그곳을. '아름다운 지옥'은 서울의 시끌벅적함에 지친 연인들이 경의선을 타고 가다 내려서 찾아드는 호젓한 카페의 이름이었다. 오 년 전만 해도 두현은 그 카페의 단골 손님 중의 하나였다. 아니 둘이었다. 윤정이 곁에 있었으니까.

두현은 입속으로 아름다운 지옥을 읊조리면서 갑자기 요의(尿意)를 느낀 듯 가볍게 으스스를 쳤다. 그러나 요의는 곧 사라지고 말았다. 어쩌면 오한이거나 오 년 만에야 이 길을 걸어보면서 새삼 느끼게 되는 진저리인지도 몰랐다. 아, 그 오 년 동안 나는 얼마나 달라지고 늙고 또 닳다 못해 상처의 심연 속에서 비틀거리고 있는 것일까!

아름다운 지옥 근처로 서서히 다가가면서 사뭇 달라진 주위 지형 속에서도 눈에 익은 광경이 언뜻언뜻 비치자 두현은 느꺼운 가슴을 쓰다듬어내렸다. 아파트 개발 바람의 여파인지 군데군데 농사를 그만둔 땅은 묵정밭이 되어 있었고 곳곳에 팬 웅덩이를 따라 가슴팍까지 닿을 것 같은 잡풀들이 긴 목으로 서성거리고 있었다.

어제 우연히 책 정리를 하다보니 낯익은 배경을 두르고 윤정의 어깨에 팔을 걸뜨린 채 다정스레 찍은 사진이 발등에 떨어졌다. 둘은 너무나도 환히 웃고 있었다. 특히 이마가 초가집 지붕선처럼 푸근하고 서늘했던 그녀. 우리에게도 이렇게 환한 웃음이 깃들인 적이 있었던가. 그는 갑자기 콧마루가 시큰해져왔다. 둘 뒤에 이파리 무성한 갈매나무가 눈에 띄었던 것이다. 그 갈매나무만 아니었다면 두현이 불현듯 출판사에 지독한 몸살이라는 전화를 넣고 이렇듯 아름다운 지옥을 향해 실성한 사내처럼 마음만 급해 허둥지둥 비바람 부는 들판을 가로질러 가고 있진 않았을 것이다.

갈매나무는 두현의 기억이 미칠 수 있는 어린 시절부터 내면에 자리잡아온 움직일 수 없는 한 풍경이었다. 어릴 적 한때 할머니 손에서 자란 두현도 그 갈매나무와 더불어 컸다. 할머니 집 안마당에 어른 키의 갑절만큼 자라 있던 그 늙은 나무는 노년 들어 홀로 대청마루에 나앉는 일이 잦았던 할머니에게는 무언의 친구이기도 했을 터였다.

가지 끝에 뾰족뾰족한 가시를 달고 있는 그 갈매나무는 두현에겐 지옥이자 천당이었다. 갈매나무 아래서 윤정과 사진을 찍고 난 다음 그녀와 가진 첫 입맞춤이 천당에 대한 기억에 해당한다면 아내가 됐던 윤정과 이 년이 채 안 돼 헤어지기로 동의한 다음 이혼 서류에 마지막으로 도장을 찍고 내려가 찾아뵌 할머니집 앞의 갈매나무는 바로 캄캄한 지옥이었다.

현아 니 맴이 많이 아프제……

두현은 두렵고 송구스런 마음 때문에 엎드려 드린 큰절을 차마 일으키지 못하고 등짝을 들썩거리며 흐느꼈다. 그 격정의 잔등을 삭정이처럼 야윈 할머니의 손길이 잔잔히 더듬고 지나갔다.

할머니…… 이 매욱한 손자가 세상에 다시 없는 불효를 저지르고 이렇게 찾아뵈었으니 이 일을 어쩌면 좋습니까? 호되게 꾸짖어주세요, 부디!

꾸짖긴 눌로? 어림도 없지러. 니가 아프면 낼로(나를) 찾아와야지

그럼 눌로(누구를) 찾아…… 옹냐 잘 왔네라. 에구 불쌍한 내 새끼
야, 니 맴 할미가 알제 하모하모……

　부엌 문짝에 옆이마를 기대어 집게손가락으로 눈가를 꼭꼭 찍어누
르고 섰던 작은숙모한테 더운밥을 지어 내도록 한 할머니는 그가 물
에 만 밥그릇을 앞에 두고 천근만근으로 무거워진 깔깔한 밥술을 놀
리는 걸 지켜보다가 숙모의 부축을 받아 갈매나무 아래 평상에 나앉
으셨다. 그리고는 등을 돌린 채 눈물을 지으셨다. 두현은 밥이 아니
라 눈물을 떠넣고 씹었다.

　지집한테 찔리운 까시는 오래가는 벱인디……

　할머니가 갈매나무 우듬지께를 망연자실한 눈길로 쳐다보며 중얼
거렸다. 그러자 그도 어릴 적 겁도 없이 갈매나무에 오르려다 가시에
찔려 떨어졌던 기억이 났다. 아마 할머니도 그때 기억 때문에 더 북받
치시는 것일지도 모를 일이었다. 눈물이 그렁그렁한 어린 손자의 손
바닥에 깊숙이 박인 가시를 입김을 몇 번이고 호호 불어가면서 빼주
실 때 해주던 할머니의 말씀이 새삼 엊그제 일인 양 생생할 뿐이었다.

　까시 아프제? 앞으로두 세상의 숱해 많은 까시가 널 괴롭힐지도
모르제. 그래도 사내니깐 울지는 말그래이. 그럴수록 더 독한 까시를
가슴속에 품어야 하니라. 알긋제?

　야아…… 할무이.

　세상의 독한 가시를 이기라는 그 말씀은 삼 년 전 늦깎이 시인으로
등단한 그가 여태껏 시의 화두로 삼아온 것이었다. 그러나 윤정과 헤
어지고 난 여섯 달 뒤 할머니는 세상의 육신을 훌훌 벗고 떠나셨다.
두현의 가슴은 갈가리 찢어지는 듯했지만 그나마 한 가지 위안은 돌
아가신 할머니의 얼굴 위에 감돈 평온한 미소였다. 그는 그 미소가 자
신에게 보내는 할머니의 이 세상에서의 마지막 위안으로 여겨졌다.

그런데 아름다운 지옥의 뒤뜰에 왜 하필 갈매나무가 서 있었을까? 윤정과 한창 열애를 하던 시절 그는 그 사실을 그닥 의식하지 못했었다. 원래 너무도 친숙해서 그랬던 것일까, 아니면 풋사랑에 눈이 멀어서 그랬을까? 오히려 그걸 물어본 쪽은 윤정이었다.

두현씨 이거 무슨 나문지 알아?

바보. 그건 바로 갈매나무라는 거야. 언제 같이 가볼 기회가 있겠지만 우리 할머니집 앞에 오래 전부터 있는 나무지. 꽃은 그저 질박하게 피는 편인데 그 열매는 할머니가 말려서 다락에 모아두셨다가 가끔 우리들이 된똥을 누거나 할 때 설사 내리라고 약으로 달여 먹이기도 했었어. 가까이 가지 마. 가시가 숨어 있는 나무니깐.

두현씬 이렇게 가시가 돋친 나무를 좋아해?

좋아한다기보다는 친숙하지. 그리고 친숙하다보니 정겹게 느껴져.

난 가시 있는 나무는 딱 질색이야.

할머니에게 윤정을 처음 인사시키기 위해 하동으로 내려갔을 때였다. 옛날 한복을 꺼내 손을 보신 다음 정갈하게 차려입으신 할머니는 당신께서 손수 국수를 삶아 손자며느리가 될 이에게 차려주었다.

이 할미가 둔한 손으로 말아서 맛은 없겠지만 많이 자시게나.

말씀을 낮추라고 계속 권했지만 할머니는 끝내 하댓말을 쓰지 않으셨다. 윤정에게는 그것조차 불편했던 모양이었다. 긴장한 표정으로 집안 어른들한테 두루 인사를 드리고 무릎을 꿇고 앉아 드문드문 이어지는 말을 주고받으며 흘려보내야 했던 시간이 그녀에게는 고역임에 틀림없었다. 두현도 그것을 모르는 바 아니었다. 동네 친지들이 다 돌아가고 방 안에 할머니 혼자서 곰방대를 무실 무렵 두현은 눈치껏 윤정의 손을 이끌고 갈매나무 앞에 다가가 섰다.

힘들었지? 이게 내가 말한 그 갈매나무야.

그래……

할머니가 특히 좋아하시는 나무이기도 해. 한번 이파리를 만져도 보고 꽃내음도 맡아봐. 보통 초여름이면 이렇게 한 번 꽃을 피우거든. 화려한 꽃은 아니지만 보면 볼수록 은근한 맛이 있어.

됐어……

에이, 그래두.

윤정은 피곤해서 그런지 밖에 나오자마자 두현에게 갑자기 시큰둥한 표정을 지었다. 두현이의 권유에 마지못한 듯 건성으로 늘어진 가지를 잡아당겨보는 시늉을 했다. 두현은 평상에 엉덩이를 걸치고 앉아 손깍지를 하고 무릎을 감싸안았다. 윤정이 더운지 윗도리를 벗었다. 소매 없는 블라우스를 걸친 그녀의 희디흰 두 팔이 어깨 위까지 드러났다. 두현은 얼른 옷을 받았다. 바람이 턱밑으로 시원하게 스쳐가자 기분이 좀 풀렸는지 그녀가 두현을 보고 생긋 웃어주었다. 가지를 휘어잡느라 팔을 위로 치켜들자 윤정의 겨드랑이 옆으로 작지만 봉긋한 젖가슴이 솟아올랐다. 두현은 바람에 실려오는 꽃내음을 맡느라 콧방울을 굼실거렸다.

그때 윤정이 아얏 하는 비명을 지르며 주저앉았다. 아마 가시에 찔린 모양이었다. 두현은 평상에서 용수철처럼 튕겨올랐다. 그녀는 가시에 찔린 손가락을 짧은 스커트 치마폭으로 감싸안은 채 쩔쩔매고 있었다.

어? 어디 봐!

두현은 옆에 앉아 가시에 찔린 손가락을 보자며 어깨를 다독거려주었지만 윤정은 한사코 치마폭으로 집어넣은 손가락을 꺼내 보여주지 않으려 했다. 두현은 억지로 윤정의 팔을 빼내보았다. 피가 몰려 새카매진 검지 끝에서 바늘에 찔린 것처럼 동그란 핏방울이 삐쳐나왔다. 두현은 자신도 모르는 새에 그 손가락에 입을 갖다대고 피를 빨아냈다.

독이나 균이 들어갈 수도 있거든. 빨아내면 괜찮댔어, 할머니가!

순간 윤정의 뺨에 홍조가 스치는가 싶더니 손가락을 빼낸 그녀가 두현의 가슴을 거칠게 밀어냈다.

내가 뭐랬어! 가시는 딱 질색이라고 했잖아!

두현은 얼떨결에 뒤를 돌아보았다. 열린 방문으로 고개를 갸웃이 빼고 마당 쪽을 내다보시던 할머니의 얼굴이 곰방대에서 막 빨아올린 담배연기로 자우룩이 흐려졌다.

아름다운 지옥을 찾는 것은 그리 어려운 일이 아니었다. 마을 어귀에서 옆으로 비켜난 샛길로 빠져 낮은 둔덕을 한 굽이 끼고 돌자 좀 퇴락했지만 옛 모습을 그대로 지닌 그 집의 검은 지붕이 눈에 들어왔다. 그는 왼손으로 미끄러져내린 안경을 추슬러올리며 양미간에 힘을 주어 찡그렸다. 아지랑이가 피어오르는 듯 눈앞의 정경이 약간 흔들렸다.

두현은 숨을 멈추고 그 자리에 우뚝 섰다. 서둘러 안주머니를 뒤져 신촌역 앞 담배 자판기에 지폐를 넣고 뽑아 한 개비를 태운 다음 넣어두었던 담뱃갑을 꺼내 이빨로 담배를 뽑아 물었다. 그리곤 바람을 피해 돌아서서 라이터 불을 당겼다. 허파 깊숙이 빨아들인 첫 모금의 담배연기가 좀 독했는지 사레가 들린 것처럼 밭은기침이 서너 번 터져나왔다. 그는 다시 발짝을 떼기 시작했다. 걸을 때마다 단화 뒤축에 들러붙었던 걸쭉한 진흙덩이가 수떡처럼 뭉텅뭉텅 떨어져나갔다.

그러나 뒤뜰로 난 둔탁한 문은 안에서 잠갔는지 열리지 않았다. 문 바로 위 문설주에 불에 달군 쇠막대로 써내린 '아름다운 지옥'이란 나무간판이 걸려 있던 자리는 허전했다. 문을 몇 번 두드려보았지만 안에서는 기척이 없었다. 이마에 손갓을 올려붙인 다음 먼지가 켜켜이 앉은 옆창문 안을 들여다보았지만 너무 어두컴컴해서 아무것도 보이지 않았다. 그는 처마 밑에서 비그이를 하며 그 갈매나무를 우두커니 바라보았다. 왠지 모르게 뒤통수가 근질근질해서 몇 번인가 뒤돌아서 창문 안을 들여다보려 했지만 실패했다. 꼭 누군가가 자신의 뒤에서 눈길을 쏘아붙이고 있는 것 같았다.

두현은 갈매나무 앞으로 저벅저벅 다가가 우뚝 섰다. 가슴팍 높이에서 두 갈래로 갈라져올라간 그 갈매나무는 변함이 없었다. 빗물에 젖어 약간 색깔이 짙어진 이파리들은 바람 따라 살랑살랑 손을 흔들었고 나무 둥치는 예전보다 얼추 엄지손가락만큼은 더 굵어진 듯했다. 그는 예전에 윤정과 어깨를 기댄 채 사진을 찍었음직한 자리에 서서 손을 뻗어 갈매나무를 쓰다듬었다. 그리곤 그 자리에 쭈그리고 앉았다. 무슨 흔적을 찾으려는 듯 질척한 땅바닥을 뚫어지게 내려다보았다.

어디선가 응애응애 아이 우는 듯한 들고양이 울음이 들려 소리 나는 쪽으로 무심코 고개를 돌렸다. 거기엔 무릎께가 풍덩 빠진 헐렁한 하늘색 면바지에다 몸에 착 달라붙는 반팔 검정 티셔츠를 입은 삼십대 중반의 여자가 부스스한 파마 머리를 이고 서 있었다.

아직 장사허기는 좀 이른데……

장사를 하나요?

장사라는 말에 귀가 번쩍 뜨인 두현은 반갑게 되물었다.

오후 세시는 돼야 애아범도 오고 그럭저럭 준비가 되는데요.

무슨 장산데요?

들어오시면서 간판 못 봤어요? 우린 오리탕 전문집인데.

아 예……!

그제야 주모 같아 보이는 아낙은 전후 사정을 알았다는 듯 배시시 웃었다. 볼우물이 가지런히 패면서 고른 치열이 하얗게 드러났다.

혹시 여기서 전에 하던 카페인가 뭔가가 아직도 하는 줄로 알고 찾아오신 양반 아니에요? 작년만 해도 그런 사람이 한 달에 두엇은 있었는데 올해는 거기가 처음이네요? 주인이 바뀐 지 벌써 삼 년 됐으니까요. 근데 기왕에 오셨으니깐 뭐 간단한 요기나 마실 거라도 드시구 가셔야지 이 우중에…… 근데 혼자세요?

두현이 그토록 열려고 애썼지만 열리지 않았던 그 둔탁한 문이 주모가 슬쩍 밀치자 스르륵 소리없이 열렸다. 그는 주춤주춤 어두운 집 안으로 들어서려다 말고 멈칫 문턱을 밟고 섰다. 그리고는 잠시 숨을 멈췄다가 문 안쪽의 공기를 한껏 들이마셨다.

어머니도 차암, 불 좀 켜실 일이지……

아낙이 어둠 속에 대고 말했다. 스위치를 딸깍 올리는 소리가 들리자 어둠 속에 도사리고 있던 탁자 대여섯 개가 드러났다. 그는 나지막이 찬탄의 소리를 질렀다. 언뜻 보기에도 아름다운 지옥 시절과 내부 구조가 크게 달라지지 않았던 것이다. 우선 창가 쪽 벽에 기대어 서 있는 커다란 물레방아가 반갑게 눈에 띄었다. 그 앞자리가 바로 윤정과 그가 단골로 앉던 자리였다.

또 나와 있으세요? 날도 궂은데.

구석빼기에서 부연 먼지를 뒤집어쓴 한 탁자 뒤에 반백의 할머니가 창문 쪽으로 시선을 고정시킨 채 그림처럼 앉아 있었다. 머리카락 한 올의 흐트러짐도 없을 성싶게 쪽을 지른 머리에 솜배자를 걸친 한복 차림이었다. 두현은 양미간을 좁혔다. 할머니…… 그는 아낙이 조심조심 안으로 부축해 모셔가는 그 할머니의 뒷모습을 멍하니 바라보았다. 그는 갈매나무 앞에 서 있을 때 왜 뒤통수가 근질근질했는가를 그제야 깨달을 수 있었다.

앉으세요. 직업 사진산가봐요?

곧 돌아온 여자가 사진기 가방을 가리키며 아는 체를 했다.

아 예…… 그건 아니고요. 가끔씩 찍는 정도죠.

주모는 잠깐 안에 들어갔다 나온 사이에 옷을 갈아입었다. 그가 어릴 적에 어머니가 자주 입었던 것으로 기억하는 얇은 깨끼 한복 차림에다 앞치마를 두르고 있었다.

뭐 하실래요?

술 있다고 그러셨죠?

술은 새로 거르면 되지만 지금은 안주가 별로 신통치 않아서……

안주는 뭐 간단한 걸로 아무거나……

파전 같은 건 어때요? 손님도 출출할 때가 됐을 텐데 실팍한 파전으로 요기도 삼을 겸 해서……

빨리 되나요?

그건 일두 아니에요. 마침 아침에 녹두 갈아서 한 양푼 풀어놓은 거 있으니깐 번철에다 두툼하게 금세 부치면 되지요.

일단 술은 동동주 한 동이 먼저 내주시구요, 그러면 되겠네요.

그러실래요?

주모가 술을 거르러 간 사이 그는 먼지가 부옇게 앉은 커다란 물레방아를 손가락 끝으로 찍어보았다. 어른 키를 훌쩍 넘어 보이는 그 물레방아는 예전에 연인들이 소식을 주고받는 메모판 구실을 하던 물건이었다. 바퀴살 옆에 압핀으로 메모지를 꽂거나 층계처럼 돌아가면서 시냇물을 받아내던 물레방아의 칸 위에 조약돌을 지질러 얹어두기도 했을 터였다.

표주박을 띄운 술동이가 나왔다. 열무김치와 깍두기 보시기가 깔렸다.

　파전은 곧 지질 테니 우선 목부터 축이시고…… 이건 집에서 담근 거라서 달지 않고 톱톱하고 담백한 게 다들 맛 좋다고 합디다.

　주모가 젓가락을 떨궈주면서 말했다. 두현은 고개를 들지 않고 생각보다 팽팽한 주모의 손등을 가만히 내려다보았다. 그걸 눈치챘는지 그녀가 앞치마 안으로 손을 슬쩍 가져가버렸다.

　이거 잘 마시겠습니다.

　한 잔 쳐주고 갈까봐요? 그래도 오늘 첫 손님에다 첫 잔인데.

　괜찮습니다. 제가 떠마실…… 게 아니라 그럼 한 잔 쳐주세요.

　그러실래요?

　주모가 가득 따라주고 돌아서자마자 그는 잔을 들어 입술을 댔다. 집에서 담근 술이라는 그녀의 말은 허풍이 아니었다. 억지로 이것저것 치고 넣어서 달짝지근하게 맛을 낸 술과는 달랐다. 시골 양조장에서 물을 전혀 타지 않고 걸러내온 전내기 술인 양 진국이었다.

　두현은 식도를 쩌르르 훑으며 내려갔다가 명치끝에서 탄산가스와 함께 다시 역류해올라오는 술기운 때문에 간잔지런해진 눈길로 물레방아를 쓰다듬었다. 그러자 무슨 소리가 들리는 듯했다. 어느 때였을까, 그 맑고 시원한 계곡물에 온몸이 젖어 빙글빙글 돌아가며 사람들이 정성들여 걷어온 알곡들의 옷을 하나하나 벗기던 때가. 그래서 오랜만에 남의 눈을 피해 치맛자락을 걷어올린 젊은 아낙의 알토란 같은 종아리를 넘겨다보면서, 혹은 흡족한 마음에 목소리가 걸걸해진 남정네의 구성진 풍년가 노랫소리를 들으며 돌고 돌던 때가 있었을 것이다. 또한 길을 잘못 들어 자신한테로 휩쓸려내려온 날피리나 쇠리들의 싱그런 푸드덕거림 때문에 삐걱삐걱 간지럽다는 소리를 내던 때도 있었을 것이다. 그렇다. 지금은 아무런 감정 없이 메말라 먼지만 켜켜이 뒤집어쓰고 있지만 아마 저 물레방아 역시 한때 잘나가던 시절의 추억을 꿈꾸고 있는지도 모를 것이다. 자기 옆에서 이렇듯 동 동주에 취해가는 사내처럼.

윤정은 그 물레방아를 역사의 수레바퀴에 비유했다. 얼핏 보면 그 물레방아는 거대한 수레바퀴를 자연스레 연상시키기도 했던 것이다.

역사는 결국 진보하게 돼 있잖아. 그게 절대진리이니깐…… 우리 는 역사의 수레바퀴가 좀더 원활하게 굴러가도록 밑거름이 되려는 신념을 바탕으로 만난 사람들이고. 이 물레방아를 보니깐 왠지 그런 생각이 실감나게 들어. 그 어떤 보수 반동세력들이 역사의 수레바퀴 를 거꾸로 돌리려 기를 쓰고 덤벼도 결국은 그 준엄한 역사의 수레바 퀴 밑에 깔려 죽을 것 같다는 생각 말이야.

물론 맞는 말이야. 아무튼 진보든 반동이든 그 역사의 수레바퀴에 깔리는 사람 수가 되도록 적어야지. 그러면 얼마나 좋겠어.

두현씬 보기보담 좀 나약한 데가 있어.

그때 둘은 『자본론』을 공부하는 그룹에 나란히 속해 있었다. 그날 은 아마 윤정이 발제를 한 것 같았다.

이것 봐. 그러니깐 아일랜드에서는 1846년에 대기근이 일어나 백 만 명 이상의 인간이 죽었다는 거야. 엄청난 재앙이지. 그리고 나서 계속적으로 이민이 생겨서, 사람들이 살기 힘드니깐 딴 데로 한번 가 보려는 건 당연한 일 아냐? 그래서 인구가 절대적으로 감소했는데도 불구하고 노동자들의 상태는 전혀 개선되지 않았다고 하거든. 그 이 유를 어떻게 볼 수 있을까? 여기 팔백칠십팔에서 구십사쪽에 걸쳐 나와 있는 게 바로 그것에 대한 내용이야. 국부는 증가하지만 아무 소용 없는 게 말이지, 노동자는 여전히 쪼들리게 되는 궁핍화 경향의 모순이 해결되지 않거든. 자본주의 아래서는 말이야.

윤정이 낭랑한 목소리로 발제를 하는 걸 들으며 두현은 스물다섯이라는 나이는 도대체 무엇일까를 생각했다. 스물다섯, 스물다섯…… 술 때문에 위장병을 얻기에 딱 알맞은 나이, 한번쯤 자유가 현기증 나는 것은 아닌지 의심해볼 나이, 명쾌한 것보다 애매모호한 게 가끔씩은 저도 모르게 끌리는 나이……

생산수단을 독점한 자본가들은 임금의 형태로는 생계에 필요한 최저한 이하로 지불하고 나머지 부지불 노동이 창출해낸 잉여가치를 배타적으로 소유하는 관계를 강제적으로 지속함으로써 자본 축적을 이어나가며……

아, 또 있다. 악어처럼 아가리를 쩍 벌리고 있는 저 도저한 허무의 심연 앞에서도 아랑곳없이 고개를 들이밀려는 자멸적 열정에 부대껴야 하는 그 나이란! 스스로 거역할 수 없다는 사실을 알고 있는 삶의 부패 앞에서 그것이 두려워 발버둥치는 스물다섯의 초상이 바로 우리일 것이다. 아, 오늘따라 왜 이렇게 아름다운 지옥으로 가고 싶을까? 목이 컬컬하다.

두현은 술잔을 들어 입술에 댄 채로 눈을 치떠 창 밖의 갈매나무를 바라보았다. 찬 술이 코끝에 차란차란 와 닿았다. 씨익 웃음이 새나왔다. 자신도 모르게 남이 읊은 시가 주저리주저리 엮어져나왔다.

어느 사이에 아내도 없고, 또,
아내와 같이 살던 집도 없어지고,
그리고 살뜰한 부모며 동생들과도 멀리 떨어져서,
그 어느 바람 세인 쓸쓸한 거리 끝에 헤매이었다

평안북도 정주 출신의 가객 백석(白石)의 시 「남산의주 유동 박시

봉방(南新義州 柳洞 朴時逢方)」이 아니었더라면 두현 자신이 먼저 썼음직한 시구였다. 좀전에 입가에 머물렀던 웃음이 채 가시기도 전에 울음기가 숨을 턱 가로막고 왈칵 밀려들었다. 두현은 당황스러웠다. 쿨럭쿨럭 기침이 새나왔다. 그 바람에 입과 코로 밀려나온 숨바람 때문에 술방울이 사발 밖으로 마구 튀어나갔다. 입 주변을 비롯해 온 얼굴로 술이 끼얹어졌다. 두현은 숨을 한번 고른 다음 사발 안에 있는 술을 단숨에 빨아들였다. 그가 탁자 위에 술잔을 소리 나게 탁 내려놓자 옆에서 주모가 기다리고 있었다는 듯 차가운 물수건을 내밀었다.

에구, 천천히 마시지……

저한테도 수건 있어요.

마른 수건보다 젖은 수건이 안 나아요?

고맙습니다, 아주머니. 갑자기……

그는 입가보다는 눈가를 먼저 훔쳤다. 그런 다음 입가를 틀어막고 얼굴 전체를 수건에 파묻었다. 얼굴을 닦고 나니 개운한 느낌이 들었다. 그는 눈을 커다랗게 뜨며 창 밖의 갈매나무를 다시 응시했다. 갈매나무 너머로 집 한 채가 눈에 어른거렸다. 신혼살림을 차렸던 산기슭 바로 아래 그린벨트 안의 허름한 양옥 이층방이었다. 보일러가 자주 고장나서 가끔은 습내도 나고 누긋한 바로 그 방바닥 위에서 둘은 얼마나 서로에게 코를 박고 뒹굴었던가. 아아, 그때를 기억하며 시를 짓고 싶다. 저 백석의 절망을 뛰어넘는 시를. 두현은 숨이 찬 듯 헐떡거렸다. 그러나……

기다리는 사람이 없는 집은 집이 아니로구나, 집이 없는 사내여
스산한 바람 가득 찬, 텅 빈 집을 굽은 등에 지고 가는 사내여

달팽이처럼 느린 사내여…… 아, 이 이미지는 내 거가 아냐! 진부해! 두현은 눈을 감고 고개를 저었다. 그의 시는 거기서 한 자도 더이상 나가지 못했다. 두현은 아랫입술을 윗니로 지그시 깨물었다. 주모가 슬그머니 앞자리에 앉는 모습이 보였다. 두현은 아무 말도 하지 않고 목덜미를 닦아낸 물수건을 탁자 위에 던져놓았다.

몇 살이세요 그래?

주모는 두현과 시선을 나란히 해 창 밖을 보면서 말을 꺼냈다.

얼마로 보이세요?

그저 한 서른 남짓?

비슷해요. 오늘로 딱 삼십 년 하고도 사십이 일을 더 살았습니다.

호호호…… 적당한 나이구료!

입을 가리고 웃는 주모의 손가락 틈새로 하얀 치열이 비쳤다.

적당하다니요?

아니 그저…… 왠지 세상 물정을 알 만큼은 아는 나이 같아서요. 신경 쓰지 마세요.

세상 물정은요, 아직 멀었죠 뭐. 한잔 드릴까요? 이거 혼자 마시려니……

그야 주시면 마셔야죠.

손님이 없는 술청에 단둘이 마주 앉은 주모는 보기보다는 붙임성이 있었다. 두현의 앞에 앉기 전에 이미 눈자위가 불콰해지도록 동동주를 몇 잔 마셔서 그런지도 몰랐다. 주모에게 줄 잔을 간신히 채우고 나니 동이 바닥을 표주박이 다그락다그락 긁어내는 소리가 들렸다.

이번 동동주 한 동이는 지가 낼 거구만요.

장사 준비는 어떻게 허실려구요?

흥, 장사? 장사는 무슨 오뉴월에 얼어죽을 장사…… 하루에 한 번

손님이 들까 말까 한데.

아깐 바깥양반이 장 보러 가셨다면서요?

그럼 기껏 찾아온 손님한테 파리만 날리고 있다고 할 텐가요?

주모가 눈을 곱게 흘겼다. 두현은 불쑥 관자놀이께를 엄습한 취기 때문에 고개를 흐느적거렸다.

……!

손님이 저 갈매나무를 처연히 살펴보는 깐을 보고는 감을 척 잡았드랬지요. 뭔 사연이 있어도 속절 깊게 있는 양반이다 이렇게. 내 말이 틀렸나요? 이래 빼두 사내 눈빛만 척 봐두 속에서 무슨 생각 하고 있는 줄 짐작하고두 남는다 이거죠. 우리 어머닌 치매가 있어서요. 시엄만데 이 년 전부터 그 증상이 도져가지고설랑…… 오핸 마세요. 난 효부는 아녜요. 그저 울 엄마가 불쌍해서 돌아가시는 날까지만 그럭저럭 뫼시자 그런 생각이죠 뭐. 정 때문에. 울 엄마가 왜 치매가 들려 저 갈매나무만 들입다 쳐다보는 줄 아세요?

그는 술잔을 급히 뒤집어 입 안으로 털어넣었다. 여자가 얼른 일어나 주방 쪽으로 들어가더니 술동이 위에 표주박을 새로 띄워 내었다. 그리고는 두현의 잔을 가득 채웠다.

왜죠?

돌아올 둘째아들을 기다려야 하니깐…… 우리 되련님인데 지금 이태째 징역살이를 허고 있지요. 도합 칠 년을 받았으니깐 앞으로두 다섯 해는 콩밥을 더 먹어야 하니 울 엄니 살아생전엔 어려울지도 모르지요. 그놈의 신도시 보상금 때문에…… 다들 눈이 뒤집혀서. 남들은 여기 땅 좀 있는 사람들이 보상금 나와서 돈다발이나 만진 줄 알지만 천만에요. 그저 땅이나 파먹고 살아야 할 사람들이 고향은 뺏겼지 뜬금없이 생긴 눈먼 돈 앞에선 어쩔 줄 몰랐지 해서 결국 거덜

나서 뿔뿔이 흩어진 이들이 적지 않다구요. 젊은 되련님이 보상금으로 그 아름다운 지옥인지 뭔지 하는 재수없는 집을 인수한 게 화근이었다구요. 우리 되련님은 그 카페를 흔전만전하는 술집으로 만들어 버렸어요. 장사란 하던 사람이 해야 하는 법인데…… 처음엔 되는 듯하다가 영…… 게다가 계집까지 잘못 들어오는 바람에 아주 망조가 들었지요. 주방일을 해야 할 년이 갈매나무 앞에서 찾아오는 뭇 사내를 맞아 눈웃음치며 헤살바실 헤픈 정이나 퍼주고 있었으니 되련님이 눈이 뒤집힐 만도 했지요. 실제로 눈이 맞은 사내가 생겼구. 그래서 하루는 순진한 우리 되련님이 저 갈매나무 앞에서 그 기생 오라비 같은 사내에게 장작개비로 병신이 되도록 매타작을 날렸지 뭡니까? 우리 되련님이 발목을 상해서 오래 전에 오른다리에 절음이 나긴 했지만 허우대가 좋아서 그깟 팔랑개비 같은 사내 하나쯤은 아주 우습게 다루거든요. 아무튼 계집은 그 길로 도망가고…… 후우, 지가 저 갈매나무를 뽑아버리려 해도 시엄마가 우리 근식이 되련님이 그러면 집을 못 찾아올 거라고 그러셔서. 참, 손님 술맛 떨어지게 지가 너무 주책없이 떠들었죠?

무슨 말씀을요……

아참, 근데 원래 이 집의 먼젓번 이름이 그 뭐이냐, 아름다운 지옥이라는 무시무시한 거였다며요? 그 간판 때문에 손님도 추적추적한 빗속을 더듬어 오신 듯한데 무슨 내력으로 이름을 그렇게 지었다고 합디까?

모르죠. 저도 그 집 다닐 때 집주인 코빼기 한번 못 봐서요, 사실은 잘 몰라요.

지옥이라는 글씨를 스스럼없이 척 넣은 걸 보면 교회 다니는 사람이 아닌 건 틀림없는 것 같고……

글쎄요…… 그런데 그건 어떻게 생각하세요? 비웠어요? 한잔 더 하셔야죠. 무엇이냐 하면 아름다운 지옥이라는 게 말이나 되는 것 같아요?

힝, 말도 안 되는 싱거운 간판 아녜요? 그러니깐 그 집도 아마 장사하는 데 망조가 들어서 우리한테 넘겼다가 우리까지도……

그렇겠지요…… 지옥이 아름답다는 건 거짓말이겠죠? 지옥은 괴롭고 끔찍하고 추하고 불결한 것 아닙니까? 이건 누구나 다 아는 평범한 사실이죠. 안 그래요? 저도 사실은 오 년 전만 해도 그런 상식을 붙들고 늘어졌던 사람입니다. 예, 그랬지요. 그때는 내가 지옥을 분명히 볼 줄 안다고 굳게 믿었던 거니까요. 그래서 지옥을 두고 아름답다고 누군가 말했을 때는 말이죠, 이렇게 쉽게 생각을 먹었어요. 이 땅의 이 숨막히는 현실을 받아들이자! 그래서 지옥과 같은 이 현실을 아름답게 가꾸도록 가열차게, 예 가열차게요, 그렇게 노력하고 실천하자. 세계를 좋게 바꾸자! 좋게! 이랬죠, 하하하!

알 듯 말 듯 쪼끔은 이해가 될 것도 같구…… 그런데 지금 와서는요?

주모는 사뭇 진지한 표정이었다. 그녀는 술기운이 얼핏 갠 말간 눈동자로 그를 쳐다보고 있었다. 두현은 순간 그 눈동자, 그 눈빛을 박제로 만들어두면 좋겠다는 이상한 충동이 명치께에 부젓가락처럼 스치는 걸 느꼈다. 그는 술이 번진 입가를 훔쳐낸 손등을 털며 고개를 가로저었다.

아, 지금요? 여기 우리가 서로 얼굴을 마주 보고 있는 현 시점을 묻는 겁니까? 그런데 지금은 말이죠. 그게 말이죠. 어떻게 된 거냐 하면 말이죠. 말하자면 말이죠…… 이런 게 아닐까요? 이제 지옥이니 낙원이니 하는 것 자체가 보이지 않는다 이 말이지요. 지금은 그런 생각이

주욱 들어요. 지옥이나 낙원이 있다면 그게 도대체 무엇일까……? 정
녕 그게 무엇이란 말인가. 있으면 한번 나와봐라! 더군다나 그 가혹한
지옥을 두고 아름답다, 아름다운 지옥이다 했을 땐…… 거기에 한때
현혹되었을 내가 결코 장난일 수 없다면 그 지옥이란 게 진짜로 뭔지
또 가짜로는 뭔지…… 그것이 알고 싶어 토옹 견딜 수가 없어졌단 말
이죠. 그렇다면 지옥이라도 좋으니 그곳에서라도 기다리는 사람이 있
는 집이 있어서 진저리가 나도록 지지고 볶으며 다시 살고 싶다는 생
각이 간절히 들어요.

애써 휘저어놓은 술 다 가라앉기 전에 마시며 한숨 돌리고……

예, 그건 중요한 게 아녜요. 제 말 아시겠어요? 기껏 나이 서른 문
턱에 벌써부터 집이 없어진 이 사내의 길고 긴 절망과 한숨의 그림자
를 끌고 가는 무엇인가를 묻고픈 겁니다. 저 지푸라기인들, 먼지인들
그리고 티끌들이라도 황혼 녘에는 휩쓸려들어가 박히는 집구석이,
하다못해 썩어가는 마구간 구석이라도 있는 법인데 하물며 나이 서
른의 사내가 말이죠…… 왜 헐헐헐, 제가 좀 취한 것 같아요? 아니라
구요? 그러니깐 이 지옥이라는 말은 함정인 겁니다. 함정!

빠져버리는 거 말예요?

그렇죠! 빠져버리게 되는 거죠. 그러니까 앞이 보이지 않는 겁니
다. 한시바삐 지옥에서 벗어나 아름다운 쪽으로 가고픈 욕망만 헐떡
거리고 있고…… 물론 가야 하는 거지만…… 하지만 지옥이 있으니
까 아름다움이 있어 그 둘이 본래는 하나이듯이…… 왜냐하면 아름
다운 건, 그리고 어떤 걸 아름답다고 부르기로 한다면 그건 애진작부
터 지옥이 아니었지요. 물론 그걸 낙원이라고 부르기도 어렵고……
하지만 어떤 꿈을 가리키는 것만큼은 분명해요. 그 꿈은 뭘까요? 그것
은 아득한 기억뿐일지도 모르죠. 사실인지 착각인지도 잘 모르겠

고…… 아무튼 흔적없이 지나간 시간을 붙드는 유일한 육체처럼 흔들림 없이 버티고 섰는 그 기억의 집 말예요. 바로 저 갈매나무 같은 것!

두현은 팔을 들어 손가락으로 찌를 듯이 창 밖의 나무를 가리켰다. 주모의 눈길이 국수가락처럼 손가락 끝에 걸렸다. 그는 손을 내리자마자 뻐근해진 방광을 풀어주기 위해 자리에서 비척비척 일어났다.

는개비는 여전했다. 좀더 칙칙하고 끈끈해졌을 따름이었다. 뜨뜻하게 달아오른 목덜미께가 간지러웠다. 뒤뜰 오른쪽 구석에 있는 화장실로 가다가 말고 그는 갈매나무를 돌아다보았다. 그리고는 갈매나무 아래로 휘적휘적 팔을 흔들며 걸어가 바지의 지퍼를 내렸다. 딱딱하고 검붉은 색으로 변한 한 움큼의 살덩이를 꺼내 쥐고 다른 한손으로 갈매나무를 짚은 채 오줌발을 세웠다. 그는 눈까풀을 내린 채 옆이마를 차가운 갈매나무의 까칠한 몸뚱이에 기댔다. 그러자 서늘한 기운에 눈까풀이 도로 걷히며 풀숲에 가려진 새 오솔길처럼 희미하게 시가 한 구절 떠오르는 게 눈앞에 보였다.

이리하여 사내는 자신이 지고 가는 회억의 집 속에 갇힌 채
지나온 熱砂의 나날을 곱씹고 있는 것이리라
자신의 몸조차 누일 수 없는 그 속 좁은 회억의 집 속에서
손깍지 베개를 한 채 슬픔의 무게와 어리석음의 무게를 재고 있는 것이리라
슬픔과 어리석음의 무게를 어쩌지 못하는 병신 같은 꼬락서니의 사내여

아아, 병신 같은 사내, 병신 같은 사내여! 지퍼를 올린 다음 안경 속으로 새끼손가락을 집어넣어 눈두덩을 꾹꾹 누르던 두현은 혼잣말

처럼 나지막이 주절거렸다.

나 영국 유학 가기로 했어. 동의해줄 거지?

헤어지기 두 달 전부터 친정에 가 있어 사실상 별거상태에 있던 윤정은 그 집에 돌아와 그렇게 말했었다. 두현은 그게 무슨 뜻인지 알고도 남았다. 아, 결국 이렇게 되는 것인가? 내가 무슨 말을 꺼내야 한단 말인가. 두현은 등허리께에서 배어나오는 후끈한 땀기가 목덜미 쪽으로 뻗지 못하도록 애써 억누르며 말없이 고개를 끄덕였다. 어차피 그가 동의하고 말고 할 여지는 사라진 터였다.

그래…… 아무 걱정 하지 마.

별거 직전 우연히 임신한 사실을 안 윤정은 두현을 거칠게 닦아세웠다.

지금 내가 얼마나 중대한 고비에 있는 줄 알아? 일 분 일 초를 아껴 한창 논문을 준비해야 할 땐데 말이야. 이렇게 무책임하게 일을 덜컥 저질러놓으면 도대체 어쩌자는 거야. 두현씬 정신이 있는 남자야 없는 남자아! 난 도저히 이해할 수도 그리고 묵과할 수도 없어.

우리 멀리 생각해보자구. 기왕에 연이 닿은 생명인데 그 아이를 기르면 안 될까?

그따위 소리는 다신 입 밖에 내지도 마! 누가 애를 키우냐고? 그게 쉬운 일인 것 같아? 자기 시 쓴답시고 거의 룸펜처럼 생활한 게 벌써 언제부턴데, 그럴 능력이나 제대로 있어서 하는 말이냐구? 결국 나보구 애나 키우며 집 안에 주저앉으라는 얘긴데 비열해 넌! 정말이지 그 동안 치른 맘고생만 해도 남세스러워 죽을 지경인데! 우린 이것으로 끝장이야! 더이상 나도 참을 수가 없어! 정말이야, 흑흑.

경제적 무능력이 애를 못 키우는 온당한 이유가 된다고 믿니, 넌?

두현도 자신이 하고 있는 말이 얼마나 설득력이 없고 어리석은가를 잘 알고 있었다. 그는 다음날 윤정이 아무 일도 없었다는 듯이 매끈한 낯으로 애를 떼고 들어왔을 때 분노보다는 수치감이 앞섰다. 내가 내 아이 하나 내 손으로 받을 권리가 없단 말인가. 그래서 당장 필요한 옷가지만 보자기에 주섬주섬 구겨박고 친정집으로 돌아가는 윤정을 붙잡을 수 없었다.

아내가 가고 없는 그 신혼방에서 두현은 한사코 자신에게서 달아나려는 어떤 아이에 대한 꿈을 서너 번 꾸었다. 힐끗 뒤를 돌아다보는 꿈속의 작은 아이는 그를 닮아 보일 때도 있었고 얼굴이 하얗게 지워져서 나타날 때도 있었다. 아주 무서운 꿈이었다. 꿈자리에서 깨어날 때마다 그는 눈물이 핑 돌아 낯선 곳에서 잠이 설깬 아이처럼 훌쩍거리곤 했다.

그래서요?

그래서 그렇다는 말이죠.

에이, 시시해. 그럼 전부인은 진짜 유학을 갔어요?

아직까지 한 번도 못 만났으니 그럴 가능성도 있을 겝니다.

그럼 요즘도 아이 꿈을 꾸세요?

아뇨. 요즘은 한 나무에 대한 꿈을 꾸는 편이죠.

나무요?

나뭅니다. 아주 헌걸차고 씩씩한 녀석이죠. 바로 수갈매나무입니다. 갈매나무가 암수딴그루 나무인 건 아시죠?

암수딴그루라뇨?

왜, 은행나무처럼 암수가 따로 있다 이겁니다. 제가 여태껏 보아온 건 모두 암그루였죠. 아직 수그루를 한 번도 보지 못했죠. 아마 어느 깊은 계곡 어디에선가 뿌리를 박고 홀로 눈보라와 찬 비와 거친 바람을 맞으며 추운 계절을 꿋꿋이 견디며 힘차게 수액을 높은 우듬지 위로 뽑아올리는 자태를 간직한 수그루를 알아보게 될 겁니다. 그런 날이 꼭 올 겁니다. 제 꿈이 그렇거든요. 그놈을 봤어요. 한 번도 아니고, 두 번도 아니고…… 몹시 앓을 땐 내가 직접 그 수갈매나무가 되는 꿈을 꿔요. 아주 편안한 나무가 되는 꿈을 꿔요.

오후 세시가 다 돼갔지만 주모가 말하는 애아범은 예상대로 나타나지 않았다. 그사이에 주모는 젓가락으로 탁자 모서리를 가볍게 두드리며 철 지난 유행가를 두 곡이나 불러주었다. 행주치마도 못 벗고 보낸 님 소식에~ 전선의 향기 품어 그대의 향기 품어~ 군사우편 전해주는 전선편지에~ 배달부가 사립문도 못 가서~ 나는 그만 울어었쏘오~ 두현은 노래를 마친 주모가 식은 파전을 데우겠다고 쟁반을 가지고 나가자 탁자 위에 지폐를 몇 장 꺼내놓고는 일어섰다.

문 밖 한쪽 처마 밑에는 웬 건장한 사내가 낡은 삿자리를 깔고 앉아 있다 문을 열고 나오는 두현을 향해 턱을 비죽 내민 다음 눈을 내리떠 보았다. 바람은 여전했지만 비는 그쳐 있었다. 구레나룻을 길러서 그런지 강인한 인상에다 덩치깨나 있어 보였다. 두현은 자신을 쏘아보는 사내의 눈길이 심상치 않음을 느꼈지만 서둘지 않고 그 앞을 천천히 지나갔다. 사내가 자리에서 일어나 엉덩이의 먼지를 툭툭 터는 시늉을 했다. 두현은 뒤돌아서서 갈매나무를 향해 사진기를 들이댔다. 셔터를 누르려다가 사내가 다리를 저는 모습을 보고는 사진기에서 눈을 뗐다. 역시 오른쪽 다리였다.

……!

그, 근식아……

어느새 갈매나무 옆에 나와 선 할머니가 퀭한 눈으로 그 사내를 맞이하고 있었다. 앉아 있을 땐 몰랐지만 일어선 사내의 한 손에는 부식거리가 담긴 까만 비닐봉투가 그리고 다른 한 손엔 짤막한 등산용

손도끼가 들려 있었다. 사내가 움직이기 시작했다. 다행히 두현을 향한 발걸음은 아니었다. 갈매나무 앞으로 다가선 사내는 도끼를 쥔 손을 허공으로 쳐들었다.

그, 근식아 어서 온……

사내가 힐끗 뒤를 돌아보았다. 그러더니 장난하다 들킨 아이처럼 수줍은 웃음을 지으며 순순히 도끼를 내던졌다. 그의 손을 떠난 도끼는 물러진 땅바닥에 내리박혔다.

두현은 사내와 문설주에 빨래처럼 축 늘어져 달라붙어 있는 노인을 번갈아 봤다. 그렇다면 그 사내는 앞서 주모가 감방에서 오 년을 더 썩어야 한다는 도련님 근식이 틀림없을 터였다. 그런 사내가 어떻게 버젓이 나타난단 말인가. 두현은 순간 다리 저는 남편을 두고 갈매나무 앞에서 술손님한테 헤픈 정을 팔면서 기생 오라비 같은 남정네와 통정을 하다 결국은 쫓겨 달아났다는 젊은 여인이 바로 그 주모일지도 모른다는 느낌이 스쳤다.

그는 돌아서서 뭐라고 주절거리고 싶었지만 말문이 열리지 않아 허둥지둥 마당을 가로질러 빠져나왔다. 들판 끝에서 다시 변덕스런 먹구름이 빠른 속도로 아름다운 지옥을 향해 꾸역꾸역 몰려드는 모습이 보였다. 아무래도 큰비가 질 모양이었다. 두현은 마구 달려가기 시작했다. 길을 막아서기라도 하듯 들판 저 멀리에서 부연 비안개가 피어올랐다. 그러자 때늦은 시어들이 일렬종대로 몰려와 그의 어깨를 툭툭 건드리고 있었다.

그것은 갈매나무, 한 그루 갈매나무였다
늦봄이면 꽃을 피우고야 만다는 갈매나무
굳고 정한 갈매나무, 외로운 갈매나무, 눈을 맞고 있는 갈매나무

　사내는 슬픔과 어리석음과 부끄러움과 절망감, 그 너머 먼 산에 외로이 서 있는
　갈매나무를 생각하는 것인데
　사내는 너무 쉽게 슬픔과 어리석음과 부끄러움과 절망감에서 빠져나오려 하는데……

—안찬수 시인의 「갈매나무」에서 인용

새는 언제나 그곳에 있다

전경린

1962년 경남 함안에서 태어났다. 1995년 동아일보 신춘문예에 중편소설 「사막의 달」이 당선되어 등단했다. 소설집 『염소를 모는 여자』 『바닷가 마지막 집』 『물의 정거장』 『천사는 여기 머문다』 『이중 연인』, 장편소설 『아무 곳에도 없는 남자』 『내 생에 꼭 하루뿐일 특별한 날』 『난 유리로 만든 배를 타고 낯선 바다를 떠도네』 『열정의 습관』 『검은 설탕이 녹는 동안』 『황진이』 『엄마의 집』 『풀밭 위의 식사』 『최소한의 사랑』 『해변 빌라』 『이마를 비추는, 발목을 물들이는』, 어른을 위한 동화 『여자는 어디에서 오는가』가 있다. 한국일보문학상, 문학동네소설상, 이수문학상, 21세기문학상, 대한민국소설문학상 대상, 이상문학상, 현대문학상, 현진건문학상을 수상했다.

봄밤이었다. 봄밤의 공기는 무수한 꽃향기로 가득 채운 거대한 애
드벌룬처럼 유리문에 부딪친다. 그것은 예감이나 추억에 관한 말일
지도 모른다. 우수가 지나면 젖은 나뭇가지에서 숨어 있는 꽃들의 향
기를 맡을 수 있는 것처럼. 나는 봄이 부딪치는 창가에서 검은 어둠
을 응시하며 울고 있었다. 그때 나는 서른 살이었다. 나는 그 사실을
그날 밤 돌연하게 상기하게 되었다. 서른, 나는 당황한 채 칠흑 같은
어둠을 바라보고 있었다. 머릿속에는 누군가 모래 먼지가 낀 계단을
밟고 내려오는 소리가 들렸다. 아주 낡은 풍금 소리같이 커다랗고 스
산한 울림. 모래가루가 섞인 것 같은……

그날 신문의 해외토픽란에는 외국의 한 외판원 남자가 자기 집 계
단 가장 아래칸 뚜껑을 뜯고 들어가 이십 년 동안 나오지 않고 있다
는 소식이 실렸다. 아흔 살쯤 나이 먹었을 것 같은 노파가 계단 뚜껑
을 젖히고 그 아래의 암흑을 향해 손짓하는 사진이 실려 있었다. 이

제 그만 나오지 그래, 하는 것 같았다. 이제 그만 나오지 그래. 누군가 내 머리 위 계단 뚜껑을 열고 그렇게 말해주었으면, 나를 좀 내다 버려주었으면, 어리석게도 나는 그런 생각을 하며 울었다.

눈물은 제 스스로 까닭이 있다는 듯 어두운 세상을 향해 끊임없이 흘러내리고 있었다. 오랫동안 나쁜 양부의 거짓말로 길러진 고아아이의 눈물처럼. 그 고아아이는 이제 머리에 쓴 비단수건을 끌러놓고, 하나뿐인 검은 구두를 꺼내신고, 아주 먼 곳으로 가는 밤버스를 타러 나갈 것이었다. 거짓말쟁이 양부 따윈 혼자 앓다가 죽으라지…… 내가 눈물 흘리며 그의 관이 실린 장의차에 실려가는 일 같은 건 결코 생기지 않을 것이다.

내 이름은 이미나. My name is MINARI. 중학생이 되어 세번째쯤 영어시간이었을 것이다. 아직 서로 이름도 알 수 없었던 낯선 단발머리 여자애들은 까르르 웃어댔다. 그로부터 나는 미나리로 불린다. 미나리, 스물세 살의 청년이었던 남편은 나의 별명에 열광했다. 미나리, 미나리, 미나리…… 그는 어쩌면 누군가를 향해 미나리라고 부를 수 있었기 때문에 나를 사랑한 게 아닐까. 미나리라고 부르면 쌉싸름하고 연한 이미지가 이빨 사이에서 아삭 씹힌다고 했다. 남편은 여전히 나를 미나리라고 부른다. 그것은 여자에 대한 그의 취향인지도 모른다. 그가 미나리, 라고 부르면 나는 여전히 세번째 영어시간의 단발머리 중학생인 것처럼 느껴진다. 유순해지는 느낌이면서 동시에 너무 작은 스웨터를 껴입고 있는 것 같은 불편한 느낌…… 딸도 가끔 미나리 엄마라고 부른다. 아주 화가 났을 때나 아주아주 기분이 좋을 때.

우리 가족이란 나와 네 살짜리 딸과 서른두 살 먹은 남편이 전부이다. 우리 셋은 작은 아파트에서 이 년 동안 살고 있다. 나는 대학 캠퍼스에서 남편을 만났고, 스물다섯에 결혼을 했으며, 몇 해 뒤에 아이를 낳았다. 아이를 낳은 뒤에도 일을 계속했으나 우여곡절 끝에 결국은 직장을 구만두었다. 아이 때문에 남편이 직장을 그만두는 경우는 없으니까. 직장은 내게 무엇이었을까. 직장을 그만두자 내게 공적인 부분이 사라졌다. 나는 사적으로만 존재하게 되었다. 누구도 이제 내 이름을 부르는 일은 없어진다. 간혹 은행에서 이름이 불리기도 하고, 동사무소에서 이름을 대기도 하지만 그건 그야말로 기호의 성질일 뿐이다. 어쨌든 이건 아주 흔한 이야기다. 이 모든 것은 많은 여자애들이 학교 캠퍼스에서 장래의 남편감을 만나고, 이삼 년쯤 직장생활을 하다가 스물대여섯 살에는 결혼을 하고 그리고 바로 직장을 그만두거나 일이 년 더 버티다가 그만둔다. 대체로 딸이나 혹은 아들과 딸을 사적으로 낳고, 사적으로 키운다. 그녀들은 지극히 사적으로 존재하고 남편은 아침마다 집을 나가 어두운 밤에 셋집으로 돌아온다.

의식하지 못하지만 그는 차에서 내려선 한순간, 언제나 자기 집의 불빛을 구별해내려고 애쓴다. 베란다 선반 위에 놓인 딸아이의 곰인형의 머리 부분이나, 휴일 나들이에서 샀던 삭아버린 토끼풍선 혹은 미처 걷지 못한 빨래들의 낯익음 따위로 자신이 돌아갈 집의 불빛을 확인하는 것이다.

그날 밤도 그랬을 것이다. 남편은 무거운 다리를 계단에 올리고 또 올리며 돌아왔다. 그리고 손을 씻은 뒤, 식탁에 앉아 김이 오르는 공깃밥을 넓은 그릇에 붓고 열무김치와 미나리와 냉이무침, 매운 김치 몇 점을 넣고 풋고추와 실파가 송송 뜬 된장을 끼얹어 비벼서 먹었을 것이다. 그해 시어머니께서 보내주신 된장은 특별히 맛있었다. 뚝배기에 된장을 두어 스푼 떠넣고 물을 자작하게 부어 한 번 끓인 뒤, 멸치 너덧 마리만 넣어주고 실파와 풋고추를 썰어넣기만 하면, 남편이 감탄해 마지않는 고향의 맛이 완성되었다.

그리고 또 무엇을 했을까? 아이는 잠들어 있고, 나는 수돗물을 흘리며 설거지를 했을 것이다. 그는 밤세수를 하고 텔레비전 소리를 들으면서 시사잡지 같은 것을 넘기고 있었겠지. 그리고 무엇을 했을까, 무언극처럼 어떤 대사도 없고, 어떤 표정도 떠오르지 않는다. 그저 몇 장면의 흔들리는 옆모습만 떠오른다. 어항이 없었는데도, 좁다란 어항이 있었고 그 속에 두 마리 금붕어가 몸을 부딪치지도 않고 마주치지도 않으며 권태로운 지느러미를 움직였던 것 같다.

한밤중에 우리는 잠을 이루지 못한다. 그는 손을 뻗어 나의 가슴을 더듬으며 자신의 몸을 나의 등과 엉덩이에 밀착시킨다. 내 몸은 그의 품에 안긴 채 여섯 번도 더 읽은 낡은 책처럼 부스럭거리는 소리를 낸다. 먼지와 습기를 먹어 뻣뻣한 책장들같이. 내가 우유부단하게 방어하는 사이, 그가 뒷목과 어깨에 단단한 이빨을 박으며 잠옷 앞가슴의 단추들을 푼다. 그리고 머리 위로 옷을 벗겨낸다. 그가 원피스 잠옷을 머리 위로 벗겨낼 때면 이유를 알 수 없는 환멸이 엄습한다. 한순간 생겨난 틈이 걷잡을 수 없이 벌어지고, 몸 안의 공기가 싸늘하게 바뀌어버린다. 그러나 원피스 잠옷을 아래로 벗겨낸다 해도 그런 환멸은 피할 수가 없다. 나는 잠옷이 저절로 사라지기를 원하는 것일까. 언제쯤 나는 진정으로 헐떡이며 스스로 잠옷을 벗어던질 수 있게 될까. 진정으로.

비가 왔으면…… 나는 속으로 탄식한다. 언제나 그렇다. 섹스가 시작될 때면 나는 비를 생각했다. 비의 냄새가 창틈으로 들어오고 커다란 나뭇잎에 떨어지는 빗소리가 들리고, 훈훈한 습기가 파도처럼 벽을 지나왔으면, 추억과 감각과 잔털을 누이는 그런 따스함이 나의 꽃들을 천천히 벌려주었으면…… 섹스를 할 때면 우리가 가난하고, 우리에게 자극이 없는 날들이 오래 계속되어왔으며, 우리에게 꿈이 없다는 것을 깨닫게 된다. 우리에겐 떨림이 없는 것이다.

섹스란 어떤 의미에서든 일종의 전율이 아닐까. 불안이든 격정이든, 추억이든 혹은 슬픔이든, 놀람이든…… 두 몸이 얽혀 작은 배를 타고 검게 출렁이는 바다 멀리, 한없는 끝으로 나가도 두렵지 않고, 꿈인 줄 알고 꾸는 꿈처럼 두려움 없이 심연을 향해 솟구치는 그런 전율. 불구덩이에 빠져도 뜨겁지 않을 것 같고 척추에 바늘을 꽂아도 고통을 모를 것 같은 육체의 일탈. 네 손이 닿을 때, 네 입김이 스칠 때, 네 이빨이 파고들 때…… 그러나 나와 비슷하게 미지근한 허벅지, 마치 또하나의 나의 손인 것 같은 너의 손, 붓털 같은 머리카락과 똑같은 음식 냄새의 여운을 가진 축축한 입술. 아, 비닐같이 미끄럽기만 한 너의 몸.

우리는 산골짜기 외딴집에 사는 다 자란 남매같이 외로워진다. 우리는 이런 순간에 서로 지독하게 사랑한다는 것을 더 간절히 깨닫는다. 우리는 피를 섞은 근친상간처럼 사랑하는 것이다. 그러나 그 사랑으로 아무것도 할 수가 없다. 우리는 서로에게 파고들기 위해 버둥거리지만 그것은 흡사 떨어져나가려고 필사적인 것 같은 몸짓이기도 하다. 이미 네 속엔 내가 너무 많고, 내 속엔 네가 너무 많다. 나는 너와 다르고 싶다. 너와 구별되고 싶다. 우리는 떨어져나가기 위해 허우적거린다. 너를 사랑하기 때문에. 남편은 문득 파고들기를 멈추고 스탠드를 켠 뒤 담배를 찾아 문다.

"사랑해."

남편이 연기를 혹 뿜으며 말한다.

"나도."

나는 천장을 향해 반듯하게 누우며 말한다. 쓸쓸하다. 이 많은 사랑으로 무엇을 하나…… 소금밭에 생명이 자라지 않듯, 이 많은 사랑이 불모의 황무지를 낳을 수 있다는 것이 기이하다. 남편이 한 팔을 침대에 짚은 자세로 낮게 말했다.

"낮에 네 후배를 만났어. 이름이 뭐였더라, 배……"

"미혜……"

"맞아. 그애가 옆 사무실에 오퍼레이터 자리가 비었는데 어디서 듣고 왔는지 취직 부탁하러 왔더라. 복도에서 우연히 마주쳤거든. 잘 안 될 것 같다면서, 아는 사이면 부탁 좀 해달라기에 옆 사무실에 들렀더니 박사장이 손을 휘휘 내젓는 거야."

"왜?"

"미혼이기는 해도 스물아홉 살이나 먹은 여자를 불편해서 어떻게 쓰느냐고 하더라. 그리고 너무 칙칙해, 라고 했어."

"그애 아직 결혼 안 했대?"

나는 벗은 가슴을 이불로 감싸 덮는다.

"초췌하더라. 아닌게 아니라 칙칙했어. 전에 퍽 명랑했잖아. 지나칠 정도로. 우릴 따라다니며 놀려먹기도 많이 했는데."

"바깥에서 너무 많은 상처를 받았는지도 몰라. 망가진 세탁기처럼."

가슴이 싸하게 아파왔다. 이 년 전 여름에 그녀를 좌석버스 안에서 만난 적이 있었다. 그녀는 여전히 키가 작았고 눈도 컸지만 전처럼 귀엽게 보이지 않았다. 몹시 더운 날이었는데 두꺼워 보이는 치마를 입고 앞이 막힌 검은 구두를 신고 상기된 얼굴로 땀을 흘리고 있었다. 그녀는 얼마 전까지는 변호사 사무실에 나갔는데 요즘엔 책 세일즈를 하고 있다며 가방에서 서적 팸플릿들을 보여주었다. 몹시 지쳐 보였다. 그녀는 어느 시에서처럼, 찬 바람에 얼굴을 다치면서 어두운 거리를 한없이 걸어가고 있는 것 같았다. 머리에 썼던 비단수건을 바람에 날리고, 하나뿐인 검은 구두를 신고, 하나뿐인 검은 가방을 들고.

'결혼은 안 하니?'

결혼생활에 무슨 만족감이 있지도 않은 내 입에서 생각지도 않은 말이 튀어나왔다.

'차차요.'

그녀는 검지로 무릎 위에 놓인 대형 국어사전을 톡 두드리며 짧게 대꾸했다. 아마도 진저리나게 들은 질문이고, 같은 대답을 하기에도 이력이 난 것 같았다.

'누구 만나는 사람은 있니?'

'있긴 하죠. 늘 바뀌는 게 문제지만.'

그 나이가 되면, 이제 불 켜진 창문 안이 조금 더 나은 법이야. 나는 그녀 곁에 앉은 채 자꾸만 튀어나오려는 말들을 누르며 팸플릿을 쥔 배미혜의 창백한 손등을 보고 있었다. 그리고 그녀가 꺼내 펼친 수첩에 주소와 전화번호를 묵묵히 적어주었다. 그 순간 나는, 어쩌면 그런 글자로 표현되고 있는 가정에 안착한 나 자신에 대해 안도했을지도 모른다. 잘 가, 하며 내가 일어서려 하자 그녀는 대뜸 무릎 위에 놓여 있던 대형 국어사전을 내게 안겼다. 나는 어깨에 가방을 멨고 양손에 종이가방을 들고 있었는데, 종이가방 든 손으로 엉거주춤 국어사전을 껴안고 말았다. 햇볕이 불티처럼 활활 내리던 정류장에서 나는 묶인 사람처럼 잠시 서 있었다. 사전 때문에 가방 안의 파라솔을 꺼내 펼 수도 없었다. 배미혜는 버스 안에서 환하게 웃으며 손을 흔들었다. 국어사전은 벽돌처럼 무거웠다. 나는 그것을 엉거주춤 껴안고 신호등을 지나 아파트 광장을 지나고 몇 개의 동을 더 지나야 했다. 바람 한 점 없고, 그늘 하나 없는 몹시 뜨거웠던 한여름 오후였다.

그날 나는 배미혜가 안됐다고 생각했었다. 그러나 지금은 다르다. 나는, 그사이 그녀가 얼마나 멀리 갔을까, 를 생각한다. 그녀는 다름 아닌 자기 생의 지름을 그리고 있는 것이다. 아주 아주 먼 생을……

"그애 네 한 해 후배지? 아, 그럼 넌 서른 살?"

남편은 제품에서 치명적인 결함이라도 발견한 사람처럼 신음 소리를 냈다.

"아, 그럼 댁은 서른둘이고?"

나는 늘어진 카세트테이프처럼 느슨한 음성으로 흉내를 냈다. 누군가 농담처럼 웃기라도 할 것 같은데 둘 다 웃지 않았다.

"나 서른 살 맞아?"

잠시 후 내가 다시 중얼거렸다.

"그래 미나리, 너도 서른 살이 되었어."

"어쩐지."

"어쩐지라니?"

"그냥, 어쩐지 이곳이 동굴 같았어. 어둡고 깊고 아무도 없는 동굴에서 쑥과 마늘만 먹고 있는 기분. 머리 위에선 누군가 모래먼지가 긴 계단을 밟고 내려오는 것같이 아주 낡은 풍금 소리가 들리고…… 태어난 이후로 줄곧 이렇게 갇혀 있었던 것 같기도 해."

그가 두번째 담배를 다 피우고 스탠드 불을 끄려고 나를 돌아보았을 때 나는 울고 있었다.

"누가 나를 좀 내다버려주면 좋겠어. 공터에다 남몰래 내다버리는 망가진 냉장고처럼, 고물 세탁기처럼 내버려져서 실컷 비를 맞고 싶어. 실컷 햇볕을 받고, 바람에 휩쓸리고 술에 취하고 싶어. 정말이야.

답답해서 죽을 것만 같아."

남편은 내 눈물을 닦고 침대에서 끌어내렸다.

그는 나를 거실로 데리고 나가 포도주를 채운 잔을 주고 얼굴 여기저기에 몇 번인가 키스를 했다. 나는 춤을 추면 섹스를 하고 싶어질지도 모른다고 생각한다. 흠씬 섹스를 하고 아무 생각 없이 잠들고 싶다고 생각하는 나는 긴 팔을 뻗어 그의 등을 감고, 그의 목과 어깨에 나의 얼굴을 부빈다. 그러나 여전히 그의 체취를 맡을 수 없고 뜨거워지는 체온은 우스꽝스럽게 느껴지며, 그의 몸은 비닐처럼 미끄럽기만 할 뿐이다. 나의 허벅지살 같기만 한 지루한 감각. 나는 건조한 모래언덕 속으로 빠져드는 사람처럼 지루하게 허우적거린다. 함께 몸을 붙이지도 않았지만 내내 전율이 일던 첫 데이트 날의 그 이상한 공기를 그리워하며.

그의 어깨에서 겨울바람 냄새가 났었다. 멍 빛깔의 해초 냄새 같은 것이었다. 나의 머리카락에선 정말로 미나리 냄새가 난다고 그가 속삭였었다 그의 손가락 끝에서는 언뜻 불냄새가 났었다. 나는 착각인지도 모른다고 생각했다. 불냄새가 왜 날까, 숯 굽는 남자도 아닌데. 나는 오랜 뒤에야 그것이 담뱃불 냄새란 걸 알게 된다. 그리고 웃음소리에 섞여나던 술냄새, 구두 밑창에서 나던 밤거리의 냄새. 머리카락에서 나던 마른 나뭇가지들의 냄새……

서른 살, 나는 무엇인가가 몹시 두려웠다. 달이 구름 속으로 잠행하는 밤처럼 나의 생은 어두워 보였다. 나의 욕망은 어디에 있는지, 깨어나기도 전에 생은 노파의 배처럼 싸늘하게 주름지고 있었다. 어쩌면 모든 것이 잘못되어온 것인지도 몰랐다. 세상의 모든 아버지는 양부이며, 모든 교훈은 양부의 교훈이었는지도 모른다. 비가 왔으면…… 그날 밤 우리는 거실 소파에서 건조한 섹스를 했다. 건조한 섹스란 나이프와 포크 부딪치는 소리만 나는 식욕 없는 식사 같은 것. 남편은 부드럽지만 집요하다. 그는 절대로 욕망을 가진 채로 잠들지는 않는다. 남편이 침실에서 잠들어갈 동안, 나는 오래오래 비가 내리지 않는 어둠 속을 바라보았다. 나의 욕망은 어디에 있나…… 눈물이 계속해서 흘렀다. 나쁜 양부의 거짓말 속에서 길러진 여자애처럼 나는 이제 머리에 쓴 비단수건을 풀고, 하나뿐인 검은 구두를 꺼내신고 아주 먼 곳으로 떠나고 싶었다.

서른 살이 되기 전에는 서른 살의 여자들에 대해 생각해본 적이 없었다. 서른 살의 여자에 대해서는 들은 적도 없었다. 삶은 서른 살의 여자를 비밀에 부쳐놓고 있다. 봉인된 시간, 유예된 시간. 아이가 낮잠 든 동안 나는 거실에서 서성댔다. 그것이 유일하게 혼자인 시간이었다. 나는 아이의 손을 쥐고 은행 창구에 줄을 서 있었고, 아이의 손을 쥐고 아파트 앞 상가의 장난감 가게나 빵가게, 수예점이나 비디오 가게나 중국집을 갔고 시장에서 푸성귀나 생선 따위를 흥정했으며 아이와 둘이서 햇볕이 쏟아지는 한낮에 점심밥을 먹었다. 아이에게 글자를 가르치고, 퍼즐게임을 하고 인형놀이를 했으며, 둘이서 목욕을 했다. 아이가 놀이터나 옆집에 놀러라도 가고 나면 나는 거실에서 서성댔다. 거실에서 서성댈 때 처음에는 그런 생각이 떠오른다.

세탁기를 전자동으로 바꾸어야 할 텐데, 정말 꼴사나운 장롱이야, 요즘은 아무도 저런 장롱을 사용하지 않아, 새로운 스타일의 장롱은 수납공간이 완전히 달라졌어, 다리미도 바꾸어야 할 것 같애, 벽지라도 바꾸면 좀 살 것 같은데, 옆집 아줌마가 다른 아줌마로 바뀔 수는 없을까, 내일은 좀 다른 일이 생겼으면…… 바뀌지 않은 채 버티는 지리멸렬한 모든 것들에게 견딜 수 없는 원한이 생긴다. 그리고, 삼류

극장의 필름 끊긴 화면처럼 하얗게 일어서는 공백. 생각이 뚝 끊겨버린다. 나는 다른 사람처럼 거실 천장과 바닥과 벽들을 휘둘러본다.

이곳은 어딘가. 나는 왜 이곳에 있나. 나는 너무 오래 이곳에 앉아 있었다. 혼자서 필름이 끊긴 어두운 극장에 앉아 있는 나. 어디엔가 주인공이 실종된 공백의 필름이 쌓이고 있을 것이다. 그리고 우울한 날들은 불치의 병처럼 영원히 계속될 것만 같다. 사층에서 오랫동안 아래를 내려다보고 있으면 바닥이 나의 다리를 끌어당긴다. 뛰어내리라고, 별일 아니니 다리를 벌리고 단숨에 뛰어내리라고, 시멘트 바닥이 이스트를 푼 빵 반죽처럼 부풀어오르며 잔인하게 속삭인다. 내 인생의 벼랑 아래에 끊임없이 버려지고 있는 날들, 날들은 폭포수처럼 가파르게 떨어지고 있었다. 서른 살이란 아무도 돌아나간 적이 없는 긴긴 동굴 같다. 모두 각자의 통로로 더 깊숙이 발이 빠지며 걸어간다. 기생들이 퇴기가 되고, 논리적인 여자들이 자살을 하고 착한 여자들의 몸이 부어오른다. 알을 품고 있는 닭들의 시간. 일곱 마리 새끼에게 젖을 물리고 누운 개와 돼지들의 시간, 젖내와 수마와 자기 분열의 시간. 성스럽게 파멸해가는 육체의 시간, 쑥과 마늘의 시간. 웅녀는 그 동굴에서 무엇을 했을까. 곰의 마법이 풀리는 혹독한 밀폐의 시간……

나와 내 친구들은 결혼을 해 낯선 도시로 흩어진 후, 세 번쯤 이사를 했고 두 번쯤 전화번호가 바뀌었다. 처음엔 몇몇 친구가 짝을 지어 나를 방문했고 나와 몇몇 친구가 또다른 친구 집을 방문했었다. 맞벌이하는 친구들의 집은 아무도 지나가지 않는 복도처럼 휑뎅그렁했고, 주부가 된 친구의 집엔 인형의 드레스처럼 레이스 장식이 너무 많아 거추장스러웠다. 그리고 모든 친구의 남편은 어쩐지 그녀들의 아버지와 비슷하게 불편한 존재였다. 그 뒤 우리는 아이를 옆구리에 끼고 적어서, 분유 얼룩이나 아이의 묽은 침 따위가 떨어져, 흡사 눈물로 얼룩진 것 같은 편지를 몇 번 교환하기도 했다. 그리고 몇 번인가 편지가 돌아오고 전화가 불통되었다. 한동안이 흐른 후, 명절의 뒷날쯤에 친정 도시에서 갑작스럽게 만나 서로의 근황을 묻고 다시 연락하자고 말하며 바뀐 전화번호와 주소를 적고 애매한 얼굴로 헤어졌었다. 그러나 누구도 곧 연락하지는 않았다. 그리고 또 한동안이 지나면 연락이 두절되었다. 그리고 다시 주소가 바뀌고 또 전화가 불통, 부치지 못한 편지가 읽다가 만 책 속에서 툭툭 떨어지곤 하던 시간…… 우리는 서로에게 더이상 아무 호기심도 없었다. 심지어는, 더이상 아무 일도 일어나지 않는 서로의 삶이 혐오스러웠는지도 모른다. 나의 스물아홉 살 생일엔 의류 브랜드의 회원관리과에서 꼭 한 통의 카드를 보냈고 시가의 큰형님이 축하전화를 해온 것이 전부였다. 우리는 모든 것을 잊어가고 모두에게서 잊혀져가고 있었다. 나는 다른 친구들처럼 아이를 하나 더 낳아야 할지 모르겠다고 생각했다. 어차피 동굴은 깊고도 깊었으니까. '웅녀는 그 동굴에서 무엇을 했을까.' 그럴 때면 나는 가끔 웅녀를 떠올렸다. 웅녀는 쑥과 마늘만 먹으며 동굴에서 백 일을 보내고 여자로 변신했다. '변신, 무언가로 변신할 수 있다면, 아주 흉한 색깔의 털과 커다랗게 울부짖는 목소리를 가진 곰 같은 것으로라도 변해서 이 생을 활짝 열어젖히고 나갈 수 있다면. 망가진 구식 세탁기처럼 잡초 우거진 공터에 내버려져서 실컷 비를 맞았으면……'

그 주의 일요일은 아버지의 예순번째 생일이었다. 우리는 준비한 선물을 차에 싣고 새벽 고속도로를 달리고 있었다. 새벽 고속도로는 출렁이는 흰 우유잔처럼 안개로 가득 차 있었다. 켜놓은 가로등불조차 아무 소용이 없었다. 이따금 맞은편에서 추억이 출몰하듯 별안간 차들이 나타나 주춤대곤 했다. 남편은 문자 그대로, 완전 오리무중이 라며 투덜투덜 불평을 하고 있었다. 코앞에서 손바닥이 뒤집히듯 언 뜻 안개지역이라는 표지판이 드러났다가 사라졌다.

스무 살엔 그런 꿈을 꾸었다. 아버지나 엄마의 생일 따위와는 무관 한 인생을 살 거라고. 아주 아주 멀리 가서 아버지와 엄마의 생일 따 위 상상 속에서조차 출몰하지 않는 전혀 다른 삶을 살 거라고. 생이 열어놓은 빈 괄호를 채우느라 소모하는 뻔한 삶은 절대로 살지 않을 거라고. 실제로 스무 살의 수첩 겉장의 안쪽에는 그렇게 씌어 있었 다. '나는 여태껏 있어본 적이 없는 유일한 삶을 살 것이다. 그것만 이 나의 목표이다.' 스무 살에 꿈꾸었던 그곳은 얼마나 먼 곳일까.

스무 살 땐 누구나 자신에 대해 잘 알고 있는 것처럼 보인다. 자기 식대로 살기 위해 두리번거리고 검은색 트렁크를 들고 아주 멀리 떠 나기만 하면 완전히 다른 생이 있을 거라고 믿는다. 그러나 서른 살 에는 그렇게는 생각하지 않는다. 아주 먼 곳에도 같은 생이 기다리고 있다는 것을 안다. 세상에 대해서도 과대망상은 없다. 세상이란 자기 를 걸어볼 만큼 가치 있지도 않다. 그것은 의미 없는 순간에도, 의미 있는 순간에도 끊임없이 상영되고, 누구의 손에도 보관되지 않고 버 려지는 지리멸렬한 영화 필름 같다. 세상은 외투처럼 벗고 입는 것. 벗어버릴 수 없는 것은 자기 자신이라는 것을 안다. 그러나 누가 자 신이 누구인지 알 것인가. 서른 살에는 다만 자신이 아직 자신이 아 니라는 것만을 알 수 있을 뿐이다.

나는 아버지가 허무해할까봐 이른 새벽 남편을 깨우고 아이를 씻겨 안개 속을 헤치고 달려간다. 아버지, 어떤 아버지를 만나느냐는 여자 에게 최초의 운명이 된다. 젊은 아버지는 앞산에 진분홍 복사꽃이 핀

봄날 전축에 레코드판을 올리고 나에게 생애 최초의 것이 될 노래를 가르치신다. 나를 커다란 무릎 위에 앉히고. 그때 나는 네 살이다. 해는 져서 어두운데 찾아오는 사람 없어 이 일 저 일을 생각하니 슬프기 한이 없네…… 나는 아버지로부터 슬프기 한이 없다는 노래를 최초로 배우고, 투명한 비눗방울로 만든 악보처럼 공중에서 천천히 떨어지던 아지랑이를 배운다. 아버지는 빨간 미제 구두를 신고 흰 레이스 드레스를 입은 나를 자전거 뒤에 싣고, 신작로를 지나고 철길 건널목을 지나 유치원에 입학시킨다.

그때로부터 열두 살이 되도록 나는 아버지가 부르면 안방에 불려가 노래하고 춤을 추었다. 친구분이 오셨거나, 혹은 집안에 좋은 일이 있었거나, 아버지 기분이 좋거나 아주 나쁘거나, 일이 잘 안 되거나 잘된 날들이었다. 아버지는 내가 계속해서 춤출 수 있도록 무용학원 고전무용반에 등록을 시키셨다. 그 퇴기 같았던 무용 선생이 내게 가르친 것이 있다면 그것은 교태였다. 나는 오랫동안 아버지를 사랑했고 그리고 오랫동안 아버지를 혐오했다. 어느 날 나는 말한다. 아버지, 난 이제 기생처럼 춤추기 싫어요. 그 순간 어쩐지 나는 엄마로부터 태어난 것이 아니라 아버지의 배를 가르고 나온 것만 같이 아팠다. 그로서 나와 아버지의 실제적인 관계는 끝이 났다. 아버지는 더이상 낯선 출장지에서 프릴이 달린 원피스나 반짝이는 에나멜 구두를 사오지 않았다.

그후 오랫동안 나는 우울했다. 나는 단 한순간도 남자 앞에서 자연스러운 나였던 적이 없었다. 나는 눈을 내리깔고 살짝 짓는 미소를 곁눈길로 보여주는 춤추는 여자애였다. 물건을 집을 때도 거리를 걸을 때도, 무언가를 비켜갈 때나 누군가에게 미소 지을 때도, 생각할 때도 울 때에도, 나는 춤추는 여자애의 교태를 잊은 적이 없었다. 잊을 수가 없었다. 그것은 백혈구처럼 핏속을 흘러다니며 나를 감시했다. 나는 여자인 것이 부끄러웠다. 아버지는 내가 어떤 여자가 되기를 바라셨을까.

아마 아버지 자신도 몰랐을 것이다. 내가 내 딸에 대해 어떻게 사랑해야 할지 모르는 것처럼. 우리는 다만 자기 방식대로 사랑하고 실패할 수 있을 뿐이다. 그런 건 운명인 것이다. 서른 살이기 때문에 나는 그렇게 생각한다. 그리고 아버지의 마음이 약해질까봐 근심한다. 자식을 낳고 나는 아버지의 마음을 알게 된다. 내가 낳은 자식이 그렇게도 무관하게 느껴지는 것이 놀라웠고, 때로 무관하게 느껴지는 그 존재가 그렇게도 아픔을 준다는 것이 또 나를 놀라게 했다. 기쁨 때문이 아니라 아픔 때문에 매이는 존재, 세상에서 가장 무거운 존재. 때로는 아주 가벼워지고 싶다. 자식이라는 것에 대해, 아버지에 대해. 서로에게 풀려나 깃털처럼 가볍게 떠돌고 싶다.

안개 속으로 아침햇살이 부옇게 비쳤다. 길을 막아섰던, 용처럼 긴 안개의 몸이 뭉텅뭉텅 잘려 하늘 높이 내던져지는 것이 보였다. 날씨가 맑을 것 같았다. 고속도로를 세 시간여 동안 달려 읍내로 들어섰다. 한동안 읍내에 나와 사셨던 아버지는 얼마 전 자신이 태어난 고향으로 다시 들어가셨다. 철로 건널목을 건너 길 양옆으로 작은 가게들이 늘어선 허술한 거리를 벗어나자 눈앞에 갑자기 그 산이 보였다. 산은 아직 안개구름에 반쯤 가려 있었다.

"어릴 때 저 산에 가고 싶었어."

남편은 곧은 길을 달리며, 고개를 숙이고 맞은편 산을 보려고 한다.

"그런데?"

"아직 못 가보았어."

"왜?"

"글쎄…… 여자애였기 때문이 아닐까? 아버지가 오빠는 데리고 갔었거든."

나는 볼멘 소리로 대답했다.

"안됐군. 시간이 나면 언제 가보지 뭐. 요즘은 산마다 임로가 열려 있으니까 아마 차로도 오를 수 있을걸. 더구나 저렇게 큰 산엔 틀림 없이 임로가 나 있을 거야."

"지금 가고 싶어."

나는 제법 단호하게 예정에 없던 말을 한다.

"무슨 소리야? 아버님 생신은?"

"모르겠어."

남편이 백미러를 조정해 그 속으로 나를 보았다.

"스무 살 때 내 꿈은 아버지나 엄마의 생일 따윈 모르고 사는 거였어. 선물 따위를 들고 친정집에 돌아가는 일은 절대로 없기를 바랐지. 물론 결혼도 내 꿈속엔 없었고. 그런데 난 결혼을 했고, 결혼한 지 육 년째 해마다 이 짓을 하고 있어. 염증이 나."

"그거 이상한 꿈이군. 또다른 꿈도 있었어?"

"저 산에 관한 거야. 저 산에 가고 싶다는 것이었는지, 저 산을 넘어서고 싶다는 거였는지, 아니면 저 산이 두려웠는지 달콤했었는지는 기억나지 않아. 아주 오래 전의 일이었거든. 난 지금 저 산에 가고 싶어. 갑자기 두 가지 꿈을 동시에 이루는 거니까 좋잖아?"

"좋군. 꿈에 대해 더 이야기해봐. 요즘은 어떤 꿈을 갖고 있니?"

"요즘? 글쎄…… 요즘 내 꿈은 그런 거야. 결혼 전에 알았던 남자들을 차례차례 찾아가 그때 너를 좋아했었다고 말하고 이십사 시간씩을 함께 보내는 거야. 유치원 때부터 직장에서 만난 모든 남자들

말이야.”

“내 꿈과 같군.”

“같다고?”

“나도 전에 알았던 남자친구들을 한 명씩 차례로 찾아가 너를 좋아했었다고 말하고 이십사 시간씩을 함께 보내고 싶어.”

“여자친구가 아니고?”

“그래, 남자친구. 결혼한 뒤론 친구와 이십사 시간을 함께 보낸 적이 없었거든.”

“난 그들에게 한 번도 내 감정을 드러내보지 못했어. 더러는 정말 좋았던 사람도 있었는데.”

“알 만해. 넌 틀림없이 그랬을 거야.”

“후회스러워…… 정확하게 말하면, 그건 후회할 감정의 것이 아니라 훨씬 더 근본적인 내 인생의 문제인 것 같아.”

나는 긴 한숨을 쉰다.

“정말 지금 저 산에 가고 싶니?”

“응, 정말.”

“무슨 산이지?”

“이곳 산들 중 가장 높고 험한 산. 육이오 때는 빨치산과의 전투가 얼마나 치열했던지 계곡에 온통 붉은 핏물이 흘러넘쳐 미군들이 갓 댐! 이라고 비명을 질러 일명 갓대미 산으로 불려. 일제시대에 구리를 캐낸 폐광들이 군데군데 버려져 있어. 열 개 이상일 거라고 했어. 습기 찬 굴속은 얼음 같은 바람이 불고 음험하고 무서워. 그 속엔 박쥐들이 산대.”

“단지 그게 가고 싶은 이유니?”

“모르겠어. 내가 아는 건 어린 시절부터 가고 싶었다는 거야.”

남편은 갑자기 차의 속도를 떨어뜨리며 망설이듯 달렸다.

"……그래, 그렇게 끔찍한 일은 아닐 거야. 산으로 가는 거."

남편은 내 고향 마을로 가는 갈래길을 그대로 통과하며 다시 속력을 내었다. 그쪽 길가의 보리밭들이 푸르렀다. 경운기를 몰고 밭이랑을 치는 농부들이 보였다.

남편은 산 아래에 있는 학교 앞의 컴컴한 구멍가게에서 담배와 팥이 든 빵과 우유와 쿠키 따위를 샀다. 구멍가게의 양철지붕에는 폐타이어들이 커다란 도넛처럼 주렁주렁 매달려 있었다.

"바람에 날려가지 말라고 달아놓은 거야."

혼잣말처럼 한 뒤 남편은 빵을 씹고 우유팩을 열어 마시다가 싱글싱글 웃었다.

"미나리, 가엾게도…… 산에 오르는 것이 한이 되었다니. 어쩐지 넌 폐타이어를 주렁주렁 매단 저 양철지붕 같아."

그는 손을 뻗어 나의 머리카락을 흩뜨리며 킬킬거렸다.

"남자들은 대체로 열다섯 살이 되기 전에 제가 자란 고장의 가장 높은 산을 오르게 돼."

"왜?"

"그냥, 이유는 없어. 누군가가 오르자고 하거나 오를 일이 생기게 돼. 그래서 우르르 오르는 거야. 난 그보다 더 어릴 때 아버지와 형제들과 올랐는걸. 무엇보다 남자들은 벌초를 하러 가야 하잖아. 노인들은 죽어서 높은 곳에 묻히고 싶어하고, 아버지들은 아들을 높은 산에서 아래를 내려다보게 하고 싶어하거든."

그건 사실일지 모른다. 아버지는 소년기에 그 산에 올라 호랑이를 보았다고 했다. 오빠는 열다섯 살에 아버지와 그 산에 올라 박쥐가 사는 동굴을 보았고, 독이 있는 야생화 무리와 푸른색 뱀을 보았고 산딸기 덤불 아래서는 빨치산의 해골을 밟기도 했다고 의기양양했다. 그리고 산꼭대기에서 내려다보면 마을들은 그저 강변의 모래주름처럼 보일 뿐이고 우리가 사는 읍을 휘끈 지나 다음 역이 있는 마을까지 보인다고 말했다. 참말인지 거짓말인지 아버지는 그의 등뒤에서 싱긋 웃기만 했다. 오빠가 그 산에 올라갔을 때 나는 열한 살이었다. 아버지와 오빠는, 울며 마을 밖 갈림길까지 따라나섰던 나를 끝내 내쫓으며 먼지가 하얗게 이는 신작로를 따라 사라졌었다.

내 속에서 산은 산딸기 덤불과 독이 있는 야생화 무리처럼 무성하게 자라났다. 독이 있는 야생화 무리 사이에 호랑이가 숨어 있고, 빨치산의 해골들이 풀이 무성한 산길에 뒹굴었으며, 쫓긴 범죄자들이 박쥐 동굴에서 잠을 잤다. 그 모든 날, 모든 곳에서 산은 보였다. 심부름 갔다가 돌아오는 해질 녘의 포도 위에서도, 학교 가는 이른 아침의 등교길에도, 집 곁 빈터에서도, 역에서 돌아오는 들판길에서도, 졸다 깨어난 내 집 마루 끝에서도…… 산에 갈 기회를 엿보는 동안 몇 해가 흘렀다. 학교에서는 그 산으로 소풍갈 계획 따윈 절대로 세울 수 없는 모양이었다.

어느 날 나는 꿈을 꾸었다. 꿈속에서 고향마을 사람들은 그 산을 두려워하고 있었다. 사람들은, 산이 노하면 산꼭대기에 앉아 있는 거대한 새가 날개를 펴고 오랫동안 하늘을 가려버릴 것이라고 믿고 있었다. 마을에서 그 산을 바라보면 꼭대기에 잠자리처럼 무서운 눈을 가진 큰 새가 보이는 듯도 했다. 그런데 꿈속에서 어느 한낮에 새가 날개를 폈다. 새가 떠오르자 하늘은 가려져 천지가 밤처럼 어두워졌다. 사람들은 두려워서 떨며 삼거리의 거울집에 모여들었다. 거울집이 왜 거기 있었을까. 실제로 그 자리엔 이발관이 있었는데, 꿈속에는 지붕과 벽, 문짝까지 거울로 만들어진 거울집이 있었다. 새는 시

시각각 다가오고 사람들은 거울 속으로 파고 들어가기 위해 필사적으로 몸부림을 쳤다. 어떤 사람은 커다랗게 입을 벌리고 아아, 소리를 지르며 돌연하게 거울 속의 자신을 향해 빨려들어갔다. 나도 거울집 안에 있었다. 고목 둥치처럼 거대한 새의 발이 거울집 지붕을 뚫고 들어왔다. 새의 발톱에서 긴 칼처럼 날카롭고 치약처럼 흰 독이 나왔다. 독은 사람들을 녹이고 거울과 유리들에 구멍을 냈다. 새의 발톱이 거울 사이에 끼어 있는 나를 향해 다가왔다. 마침내 독이 내 몸에 닿으려는 순간 거울의 한 점이 나를 빨아들였다. 나는 경악하여 아아, 입을 커다랗게 커다랗게 벌렸다.

그 꿈은 산에 대한 내 마음을 닫게 했다. 그 꿈을 꾼 이후로 나는 오랫동안 산을 잊고 있었다. 심지어 두려워했는지도 모른다. 나는 그 산 쪽은 바라보지도 않았다. 그리고 열다섯 살 되던 해 나는 집을 떠났다.

우리는 산 입구를 잘못 들어 산 밑 길에서 잠시 헤맨 뒤, 도로 내려와 다음 마을의 커다란 저수지를 지나 산으로 들어가야 했다. 나는 아직 산 입구도 모르고 있었던 것이다. 정상이 가까워지자 길은 마른 풀숲으로 덮여 길과 숲을 분간하기 어려워졌다. 폭우에 쓸려내려가 깊숙한 골이 팬 길 앞에서 몇 번이나 차를 세우고 지나갈 수 있을지 가늠해야 했다. 돌과 나무로 유실된 길을 메워가며, 때로 차의 네 바퀴가 뻣뻣하게 일어서도록 급경사를 오르고 미끄럼틀 같은 내리막길을 곤두박질하듯 내려가야 했다. 차체 아래에서는 마른 억새풀들이 어느 순간 차바퀴를 꽉 감고 놓아주지 않을 것 같은 불안이 엄습했다. 산은 놀랍도록 적요했다. 아직 어떤 꽃도 피지 않았고, 한 잎의 나뭇잎도 싹트지 않았다. 차에서 내려, 해묵은 종이처럼 해진 나무 둥치를 길 가장자리로 치우거나 굴러떨어진 바위를 밀칠 때면, 다람

쥐나 담비가 하던 짓을 멈추고 검은 단추 같은 눈으로 우리를 빤히 쳐다보았다. 나는 가끔 불안해져서 남편의 안색을 살폈다. 그러나 남편은 단념하지 않았다. 그는 특유의 집요함과 부드러움으로 차를 산꼭대기에 올리고 있었다.

물론 산에서 호랑이나 빨치산의 해골이나 독이 있는 야생화, 박쥐가 사는 동굴 같은 건 보지 못했다. 그러나 나는 산꼭대기에서 강변의 모래주름 같은 읍의 마을들을 보았다. 산꼭대기는 뾰족하지 않고 오히려 평평했다. 꿈에서 본 격자무늬 눈을 가진 거대한 새의 흔적도 없었다. 꼭대기에서 유일하게 가늠할 수 있었던 것은 푸른 실처럼 보이는 중앙천과 읍내를 가로지르는 긴 기찻길뿐이었다. 기찻길의 가운데에는 역사가 있을 것이었다. 역사…… 그 모래주름 같은 가시거리 바깥에서 꼬물거리며 움직이는 것이 있었다. 왜 산꼭대기에서 유독 그 기억이 선명하게 떠올랐을까. 열두 살 무렵의 일이었으니, 이미 이십여 년이나 된 일이었다.

초등학교 고학년 무렵 몇 년간, 난쟁이 가족들이 역사의 창고 곁에 움막을 치고 살았었다. 얼굴과 양옆 귀와 손이 유난히 커다랗게 보이던 그 난쟁이 남자는 힘이 세어서 기차가 실어온 수화물들을 창고로 나르는 일을 했다. 주로 쌀가마니나 시멘트, 목재들이었다. 난쟁이 여자는 움막 곁 밭에서 푸성귀를 일구거나 수돗가에서 쌀을 씻거나 아들과 함께 짐이 차곡차곡 쌓인 창고의 그늘 속에 앉아 옷을 기우거나 했다. 그녀의 배경에는 늘 늦여름 꽃들이 있었다. 맨드라미, 나팔꽃, 해바라기, 샐비어…… 그의 아버지처럼 얼굴과 양 귀가 커다란 난쟁이 아들은 학교에 가지 않고 종일 철로 레일들과 아버지와 엄마 곁을 맴돌았다. 그들에게선 비냄새 같은 비릿한 슬픔의 냄새가 났다.

나는 방학중에 도시의 작은집에 가거나 돌아올 때, 김치 따위를 들고 학교가 있는 먼 도시로 떠나는 친척 언니나 오빠를 배웅하거나 어딘가를 다니러 갔다오시던 할머니를 마중 나갈 때면 난쟁이 가족을 보았다. 나는 엄마에게 억울한 야단을 들었을 때나, 갖고 싶은 것을 포기해야 했을 때, 혹은 마음속에 말 못 할 슬픔이 차올라 아무도 모르게 넘쳐버릴 것 같은 때에도 역 울타리 바깥 길을 걸으며 사철나무 틈새로 난쟁이 가족을 보았다. 그들의 슬픔은 너무 낮은 곳에 있어서 세상의 슬픔이 모두 그곳으로 흘러드는 듯했다. 때론 죽고 싶기까지 했던 당돌한 나의 슬픔까지도……

한낮엔 레일 위에 햇볕이 쩡쩡 소리를 내며 부딪쳤다. 난쟁이 아들은 검은 침목을 세며 레일 위를 폴폴 뛰거나, 뜨거운 레일에 귀를 대고 기름에 전 검은 돌로 철길을 쩡쩡 두드렸다. 난쟁이 아들이 레일 위에 올라서면 아무것도 그를 흔들어 떨어뜨릴 수 없었다. 그는 언제까지나 외줄 레일 위를 걸어갈 수 있었다. 아무도 난쟁이 아들에게 간섭하지 않았다. 역무원도 난쟁이 엄마도, 난쟁이 아버지도. 그들은 난쟁이 아들이 이 역을 지나는 기차들에 대해 가장 잘 알고 있다는 것을 알고 있었기 때문이었다. 난쟁이 아들은 누구보다도 먼저 기차가 오는 것을 알고 맞이했고, 역무원보다 더 멋진 동작으로 기차를 떠나보냈다. 내가 보기에 오고가는 모든 기차는 그가 부르고 보내는 듯했다.

그러나 어느 비가 내리던 여름날, 기차에서 내려 살이 부러진 형편없는 우산을 펴던 나는, 그 소식을 들었다. 난쟁이 아들이 기차에 깔려 죽었다는…… 아무것도 남지 않고, 누가 고깃국을 엎지른 듯 침목 위에 작은 얼룩만 남았다고 했다. 어떤 사람은, 난쟁이 아들의 말 못 할 슬픔이 아무도 모르게 넘쳐버린 것이라고도 했다. 나는 사람들이 모두 나간 빈 플랫폼에서 오랫동안 서 있었다. 살이 부러진 형편없는 우산 속으로 빗물이 흘러들었다. 창고 곁 움막은 꼭 닫힌 채 긴 장대비를 죽죽 맞고 있었다.

아들이 죽은 두어 달 뒤 난쟁이 부부는 어딘가로 떠났다. 기차의 긴 몸뚱이와 그 많은 바퀴들을 견딜 수가 없어서, 그 긴 기적 소리를 용서할 수가 없어서 떠났다고 했다. 또 어떤 사람은 그들의 짧은 몸뚱이와 짧은 인생과 너무 긴 슬픔을 용서할 수 없어서 떠났다고도 했다. 그리고 모든 사람들은 말했다. 그들은 아주 멀리, 철로나 기적 소리나 역사 따위는 없는 아주 먼 곳으로 갔을 거라고. 아주 아주 먼 곳……

나는 산꼭대기에 앉아 난쟁이 부부가 간 먼 곳을 생각했다. 그곳은 어디일까. 누구나 고통 때문에 떠나는 아주 먼 곳. 나는 서른 살이 되었고, 마침내 산꼭대기에 앉아 있었다. 어쩌면 그곳은 내 생의 가장 먼 곳이 아니었는지…… 서른을 지나면 누구나 조금씩 덜 고단해질 것이다. 더이상 자기로부터 떠나려 하지 않기 때문에. 여전히 자신이 누군지 모른다 해도 이제 그런 삶에 익숙해지는 것이다. 한차례 바람이 얼굴을 후려치며 지나갔다. 감았던 눈을 떠보니 비단수건 하나가 저절로 풀려 바람에 날려가고 있었다. 비단수건 곁으로 누가 내던진 목련꽃들처럼, 흰 새들이 하늘을 가르며 날아갔다. 시베리아를 지나왔거나, 시베리아를 지나갈 새들. 그들도 고통 때문에 떠나고 있는 것이다. 날개를 파닥이며 고단하게 자신을 밀어온 새들. 누군들 먼 곳에서 오지 않았으리. 우리는 누구나, 그곳에서 날고 있었던 것을.

어린 딸아이는 산꼭대기에서 빙글빙글 돌고 있었다. 웃으면서 딸아이를 지켜보던 남편이 내게로 얼굴을 돌렸다. 그의 얼굴에 아직 웃음이 남아 있었다.

"난 말이야. 이제 아무것도 두려워하지 않고 남김없이 살 수 있을 것 같아. 난 바다처럼 모든 것을 겪고 모든 것을 받아들일 거야. 지붕 위를 걷고, 빗줄기 속에 뛰어들고, 달 밝은 밤에 나가 빙글빙글 춤을 출 거야. 우물처럼 깊고 유성처럼 빠르게……"

남편의 얼굴에 서서히 웃음기가 걷혔다. 나는 자리에서 일어나 딸아이 곁에서 빙빙 돌기 시작했다.

"미나리, 위험해."

남편이 걱정스러운 얼굴로 말했다. 그러나 나는 이제 누구도 생을 본 적이 없다는 것을 알아버렸다. 생이란 선한 것도 악한 것도 아니며, 단지 자신의 욕망에 충실해야 한다는 것을. 나는 미소 지으며 두 팔을 죽 뻗고, 그리고 열 개의 손가락을 폈다. 손금 안의 내밀한 길들을 향해 바람이 몰려왔다.

"나를 미나리라고 부르지 마. 그건 더이상 입을 수 없는 너무나 작은 스웨터 같았어. 오랫동안 불편했다구……"

나는 소리치며 더 빠르게 빙빙 돌았다. 내 몸은 내밀한 정적의 한 점을 꿰뚫고 있었다. 우물처럼 깊고 유성처럼 빠르게……

아이의 웃음이 깔깔깔깔, 부딪치는 돌처럼 벼랑 아래로 쏟아졌다. 아아, 나의 입은, 거울 속의 나에게 빨려들어갈 때처럼, 커다랗게 벌어졌다. 동굴 속에서는 오직 자기를 향해서만 걸어나올 수 있을 뿐이다. 텅 빈 눈 속으로 봄햇볕이 쏟아져들어왔다.

황금의 나날

성석제

1960년 경북 상주에서 태어나 연세대 법학과를 졸업했다. 1986년『문학사상』시 부문 신인상을 수상하며 등단했고, 1995년『문학동네』여름호에 단편「내 인생의 마지막 4.5초」를 발표하며 소설가의 길로 들어섰다. 시집『낯선 길에 묻다』, 소설집『그곳에는 어처구니들이 산다』 『첫사랑』『호랑이를 봤다』『황만근은 이렇게 말했다』『번쩍하는 황홀한 순간』『참말로 좋은 날』 『이 인간이 정말』『믜리도 괴리도 업시』『사랑하는, 너무도 사랑하는』『내 생애 가장 큰 축복』, 장편소설『왕을 찾아서』『인간의 힘』『도망자 이치도』『위풍당당』『투명인간』『왕은 안녕하시다』(전2권), 산문집『소풍』『성석제의 농담하는 카메라』『칼과 황홀』『꾸들꾸들 물고기 씨, 어딜 가시나』『말 못하는 사람』『근데 사실 조금은 꿩장하고 영원할 이야기』등이 있다. 동서문학상, 한국일보문학상, 동인문학상, 이효석문학상, 현대문학상, 오영수문학상, 조정래문학상을 수상했다.

그녀를 만나러 가겠네, 서른 살이 되면.

아름답고 불행한 그녀를 보러 가겠네, 내 나이 서른이 되면. 황금 빗으로 머리를 빗고 있는 그녀에게 앵두를 들고 초롱꽃 들고 가겠네. 사나운 꼽추가 지키는 탑에 갇힌 나의 천사를 보러 가야겠네. 대낮처럼 횃불 밝혀놓은 뜰에 숨어들어가 이끼 긴 벽을 타고 올라 나 어린 뻐꾸기처럼 그녀를 찾으려네.

사랑을 잃어버린 여인들은 나를 비웃을 것이네. '얘, 너는 아직 어려. 사랑이 뭔지나 아니? 애가 어디서 나오는 줄 모르니?' 사랑을 찾지 못해 밤마다 개떼처럼 술집을 순례하는 사내들도 낄낄거릴 것이네. '사랑이라고? 그런 말이 어떻게 사내 대장부의 입에서 나오느냐?' 나는 대답하지 않네. 아무 말 하지 않을 것이네. 그들이 그렇게 떠들다 늙어 죽는다 하더라도.

그러나 내 사랑 그녀는 늙지 않네. 그녀는 수백 개의 시계 속에서도 늙지 않았네. 나 어릴 때 그녀는 읍내 한가운데에 있는 시곗방에 갇혀 온종일 앉아 있었네. 하루 백쉰여섯 번을 우는 뻐꾸기시계 밑에 앉아서 수를 뜨고 있었네. 왜 하루 종일 거기에 앉아 있었느냐 하면, 그 많은 시계에게 밥을 주는 게 그녀의 일. 시계는 사람처럼 밥을 먹는 건 아니었네. 태엽을 감아주면 시계들은 노새처럼 불알을 흔들거리며 세월의 연자방아를 돌렸네. 그중에서도 그녀는 뻐꾸기시계 밑에 앉았네. 때가 되면 작은 뻐꾸기가 작은 집에서 나와서 작은 목소리로 뻐꾹뻐꾹 울곤 했다네.

시곗방 뒤 컴컴한 골방에는 꼽추가 외눈 안경을 낀 눈을 부릅뜨고 시계를 고치고 있었네. 검고 기다란 얼굴에 달린 커다란 눈, 길고 가는 손가락으로 세상에서 가장 딱딱하고 작은 부속들을 만지작거렸네. 그는 세월을 다루는 사내였네. 그래서 사람들이 그를 두려워했는지도 모르네.

그는 부자 아들의 부자 아들의 부자 아들이었네. 그녀를 아내로 데려왔기 때문에 그의 아버지보다도 부자가 되었네. 아름답고 상냥한 그녀, 슬픔과 애절함으로 가득 찬 그녀를 데려왔기에 세상 누구보다도 부자였네.

나의 아버지는 태어나면서부터 가난뱅이였네. 내가 아주 어릴 적 일이라네. 어느 날 아버지는 황금을 캐러 먼 길을 떠났네. 떠나면서 어머니와 나를 버렸네. 사람들은 그가 돌아오지 않을 것이라고 했네. 어떤 황금은 사람의 눈을 멀게 하고 무슨 황금인가는 귀를 먹게 만들고 어딘가에 있는 황금은 처자와 고향을 잊게 한다고 했네. 아버지가 황금을 찾았다면 돌아오는 길도, 돌아갈 이유도 잊었을 것이라 했네. 어머니는 나를 업고 눈길 위를 헤매다가 어느 성당 앞에 쓰러졌다네. 그래서 나는 어머니와 함께 그 성당 사택에 살게 되었네.

성당에는 읍내에서 제일 아름답고 높은 담이 있었네. 희고 네모진 탑 속에는 성탄목(聖誕木)에 다른 종처럼 생긴, 그보다는 훨씬 큰 종이 열 개쯤 달려 있었네. 아침 점심 저녁 하루 세 번 종을 울리던 늙은 신부(神父)는 눈이 새파랗고 살이 희었네. 어머니는 그를 위해 밥을 짓고 청소를 하고 틈이 나면 아버지가 떠난 쪽으로 눈을 돌리다가 내게 말을 하곤 했다네. '너만 없어도 진작에 팔자를 고칠 것인데.' 그러고는 넓고넓은 성당 바닥을 닦는 먼지투성이의 걸레들을 힘껏 바닥에 팽개치곤 했네. 그것을 집어다 원래 있던 자리에 가져다놓는 일이 나의 일이 되었네. 내가 그 일을 잘하게 되자 어머니는 걸레를 팽개치는 대신 곧바로 내 얼굴에 집어던지기 시작했다네. 나는 그 걸레를 피할 수 없었네. 걸레를 피하면 빨래가 날아오고 빨래를 피하면 피할 수도 없는 저주가 날아왔기에. 그래서 나는 걸레를 잘 받아내게 되었네. 그 동안에도 꼽추의 시곗방에서 시간이 흘렀다네.

내가 다섯 살이었을 때의 어느 여름밤을 기억하네. 내가 기억하는 다섯 살은 그것뿐이네. 슬픈 일은 기억하고 싶지 않고 기억나지도 않네. 그래서 내게 남은 것은 그 여름밤뿐이네. 은하수가 소리치며 흐르던 그 여름밤. 마당에서 모깃불 연기가 피어나고 깊이를 모르는 웅덩이에서 악마구리 울음이 들리던 그 밤. 미사가 끝나고 여인들이 사택으로 왔네. 모기가 올까봐 불을 켜진 않았네. 달이 떠오르자 여인들은 돌아가며 노래를 부르기 시작했네. '옛날에 금잔디 동산에……' 도 부르고 '꿈속에 그려라 그리운 고향……' 도 부르고 '넓고넓은 바닷가에 오막살이 집 한 채……' 도 불렀네. 정말 그런 노래였는지는 모르네. 내가 나중에 알게 된 슬픈 노래는 모두 그날 밤 들었던 것 같네.

유난히 목소리가 아름다운 여인이 있었네. 그녀의 목소리는 높은 데서 달빛 속을 가로지르는 명주실같이 가늘고 가볍게 떨렸네. 그 노랫소리에 끌려 나도 모르게 그 여인 곁으로 다가갔네. 아주 조금씩, 애벌레처럼 바닥을 배로 밀며. 그 여인은 내게 무릎베개를 해주었네. 머리를 쓰다듬어주었다네. 그 여인에게서는 유향처럼 고귀하고 장미처럼 황홀한 냄새가 났네. 언제 잠이 들었는지는 나도 모른다네. 다음날 아침 잠이 깨었을 때 나는 혼자 방 안에 뉘어져 있었네. 방 안은 조용하고 더러웠고 밝았고 쓸쓸했네. 내 주먹 안에는 동전 세 개가 남아 있었네. 누가 그 동전을 쥐어주었는지는 알 수가 없었네. 갑자기 나는 울고 말았네. 왜 눈물이 나오는지는 알 수가 없었네.

그 다음부터 나는 밤마다 그 여인이 다시 오기를 기다리게 되었네. 노래를 들으며 잠든 다음날 아침 주먹 안에 동전이 쥐어지는 요술 때문이 아니라네. 대축일에 성당 안에 퍼지는 유향연기처럼 고귀한 그 냄새를 한 번이라도 더 맡아보고 싶었기 때문이네. 명주실처럼 가느다랗고 황홀하게 흘러나오던 그 노래를 한 번만이라도 더 듣고 싶었기 때문이라네. 그러나 그날 밤은 다시 돌아오지 않았네. 똑같은 밤이 없듯이 똑같은 사람도 없으리니. 여인들이 오고 또 왔지만 그 여인은 없었네.

읍내 후미진 골목마다 저녁마다 노래를 부르는 여인들이 있었지. 아침마다 부스스한 머리를 하고 요강을 부시는 여인들 가운데 그 여인이 있나 찾아보았다네. 그녀가 어떻게 생겼는지 보지 못했기에 거기 있는지는 알 수 없었네. 냄새를 맡으려고 가까이 가면 독한 꽃향기에 머리가 어질어질했네.

"아기야, 아빠 찾으러 왔니? 사탕 줄까?"

그 여인들 붉은 입구에서는 구역질 나는 술냄새가 났네. 그들의 콧구멍에서 빠져나오는 담배연기 때문에 재채기가 났네. 그 입술에서 흘러나오는 노래는 아름답고 슬펐지만 그녀가 부르던 노래는 아니었네. 나는 어른처럼 그리움을 알게 되었지. 그 대신 그 여인의 목소리와 부드러운 무릎은 잊혀져갔네. 그 여인의 향기도 잊혀져갔네.

  서른 살이 되면 그녀를 찾겠네. 그녀에게 복숭아와 나리를 바치려네. 흉악한 꼽추로부터 그녀를 구해야 하네. 송골매가 되어 그녀가 갇힌 탑으로 가려네. 그녀는 내가 오기를 기다리며 뻐꾸기시계 아래서 맴을 돌고 있을 것이네.

  부활절과 성탄절이 되면 성당은 온통 잔칫날처럼 흥청거렸네. 못보던 사람들도 많이 왔네. 부활절이나 성탄절에 사람이 많은 데는 이유가 있었다네. 그때에는 눈 새파란 외국 신부의 고향에서 구호물자를 보내왔네. 구호물자의 헌 옷들은 잘만 하면 두 사람이 함께 입고 다닐 수도 있었네. 구두는 장화로 쓸 수 있을 정도로 커다랬다네. 깡통 초콜릿은 아이들에게까지 가기 전에 어른들이 자기들끼리 먹어버렸네. 깡통 분유는 아기들에게 가기 전에 소년들이 손가락으로 다 해치워버렸네. 부활절 미사가 끝나면 그런 것들을 나눠주었네. 성탄 미사가 끝나면 나눠주었네. 죽어가던 사람들도 업히고 기어서라도 성당으로 오게 하는 건 구호물자였네.

  나는 성당 사택에 얹혀사는 가여운 아이였네. 그래서 신부는 따로 내게 이상한 것을 주곤 했네. 아기 예수가 손을 벌리고 있는 입체 성화(聖畵), 오리를 부르는 피리 같은 것. 먹지도 못하고 입지도 못하고 가지고 놀지도 못하지만 신부의 고향 사람들은 좋아하는 것들. 어느해인가는 야구 글러브, 야구 방망이를 받았네. 그걸 어디에 쓰는지 설명해주는 사람은 없었네. 그 물건을 가진 나를 부러워하는 아이도 없었네. 나는 어머니가 집어던지는 걸레를 글러브로 집어다 양동이에 담았네. 어머니는 그 걸레와 복사복을 야구 방망이로 두들겨 빤 다음 햇빛에 널었네. 두들겨 빨 게 없으면 나를 빨아 말릴 것처럼 두들기기도 했네.

내가 아홉 살, 아니 열 살 때였던가. 다시 부활절이 돌아왔다네. 그해 부활절은 여느 부활절과 조금 달랐네. 성당 앞에 커다란 차가 멈추었기 때문이었네. 읍내에서는 처음 보는 커다란 차였네. 거기에서 차례로 한 사람씩 내렸네. 내릴 때마다 사람들은 눈을 크게 떴네. 맨 처음 내린 사람은 양복을 입은 꼬마였네. 보석처럼 반짝거리는 검정 구두를 신고 있었네. 두 눈은 샛별 같았고 입술은 붉고 살갗은 상처 하나 없이 희어서 동화책에서 막 놀러 나온 왕자처럼 보였네.

뒤따라 내린 사람은 키가 나만한 어른이었네. 그의 등에는 낙타처럼 혹이 나 있었네. 그의 얼굴은 희고 길었고 입술은 두껍고 한쪽 눈이 안으로 들어가 있었네. 그는 마술사처럼 크고 검은 모자를 쓰고 있었다네. 옷에서는 큼직한 금빛 단추들이 번쩍거렸네. 그는 긴 혀로 입술을 핥으면서 사람들을 둘러보았네. 어른들은 자신들의 납작하고 낡은 모자를 벗고 고개를 숙여 인사를 했네.

이윽고 키가 큰 여인이 내렸네. 둥근 모자를 쓰고 있었는데 그 모자에서 흘러내린 흰 망사 때문에 얼굴이 잘 보이지 않았네. 한 번에 자르고 박음질한 희고 긴 옷 속에서 무엇인가 부드럽게 물결치며 사방으로 빛을 쏘아보내는 것 같았네. 여인들은 옷자락의 주름을 펴며 그 여인에게 인사를 건넸네. 그 여인이 한 사람 한 사람에게 인사를 하는 동안 조심스럽고 어색한 미소가 사람들 사이에 퍼져갔네. 그녀는 아름다웠네. 우리 어머니보다, 세상 누구의 어머니보다. 웬일일까, 내 가슴속에서 수많은 시계가 절걱거리며 돌기 시작하는 것 같았지. 그 여인이 내 쪽으로 얼굴을 돌리는 순간, 크고 작은 종이 마구 울리는 것 같았네. 칠 때가 되지도 않은, 치도록 허락도 받지 않은 종이.

사람들은 그들이 다가오자 숲길처럼 갈라져 길을 터주었네. 그들이 성당 안에 들어서면서 미사가 시작되었네. 나는 그 여인의 노랫소리를 들으려고 했네. 그러나 다른 사람들의 노랫소리에 묻혀 들리지 않았네. 그 여인의 냄새를 맡으려고 했네. 커다란 촛대를 앞세운 서양 신부들이 퍼뜨리는 유향과 사람들이 싸움이라도 하듯이 퍼뜨려대는 땀냄새며 방귀 냄새 때문에 맡아지지 않았네.

아이들은 미사가 끝나기도 전에 성당 마당에 긴 줄을 만들고 그 줄에 누가 끼어들면 즉시 커다란 싸움판을 만들었네. 어른들도 마찬가지였네. 사내들은 하나라도 더 차지하려고 서로를 떠다밀었고 여인들은 치마 속에 하나라도 더 움켜넣으려고 아귀다툼을 벌였네. 대축일에는 하루 종일 성당 앞마당에 조그만 먼지 구름이 덮여 떠나지를 않았지. 모두가 싸웠네. 모두가 훔쳤네. 모두가 이겼네.

그런데 꼽추 가족은 싸우지 않고 훔치지 않고 이기지 않고 그냥 가버렸다네. 조용히 걸어가 거만하도록 커다란 차에 타고.

꼽추는 읍내에서 가장 부자라고 했네. 꼽추의 아버지도 부자였네. 꼽추는 물림이 되지 않지만 부자는 물림인 모양이라고 어른들은 수군거렸지. 꼽추의 조그만 아들도 부자가 될 것이었네. 꼽추의 다락에서는 황금쥐가 뛰어다니고 처마에는 은고드름이 달려 있다고 했네. 가마니로 쌓여 있는 마노, 산호, 호박, 발에 채는 홍보석, 흑요석, 자수정, 그뿐인가, 세상의 시간을 움직이는 시계가 사방 벽에 걸려 있다고 했네.

나의 아버지는 가난했네. 나의 어머니도 가난했네. 나도 가난했네. 아버지의 아버지가 가난했던 것만큼 나도 가난해질 것이었네. 성당 사택 안에는 고장난 시계 하나도 없었다네. 어머니에게는 구리반지 하나 없었네. 그때 내게는 가난한 아버지마저 없었고 어머니는 예쁘지 않았네.

　성탄절 때 그 가족은 다시 왔네. 나는 그 소년을 보지 않았네. 보지 않으려고 했기 때문이네. 꼽추도 마찬가지였네. 보고 싶지 않았네. 그 여인만은 살짝 엿보았네. 오래 보지는 않고 살짝, 가만히, 아무도 모르게 보고 냄새 맡고 귀를 기울였네. 그렇게 몇 번의 성탄절과 부활절이 지나갔네. 꼽추가 시간의 연자방아를 돌리는 조그만 노새를 채찍질해주었기 때문에.

　서른 살이 되면, 서른 살이 되면 그녀를 찾아가야 하네. 그녀를 찾지 못하면 내 가슴은 터지고 말 것이네. 그녀는 나를 기다리고 있을 것이네. 뻐꾸기시계 밑에서 슬픈 노래를 부를 것이네.

　아버지가 돌아왔네. 어깨에 커다란 연장통을 메고서 지친 걸음으로 돌아왔네. 황금을 찾으러 갔다더니 황금은 가지고 오지 않고 연장만 잔뜩 가지고 왔네. 쓸데없는 책만 한 보따리 지고 왔네. 아버지는 내가 어머니의 걸레를 야구 글러브로 다루는 것을 보고는 하하하 소리내어 웃었네. 어머니가 방망이를 들고 마당으로 쫓아나왔을 때는 자신을 때리러 오는 줄 알고 얼굴이 하얘졌네. 이윽고 어머니가 그 방망이로 빨래와 나를 두들기는 데 쓰는 걸 알고는 껄껄 웃어댔네. 그렇게 우리 식구가 한자리에 모였네.

　아버지가 가본 먼 세상 어딘가에서는 글러브와 방망이로는 빵만한 공을 던지고 받고 때리고 받는 데 쓴다고 했지. 아버지가 가보지 못한 더 먼 나라에서는 그것을 베이스볼이라고 부른다고 했네. 또 아버지가 가보고 싶어했던 어떤 나라에서는 자나깨나 베이스볼만 한다고도 했네. '배들이 부르니까 별 지랄을 다 하나보오.' 어머니가 말한 그 이상한 세상으로 아버지는 다시 떠났네. 어머니는 아버지를 집에서 끌어가는 이상한 세상과 이상한 책과 이상한 세월에 대해 화를 냈네. 아버지가 떠난 다음날 아버지가 가지고 왔던 책과 연장을 모두 집어던졌네. 나는 어머니 모르게 그것들을 주워다 글러브와 함께 다락에 모셔두었지.

아버지는 다시 돌아왔네. 이번에는 빈손이었네. 그 대신 야구에 대해서는 더 많이 알아왔네. '실밥을 어떻게 쥐느냐에 따라 공이 다르게 날아가지.' 아버지는 야구에 직구와 커브가 있다고 했네. 그리고 방망이를 쥐는 법과 휘두르는 법을 알려주셨네. 아버지는 그 무렵 읍내에서 야구에 관해 제일 많이 아는 사람이었네. 아버지가 떠나자 어머니는 야구 방망이를 아궁이에 집어넣어버렸네. 나는 타다 만 야구 방망이를 꺼내 책과 함께 다락에 모셨네.

아버지는 또 돌아왔네. 여전히 빈손이었네. 하지만 야구에 대해서는 더 많은 정보를 가져왔네. 우리는 야구를 통해 이야기를 나누었네. 야구가 들어가지 않으면 말이 되지 않았네. 야구는 길 떠났다 돌아온 아버지와 아버지를 잊어버렸던 아들이 만났을 때 서로를 이어주는 오작교와 같은 것이었네.

'어머니 말씀을 잘 듣는 건 야구를 잘하는 것과 같다.'

'야구를 잘하면 아버지처럼 머리가 좋아질 수 있을까요?'

'오늘은 야구하기에 좋은 날씨구나.'

'기름집 아들요, 야구공만한 녀석이 자꾸 까불어요, 아버지.'

'세 번까지는 봐줘야 한단다. 야구 규칙이 그렇게 돼 있으니까.'

아버지는 점점 더 빨리 떠나고 점점 더 빨리 돌아오게 되었네. 그동안 나는 야구선수가 되었네. 아버지는 내가 야구선수가 되는 것을 보려고 홈으로 돌아오는 사람 같았다네.

나는 배웠네, 투수, 포수, 주자, 타자에 대하여. 나는 알았네, 1루수,

2루수, 3루수, 우익수, 좌익수, 중견수를. 나는 때렸네, 단타, 2루타, 3루타, 홈런을. 나는 받아보았지, 플라이볼, 파울볼, 페어볼, 땅볼을.

야구는 야구이며 야구라네. 날아가서 돌아오지 않는 공은 읍내 바깥 어딘가 다른 세상이 있다는 것을 알려주었네. 야구는 야구인 까닭에 야구라네. 야구 경기에서 죽는 것은 정말 죽는 것과 달랐네. 하지만 사람이 정말 죽을 수 있다는 것을 알려주기도 했네. 야구는 야구. 야구에서 이기는 건 진정으로 삶에 이기는 것과 다르지만 삶에도 이기고 지는 것이 있다는 것을 가르쳐주지. 유리창을 깨뜨리는 야구, 도망가는 야구, 공을 빼앗기는 야구, 해 저문 들판에서 혼자 '마이 볼!'을 외치게 하는 야구, 야구밖에는 아무것도 생각할 수 없게 하는 야구. 나는 야구를 사랑했네. 그래서 학교에 야구부가 만들어지자마자 대표선수가 되었네. 포수(捕手)가 되어 세상이 온몸을 비틀었다 풀며 던지는 공을 받았네. 왜 포수가 되었느냐 하면 포수 마스크, 포수 프로텍터, 포수 레거스를 하고 포수 미트를 끼고 앉아 있으면 세상에서, 학교에서, 야구부에서 제일 부자가 된 듯한 기분이 들었기에. 부자 같은 느낌이 온몸을 빵빵하게 만들어 내가 코치보다 더 커 보인다고 아이들은 말했네.

야구 연습을 할 때 구경하는 아이들이 백 명은 넘었네. 다른 학교 아이들까지 구경을 왔다네. 모두 야구를 하고 싶어했네. 야구부에 들어오려고 몸부림을 쳤다네. 야구부 유니폼을 입어보려고 환장을 했네. 실밥이 선명한 공을 쥐어보려고 아우성을 쳤네. 그게 이야기가 아니라 진짜였기 때문이네.

그중에 흰 쥐 같은 아이가 있었네. 나는 흰 쥐를 본 적이 없지만 흰 쥐 같은 아이를 보았기에 흰 쥐가 어떻게 생겼는지 말할 수 있네. 그 아이는 늘 플라타너스 뒤에 앉아 야구 구경을 하곤 했다네. 언제나 깨끗한 흰 옷을 입고 야구 모자를 쓰고 입을 조금 벌린 채 앉아 있었네. 이상한 건 코치가 그 아이에게 꺼져버리라고 말하지 않는 것이었네. 야구를 가르치는 것이 엄청난 은혜를 베푸는 것이라고 생각하는 코치가, 그 아까운 은혜를 한 사람이라도 더 공짜로 나눠주기 싫어서 일부러 수업시간에 연습을 시키는 코치가, 욕 잘하는 코치가 다른 아이에게 하듯이 '쌔꺄, 빨리 꺼져, 더러운 축구부에나 가봐' 하고 쫓아내지 않는 게 이상했네. 이상은 무슨 이상. 나는 알고 있었네. 그 아이가 학교에서 모르는 사람이 없는 부잣집 아이였기 때문이지. 나만은 알고 있었네. 그 아이를 야구부에 끼어넣으면 부모가 돈을 줄지도 모르겠다고 생각했기 때문이네. 그 아이가 한심하고 무식한 축구부 코치에게 가버리면 그 돈이 축구부 코치에게 갈 거라고 염려했기에 그 아이를 쫓아내지 않았던 것이네. 그 비밀을 나는 알고 있었네. 나는 가난한 아이들의 주장이기에 아무리 희미하다고 해도 부자의 냄새는 누구보다 빨리 맡았네.

"이자영, 너 참관(參觀)하러 왔니? 잘 봐, 야구는 정말 멋있는 사나이의 운동이다."

코치가 물에 들어갔다 나온 개가 물을 털듯이 아양을 떠는 꼴은 정말 구역질이 나도록 만들었지만, 어쩐 일인지 야구부의 다른 아이들도 코치처럼 행동했네. 코치가 몸으로 가르치는 대로, 말로 가르치는 대로 따라했네. 코치가 있는 동안은.

아아, 어른들은 아이들이 뇌물에 대해 모를 거라고 믿네. 그렇지만 아이들은 누구보다도 쉽게 더러운 돈 냄새를 맡을 수 있네. 어른들은 협잡이라는 말이 너무 어려워 모를 거라고 아이들 앞에서 협잡을 저지르네. 부정을 몰라서 못 한다고 믿어 아이들 보는 데서 부정을 저지르네. 바보 같은 어른들은.

나는 그 아이가 싫었네. 지가 뭔데 남들은 죽어라고 뛰는데 그늘에 앉아서 혼자 구경을 해? 참관 좋아하시네. 야구부 아이들 가운데 참관을 실컷 해보고 아, 야구는 내 인생의 보석인 거야, 어쩌고저쩌고 중얼거린 다음 당당하게 야구부에 들어온 아이는 하나도 없었네, 한 마리도. 제발 야구부에 들게 해달라고 애원을 하고 코치가 때려죽여도 좋다고 맹세하고 온갖 선물을 갖다 바치고도 못 들어온 아이들이 얼마나 많은데. 키가 작아서, 기초가 없어서, 덩치만 커서, 너무 약아 빠져서, 바보라서, 인간성이 더러워서 야구를 못 시키겠다고 하면 그걸로 그만이었네. 그런데 그 아이는 야구부의 누구도 해보지 못한 참관을 일 주일이나 하면서 욕도 먹지 않고 맞지도 않고 꼬집히지도 않고 저 가고 싶으면 가고 있고 싶으면 있고 마음대로였네.

"저 새끼만 보이면 재수가 없어. 쥐새끼 같은 놈."

부드럽게 바람이 불어오는 5월이었네. 플라타너스 그림자가 짧은 오후였네. 우리는 대회를 앞두고 연습을 하고 있었네. 야구부 아닌 아이들은 수업을 받고 있었네. 코치가 자리를 비운 사이 우리는 오래 묵은 창고 옆 그늘에 앉아 그늘만큼 짧은 시간 동안 재미나는 이야기만 하기로 했었네.

"쟤네 엄마는 술집에 다닌대."

누군가 말했네. 그게 거짓말인지 알고 있었네. 그래서 나는 고개를 흔들었네.

"공갈 까지 마."

그러자 다른 아이가 말했네. 훨씬 강한 어조로, 가난한 주장, 부자 아이를 미워하는 나를 기쁘게 해주려고.

"기생 출신이래."

"공갈 까지 마."

내가 무시하자 또다른 아이가 눈까지 부릅뜨고 거짓말을 했네.

"엄마가 그러는데 바람날 년이래. 재 아버지는 곱사등이니까."

우리는 낄낄거렸네. 고소해했네. 그게 어른들의 뇌물, 협잡, 부정에 대한 우리들의 복수였네. 코치나 교감 같은 어른들은 소년들이 아무 것도 모를 거라고 생각하지. 야구 잘하고 우승해서 학교의 명예를 드 높이고 야구를 발전시키는 동시에 세계 만방에 우리의 실력을 보여주 자꾸나, 응? 시간만 나면 이런 이야기로 서로를 격려하고 나날이 실 력을 키워나가는 줄 알고 있었지. 우리는 읍내에서 누가 제일 화냥년 인지도 알고 있었네. 시장통 미친년 겨드랑이에 털이 얼마나 많은지 도 알고 있었네. 우리가 몰랐던 건 그 아이가 공이 가득 찬 양동이를 들고 우리 등뒤 햇볕 아래에서 우리의 이야기를 듣고 있었던 것.

"뭐야?"

갑자기 우리에게 공이 쏟아졌네. 내 사타구니 안으로도 공이 하나 쑥 들어왔네. 그 아이가 두 주먹을 쥐고 햇살 속에 서 있었네. 그 무 렵 5월의 햇빛은 잘 잡아두었다가 겨울에 얼리면 보석이나 다름없을 것 같았네. 야구부 아이들은 일제히 일어섰네. 그 아이의 얼굴은 어 머니가 방망이로 두들겨 성당 마당에 빨아 너는 복사복처럼 하얗게 변해 있었네.

"요새끼가!"

아이들 몇이 덤벼들었네. 덤벼들 필요도 없었네. 그 아이는 다른 한 아이도 감당하지 못했네. 그러나 같잖게 조그만 주먹만은 계속 휘 두르고 있었네. 늘 깨끗한 아이의 옷은 흙투성이가 되었네. 늘 희디 흰 아이의 얼굴은 코피로 물들었네. 나는 아이가 밑에 깔려 버둥거리 면서도 새처럼 우짖는 말을 웃으면서 듣고 있었네.

"우리 엄마 욕하지 마. 거짓말하지 마."

나는 주장이었네. 말려야 했네. 코치가 나오기 전에, 교감이 나오기 전에, 수업을 받는 다른 아이들이 보기 전에. 그래서 아이를 들어올렸네. 아이의 발이 땅에서 떨어질 때까지 한 손으로 번쩍.

"자꾸 말썽피우면 죽여버릴 거야. 요 쥐만한 새끼."

아이는 토끼처럼 보였네. 언젠가 아이들과 함께 몽둥이로 때려잡아 들어올렸던 잿빛 토끼. 그때 토끼는 빨간 눈으로 힘없이 나를 바라보았네. 그 토끼는 집으로 가져와서 찜을 쪄먹었네. 아이는 코피를 닦을 생각도 못 하고 나를 바라보고 있었네. 숨을 가르릉거리며 아무 말도 하지 못했네. 그때 문득 나는 교문 옆에서 길고 흰 그림자 하나가 어디론가 흘러가버리는 것을 보았네. 왜 내 눈길이 그쪽으로 갔는지는 나도 알 수 없었네. 하여간 나는 보았던 것이네. 무엇인가의 그림자를. 마치 내 영혼의 비늘을 거스르는 것 같은 그것, 가볍게 스치는 듯한 그것을.

그게 무엇인가 생각하는 동안 세상은 쥐죽은듯이 조용해졌네. 아이들은 입을 벌린 채 공중에 들어올려진 토끼를 보고 있었네. 플라타너스 잎에 살던 바람도 잠시 숨을 죽였네. 운동장 모래에 부딪혀 튀어오르던 햇빛 알갱이들이 갑자기 가라앉았네. 그 고요가 싫었네. 두려웠네. 나는 아이를 놓아주었네. 아이는 나무를 돌아 뒤로 갔네. 손수건을 꺼내 가만히 코피를 닦았네. 그날 연습이 끝나고 나는 아이를 불렀네. 주먹을 얼굴에 갖다댔다네.

"너, 코치한테 이르면 죽어."

아이는 고개를 끄덕였네.

"너, 아빠한테 일러도 죽어."

아이는 또 고개를 끄덕였네. 아이는 정말로 나를 무서워하고 있었네.

"가봐, 인마."

그 다음날 연습이 끝나고 집, 아닌 성당으로 돌아가는 길을 아이가 따라왔네. 성당 앞까지 졸졸 소리도 없이.

"왜 따라와, 쥐새끼 같은 자식아!"

아이는 주춤거리며 물러섰네. 그러면서도 흰 팔을 내게 내밀었다네.

"이거 주려구."

아이는 종이봉지를 내밀었네. 그 안에는 놀랍게도 흰 빵이 두 개나 들어 있었네.

"너, 지금 나한테 '와이로' 쓰는 거야?"

와이로, 코치가 좋아하는 그것. 와이로, 코치가 아이의 부모에게서 받아먹으려는 그것. 아이는 고개를 저었네. 아이가 그렇다고 해도 상관이 없었네. 나는 무척 배가 고팠네. 배는 언제나 고팠지만 연습을 한 날은 더 참기가 힘들었네. 학교에서 공짜로 주는 빵은 네모지고 누런 옥수수빵이었네. 야구부에는 특별히 두 개씩 따로 빵이 나왔네. 먹고 나면 금방 배가 꺼졌네. 어머니는 내게 옥수수빵이든 밀가루빵이든 풀빵이든 사주지 않았네. 내가 공기만 마시고도 저절로 크고 물만 먹고도 멋지게 공을 받으며 굶어도 배터지게 먹은 다른 팀 4번 타자처럼 홈런을 치는 줄 알았네.

"이거 어디서 났어?"

"엄마가 갖다줬어."

나는 조금 미안해졌네. 어른이 뇌물에 약하듯 배고픈 4번 타자는 달콤한 단팥을 싸안은 부드러운 흰 빵에 한없이 약한 법이라네.

"인마, 주장한테는 존댓말을 쓰는 거야. 알어?"

"네. 주장님."

"엄마가 언제 왔어?"

"점심시간에요."

나는 아주 조금 겁이 났네.

"어제도 왔었어?"

"네. 주장님."

"너 맞을 때 본 거 아냐?"

"몰라요."

나는 아이의 와이로를 받아먹기로 결정했네. 아이들이 얼마나 영리한지 어른들은 모른다네. 우리는 그날 거래를 했던 것이네. 타협을 했네. 어른들은 결코 이해하지 못할 복잡 미묘한 계약을 맺었네. 어떻게? 나는 아이에게 야구를 가르쳐주기로 했네. 아이는 그 대신 매일 빵을 싸올 것이었네. 그걸 말로 한 것은 아니네. 그냥 그렇게 된 것이네. 제라늄과 팬지꽃이 피어 있는 화단에서 나는 빵을 먹었네. 그것으로 계약은 성립이 된 것이라네. 그러면 아무 일도 일어나지 않을 것이었네.

그날 나는 성당 안으로 들어가서 오랜만에 기도를 했네. 하느님, 저는 때리지 않았습니다. 때린 놈들을 용서해주십시오. 맞은 놈이 일러바치지 않도록 해주십시오. 주장은 계속하게 해주십시오. 아멘.

다음날도 아이는 흰 빵을 싸왔네. 그 다음날도 그랬네. 야구 연습이 끝나면 우리는 성당으로 갔네. 먼저 빵을 먹고 공을 주고받고 빵을 또 먹었네. 빵은 눈물이 나도록 맛있었네. 언제 먹어도 눈물이 나려고 했네. 특별히 맛있었던 빵을 세 개나 가지고 온 날, 나는 그 아이에게 처음으로 반쪽을 나누어주었네. 아이에게 둘만 있을 때는 형이라고 부르라고 했네. 그 대신 나는 아이를 빵을 부지런히 나르는 착한 꼬마쥐로 부르기로 했다네. 다음날 아이는 빵을 가지고 오지 않았네. 비가 와서 연습도 할 수 없었네.

"형아. 우리 엄마가 형 데리고 오래."

"왜?"

"맛있는 거 준대."

"너 또 와이로 쓰는 거야?"

나는 아이를 따라나섰네. 비를 맞으며 이이호호 소리치며 뛰어갔네. 물을 튀기며 달려갔네. 온몸에 무럭무럭 김을 피워올리며 읍내를 가로질렀네. 그리하여 나는 그녀를 보았네.

그녀는 수많은 시계 속에 둘러싸여 수를 뜨고 있었네. 유리성 안에 갇힌 공주처럼 보였네. 내가 가게 안에 들어가자 뻐꾸기가 노래를 불렀네. 크고 작고 낡고 새것이며 소리 있고 소리 없는 모든 시계가 딩당, 똑딱, 뚝딱, 댕동거렸네. 나는 시계에 놀라지는 않았네. 유리장 가득한 보석, 뻐꾸기에도 놀라지 않았네. 온 가게 안에 희미하게 떠도는 냄새, 그녀에게만 나는 냄새를 맡았기 때문에 놀랐네. 내 다섯 살의 전부인 그녀에게서 맡았던 그 냄새가 거기 있었네. 내가 그토록 그리워하다 마침내 잊어버린 그 냄새가 거기에 있어, 나를 사로잡았네. 아버지의 오래된 책에서 나는 냄새. 마른 국화꽃 같은 냄새. 구호물자 분유 깡통에서 나는 냄새. 고여 있는 시간의 냄새. 그 냄새를 다 합치고 거기에서 사람의 냄새를 뽑아내면 바로 그녀의 냄새가 될 것이라네.

그래서 나는 그녀가 거기 있는 것을 알았네. 그녀는 나를 몰라보았네. 나를 알 리가 없었네. 자신이 한때 무릎을 고여주고 노래를 불러주었던 아이를 기억할 리가 없었을 것이네.

"우리 자영이, 잘 부탁해요."

그녀는 내게 존댓말을 했네. 나는 입을 열 수가 없었네. 조금만 움직여도 내가 그때까지 모아온, 보이지 않는 보석이 좌르르 흩어져버릴 것 같아 오금이 저렸네. 그녀는 다시 말했네.

"자영이가 힘들게 하지요? 들어가서 씻고 있어요. 내가 맛있는 것

갖다줄게."

꼬마쥐가 끌어당기는 바람에 나는 그녀의 마법에서 풀려났네. 그 다음부터는 누가 나를 건드려주기 전에는 그녀 앞에서 꼼짝 할 수 없는 병이 생겼네.

나는 너무 더러웠네. 나는 너무 못생겼네. 나에게선 땀냄새가 났네. 물비린내 비슷한, 내가 그때는 몰랐고 나중에 내 또래의 시골 아이들에게서 맡게 된 그 냄새가 났을 것이네. 김이 무럭무럭 났네. 내 숨소리는 너무 거칠었네. 나는 바보 같았네.

나는 그 다음부터 하루에 한 번 꼬마쥐의 집으로 갔네. 처음에는 야구 연습을 한다고 하고 비라도 오면 공부를 도와준다고 하고 그 다음에는 아무 이유도 대지 못하면서 그녀를 보러 갔네.

"이 학생은 꼭 어른 같구나. 왜 이렇게 크지?"

나는 얼굴이 벌게져서 말도 제대로 못 하고 방바닥만 문지르고 있었네. 꼬마쥐가 대신 대답을 했네.

"엄마, 우리 학교 야구부 주장이야. 지난번 군민체전에 나가서 최우수선수상도 받았대."

"으응. 굉장하구나. 자영이는 좋겠네, 이렇게 힘센 형이 생겨서."

그녀가 먹을 것을 주면 나는 늘 쟁반 위에 한 개나 한 조각씩을 남겼네. 앵두, 복숭아, 과자, 흰 빵 뭐든지. 꼬마쥐가 먹으려고 해도 먹지 못하게 했네.

"형아, 배고프지 않아?"

"참아야 돼. 양반은 그래야 해."

"형아가 무슨 양반이야."

"사나이는 그래야 된다니까."

성당 뾰족탑은 읍내 어디서나 잘 보였네. 하얗고 날씬하고 네모진 탑 안에는 커다란 구리종이 열 개쯤 들어 있었네. 아침 점심 저녁으로 종을 치던 늙은 신부가 가고 난 뒤 종을 치는 일은 내 몫이 되었네. 나는 새벽에 한 번, 저녁에 한 번 어깨를 우쭐거리며 종탑으로 갔네. 어른처럼 손바닥에 침을 뱉고 줄을 잡아당겼네. 그러면 조금 뒤에 딩댕딩댕 하고 소리가 났네. 그 소리를 종탑 밑에서 듣고 있으면 누가 내 머릿속에 들어와 작은 얼음망치로 톡톡 치는 것 같았네. 이윽고 한꺼번에 여러 개의 종이 띵땅띵땅 머리가 터질 듯이 힘차게 울리기 시작했네. 나는 그네를 뛰듯이 몸을 움츠렸다 펴면서 더욱 힘차게 줄을 잡아당겼네.

그 소리가 종탑을 넘어 다리를 건너 운동장을 지나 유리문 앞에 맴돌다 뻐꾸기 소리와 다른 수많은 딩댕 소리를 뚫고 그녀의 귀에 들리기를 바랐네. 그녀가 문득 수를 놓던 손을 멈추고 그 소리에 귀 기울이며 내 생각을 해주기를 바랐네. 내가 종을 치는 것을 모른다고 하더라도, 그래서 내 생각을 못 하더라도 종소리만은 그녀에게 닿기를 바랐네. 내가 울리는 종소리였기에.

갑자기 어른이 되고 싶어졌네. 그녀처럼 어른이 되고 싶었네. 어른이 되면 맨 먼저 사랑을 하고 싶었네. 어른이 아니어서 나는 슬펐네. 이따금 울고 싶어지기도 했네. 종을 치고 나면, 종을 치고 나면. 내 마음을 아무도 몰랐네. 나도 모르는 일이었네. 무엇인가 내 안에서 부풀어오르고 있는데 그게 무엇인지 궁금해서 미칠 것 같았네. 근지럽고 이상하고, 어, 어, 어지럼증이 들고, 멍, 머엉, 멍해지고, 죄를 짓는 것 같았네. 하느님한테도 용서를 빌 수 없는 죄를.

그러나 생각해보면 바로 그때가 내 머리 위로 황금가루가 내려앉는 나날이었네. 그때 그것을 잘 모아두었더라면 지금쯤 큰 부자가 되었겠지. 여전히 내가 가난한 걸 보면 나는 그 황금의 순간을 알지 못

하고 흘려보낸 것이네. 또 황금의 시간은 나쁜 때와 마찬가지로 똑같은 방식으로 다시 돌아오는 법이 없네.

그녀를 만나야 하네. 그녀가 갇힌 탑으로 가야만 하네. 서른 살이 되면, 서른 살만 되면. 그녀는 내게 약속했네. 내가 서른 살이 되면 나와 사랑을 할 것이라고. 그녀는 나를 기다리며 옛날의 자장가를 부를 것이네. '옛날의 금잔디 동산에 메기 같이 앉아서 놀던 곳 물레방아 소리 들린다 메기야 내 사랑하는 메기야.' 그녀는 나직이 한숨을 쉬네. 눈물이 고이네. 어서 가야지, 서둘러야지, 가서 노래의 뒷부분을 힘차게 부르리니. 그녀 눈에서 환희의 눈물이 보석처럼 주르르 떨어지는 것을 보며. '동산 수풀은 우거지고 장미화는 피어 만발하였다 옛날의 노래를 들으라 메기 내 사랑하는 메기야' 라고.

어느 날 코치가 선언했네. 우리가 이번 군민체전에서 우승을 못 하면 모두 공갈못에 가서 풍덩 빠져 죽기로 한다. 코치는 돈을 받으면 대낮부터 학교 앞 술집에서 술을 마셨네. 술을 마시고 와서는 아이들 엉덩이를 벗겼네. 아이들은 코치에게 술 마실 돈을 주는 존재를 무서워했네. 나의 아버지만이 돈을 주지 않았네. 돈이 없어 줄 수 없었네. 줄 필요도 없었네. 나는 부동의 4번 타자, 위대한 포수, 최우수선수. 내가 없는 야구부는 세상에서 제일 한심하다는 축구부보다도 더 야구를 못 할 것이었네.

갑자기 코치가 고개를 돌렸네. 교감 선생이 누군가의 손을 잡고 걸어오고 있었네. 너무 작아서 누군지 몰라보았네. 금방 그게 누구인지 알게 되었네. 꼬마쥐였네. 미리 맞춰둔 야구복을 입고, 미리 맞춰둔 글러브며 배트며 헬멧이며 스파이크며 모자며 양말까지 갖추고. 소풍을 가는 것처럼 걸어왔네. 교감 선생이 금니를 반짝거리며 말했네.

"자, 야구부 여러분, 새 선수를 소개합니다. 사학년 이자영! 박수!"

그 순간 나는 모든 사정을 알게 되었네. 그날 아침 커다랗고 검은 차가 운동장에 멈췄었네. 교감 선생이 마중을 갔네. 코치가 뛰어갔네. 이윽고 조그마한 사내가 검은 모자를 쓰고 검은 지팡이를 들고 내렸네. 어른들끼리 모두 고개를 숙여 인사를 했네. 세 사람은 교장실로 사라졌었네. 아아, 코치 선생님께서 기다리고 기다리던 와이로를 받으셨구나. 그 돈으로 대낮부터 술을 드셨구나. 술을 드시고 미쳐서 우승을 못 하면 다 같이 물에 빠져 죽자고 하시는구나.

우승을 한다고 나쁠 건 없지만 제일 좋은 사람은 코치라는 걸 우리는 알고 있었네. 그는 중학교 코치로 가려고 했네. 그러려면 우승을 해야 했네. 코치가 중학교 코치가 되면 나는 그 코치를 따라 도시의 중학교로 갈 수가 있었네. 다른 아이 서넛도 그랬네. 그전에는 코치를 따라가려고 애를 태웠네. 코치의 눈에 들려고 했지. 우승을 하려고 했네.

그러나 그녀를 만난 후 나는 세상이 달라졌다는 걸 알게 되었네. 코치를 따라가고 싶지 않았다네. 그는 돈을 좋아하고 엉덩이를 벗기고 때리기를 좋아하고 이기는 걸 좋아했을 뿐 우리에게는 관심이 없었네. 그래서 나는 코치가 말할 때 먼산을 바라보고 있었네.

코치가 말했네. 다시 말하지만, 여우고개에 가서 일렬로 착 떨어져 죽는 거다. 나는 들판과 냇가를 미친 듯이 달렸네. 물풀이 되고 싶었네. 구름을 보았네. 염소와 이야기를 했네. 바람을 만나면 날아오를 것 같았네. 우승 같은 건 아무 상관도 없었네. 돈 같은 건 아무래도 좋았네. 꼬마쥐가 느닷없이 정식 선수가 된 것이 이상하기는 해도.

"새로운 선수도 오고 새로운 분위기도 마련됐으니 새로운 각오로 새롭게 연습을 하자. 해산!"

평소 같으면 주장인 내가 '차렷, 코치 선생님께 경례!' 하고 구령을 했네. 그러면 '필승!' 하고 경례를 하고 '하나 둘 셋, 위치로!'를 외치면서 운동장으로 뛰어나가는 게 순서였네. 그런데 이상하게 그럴 기분이 나지 않았네. 그 순서를 잊어버렸네. 모든 게 다 이상했네. 꼬마쥐가 정식 선수가 되면 내 흰 빵은 어떻게 되지? 언젠가 그녀가 물었었네.

"학생, 이번에 시합 있다며? 우리 자영이도 나갈 수 있나요?"

그때 나는 가래떡을 먹고 있었네. 가래떡이 기차처럼 목구멍을 지나가고 있어서 말이 나오지 않았네.

"나는 아직 쪼그매서 안 된대."

"얘야. 사람은 마음만 먹으면 뭐든지 할 수 있단다. 네 아빠를 보렴. 못 하시는 게 없지 않니. 그렇지요, 학생?"

나는 목이 메어 간신히 대답했네.

"네. 대한의 어린이는 무한한 가능성을 지닌 나라의 보배라고 교장 선생님이 말씀하셨습니다."

"형아. 그래도 형 같은 포수는 안 되잖아. 나는 공을 받으면 뒤로 날아가버릴 것 같아."

"아니야. 나도 처음 시작할 때는 너만했어. 내가 코치한테 말해볼게."

"우리 자영이가 운동장에서 뛰는 걸 보기만 해도 좋을 것 같아. 언제조? 꼭 응원 갈게요."

그녀의 목에는 작은 실로폰이 들어 있는 것 같았네. 그때 나는 차마 그녀의 아들이 후보 선수도 안 된다고 말해줄 수는 없었네. 그렇지만 이제 그 모든 것이 이루어졌네. 부자에게 불가능은 없네. 꼬마도 포수가 될 수 있네. 꼬마의 아버지가 돈만 많으면. 꼬마라고 4번 타자가 안 된다는 법은 없네. 돈만 있으면 공이 와서 맞아서 홈런이 돼줄 것이네.

왜 내 아버지는 가난할까. 왜 나는 가난할까. 왜 나는 흰 빵을 얻어 먹기만 해야 할까. 나는 왜 성당 사택에 얹혀살까. 왜 야구를 할까. 누군가 내 옆구리를 찔렀네.

"주장, 뭐 해?"

갑자기 모든 게 귀찮아졌네. 생각하기도 귀찮고 서 있기도 귀찮고 경례하기도 귀찮고 구령을 붙이기도 귀찮았네. 그래서 가만히 있었네.

"얼빠진 놈. 저걸 주장으로 앉혀놓은 내가 돌이지."

코치는 나보고 앞으로 나오라고 했네. 코치는 요즘 내가 마음에 들지 않는다고 말했다네. 말로만 했더니 게으름만 피우고 다른 아이들이나 버려놓는 녀석. 선생님이 말씀하시는데 먼산을 봐? 오늘은 신입생 환영기념 줄빠따다, 너부터 죽어봐.

"벗어!"

나는 주장이었네. 육학년이었네. 맨엉덩이에 야구 방망이질을 받고 좋아라 할 위치는 아니었네. 그 몽둥이질이 내 실력을 늘게 한다는 말 따위는 산타클로스처럼 엉터리라는 걸 예전에 알았네. 그걸 진짜라고 믿는 건 코치밖에 없었네.

"요놈 봐라? 빨랑 안 벗어?"

아이들이 침을 삼키면서 나를 바라보고 있었네. 꿀꺽 소리가 한꺼번에 들리는 듯했네. 코치가 새 옷에 새 글러브를 안고 있는 꼬마쥐를 흘끔 바라보았네. 자신이 얼마나 위대한 인물인가를 보여주고 있는데 당사자가 집중을 해주지 않으면 곤란할 테니까. 자기가 제일 잘하는 플레이를 골라서 보여주는데 관중이 딴전을 피우면 화가 날 테니까. 꼬마쥐는 입을 삼분의 일쯤 벌리고 아직 흙이 한 번도 묻어본 적이 없는 옷과 글러브를 입은 채 서 있었네. 깨끗한 흰 빵이 생각났네. 말랑말랑한 껍질이 손끝에 달라붙는 흰 빵, 그녀의 흰 빵. 나는 교문 언저리를 바라보았네. 거기에 그녀가 있을지도 몰랐네. 언젠가처럼 흰 그림자를 끌면서 사라질 수도 있었기 때문이네. 그녀는 없었지만, 나는 결심했네. 내 맨엉덩이를 아무에게도 보여주지 않겠다고. 코치든 꼬마쥐든 하느님이든 날아가는 새에게든, 그 누구에게도.

"그냥 때리셔요."

코치는 생전 처음으로 못 들을 말을 들은 사람처럼 빨개진 귀를 쫑긋거렸네.

"뭐라 했어?"

"그냥 때리라구요."

"너 지금 나랑 맞장뜨자는 거야, 새꺄?"

코치의 입 안이 포수의 미트처럼 보였네. 야구공을 처넣고 싶어졌네.

"야, 때리기 싫으면 관두라지, 씨팔."

나는 코치에게 엉덩이를 보이면서 아이들에게 말했네. 모자를 벗어들고 달려나왔네. 뒤에서 코치가 소리쳤네. 야, 서, 서, 서, 안 서? 서란 말야. 벌의 날개 소리처럼 그 소리가 따라왔네. 나는 두 주먹을 쥐고 힘차게 달려나와, 어디론가 가려고 했지. 가버리려고. 그런데 갈 데가 없었네.

정녕 갈 데가 없었네. 집에 갈 수가 없었네. 거기엔 하느님이 지키고 계셨네. 들판으로 갈 수도 없었네. 거기엔 이른 아침에 벌써 다녀왔기 때문이네. 그녀에게 가고 싶었네. 그녀가 내 머리에 무릎베개를 해줄 것 같아서. 그녀가 내가 잠들 때까지 노래를 불러줄 것 같아서. 아니 아니, 나는 냄새나고 더럽고 어른 말을 안 듣고 바보 같은 나쁜 학생이니까, 그녀가 내게 문을 열어줄 리 없다는 걸 알고 있었네. 그녀의 남편은 코치에게 아낌없이 돈을 뿌릴 수 있는 위대한 왕이었네. 그 왕에 비하면 나는 눈물나도록 한심한 존재, 나쁜 학생, 가난뱅이 광부의 아들이었네. 그래서 나는 그녀에게 가지 않고 그녀의 가게 근처, 내 아버지처럼 키 크고 늘 기우뚱한 전봇대 옆에 서 있었네.

그녀를 만나기 전에 나는 착하고 말 잘 듣고 야구 잘하는 좋은 학생이었다네. 그녀가 왜 나를 나쁜 학생으로 만들려고 하는지 알 수가 없었다네. 그녀가 어떻게 손도 대지 않고 나를 변화시키는지 알 수 없었다네. 그녀가 나에 대해 무슨 생각을 하는지도 알 수가 없었다네. 나는 날이 저물고 가게 불이 꺼지고 상점 주인들이 자전거를 타고 집으로 돌아가고 난 다음에도 전봇대 뒤에 앉았다가 섰다가 웃다가 울다가 배에서 꼬르륵 소리가 나는 것을 듣고 그 소리가 그치고 난 다음 통행금지 사이렌 소리를 들으면서 집으로 갔다네.

집 앞에는 어머니가 야구 방망이를 옆에 세워놓고 서 있었네. 어머니는 내게 어디 갔다가 오느냐고 물었네. 나는 아무 데도 가지 않았다고 대답했네. 어머니는 코치가 널 데리고 오라고 아이들을 보내왔는데 코치에게 갔느냐, 아니면 아이들을 만났느냐고 물었네. 나는 야구를 안 할 거라고 대답했네. 그러니까 코치가 보낸 아이들이나 코치 같은 건 안 만난다고 했네. 어머니는 하지 말라고 할 때 죽어라고 하고 저 하기 싫을 때 죽어도 안 하는 게 야구 하는 거냐고 물었네. 나는 가만히 있었네. 어머니는, 알고 보니 부자(父子)가 다 같이 청개구리 종자구나, 너는 도대체 뭐가 될 생각이냐고 물었네. 나는 대답하지 않았네. 나는 어른이 될 것이었네. 시간 낭비하지 말고 하루빨리 어른이 되려고 했네. 빨리 잠을 자고 빨리 일 주일, 일 년, 십 년을 보내서 어른이 되기를 바랐네. 그걸 알아들을 사람은 없었을 것이네. 아무리 어머니라고 해도.

그날 밤 어머니에게 맞은 자리는 하나도 아프지 않았네. 상처의 딱지를 뗀 자리를 건드리듯이 시원하고 짜릿했네. 그날 밤 성당의 종탑은 느닷없이 작아졌네. 펄쩍 뛰면 꼭대기의 피뢰침에 손이 닿을 것 같았네. 모두 작아졌네. 모두 형편없어졌네. 갑자기 커진 기분이었네. 갑자기 어른이 된 기분이었다네. 참 좋았다네. 그래서 어른들은 한번 어른이 되면 아이를 우습게 아는구나. 다시는 아이가 되지 않겠구나 싶었네.

다음날 아버지가 돌아오셨네. 아버지는 빈손으로 오지 않았네. 자전거를 타고 왔네. 아버지가 무엇인가를 가져왔다는 사실에 대해 감격한 것도 잠시, 어머니는 번개처럼 내가 야구를 그만뒀다고 아버지에게 일러바쳤네. 아버지가 나를 불렀네.

"네 어머니가 그러는데 네가 야구를 안 하겠다고?"

나는 야구가 재미가 없어졌다고 했네.

"아버지는 야구를 못 해봐서 야구가 재미있는지 없는지는 모른다. 그래도 한번 시작했으면 끝을 보아야 하는 게 야구 아니겠니?"

나는 말로 하는 야구와 진짜 야구에 차이가 있다는 걸 설명해보려고 했네. 코치의 말을 빌려서. 야구는 소질만 가지고 안 된다. 야구는 과학이다. 야구는 머리를 쓰는 게임이다. 야구는 연습과 땀으로, 노력으로 하는 운동이다. 야구는 어른 말씀 잘 듣는 아이만 잘할 수 있다. 마지막으로 야구는 훌륭한 코치 선생님이 있어야 야구다. 그러다 보니 야구라는 말을 집어넣고서 아버지와 이야기를 하는 데도 싫증이 났네.

"코치를 만나봐야겠군."

나는 만나나 마나라고 대답했네. 코치는 돈이 많은 사람들을 좋아한다. 아버지는 돈이 없다, 그 말까지는 하지 않았네. 아버지는 금방 눈치를 채셨네.

"너, 정말 버르장머리가 없어졌구나. 야구에서 뭘 배웠니?"

돈이요, 돈. 야구는 돈 없으면 못 한다는 거요. 그렇게 말하면 아버지에게 맞아죽을 것 같아 말하지는 않았네. 하지만 어머니는 번개처럼 눈치를 채셨네.

"야구는 아무나 하는 줄 아오? 저애 옷을 봐요. 성한 데가 한 군데라도 있나."

"꿰매주지 그랬어? 집에서 여자가 하는 일이 뭐야."

"여기가 집이야? 성당이지. 남은 성당일 하는 데도 허리가 부러질 것 같은데 어디 밖에 가서 혼자 실컷 놀다가 빈손으로 불알만 차고 털렁털렁 와서는, 원, 집 찾고 여자 찾고 있네."

아버지는 고개를 숙이고 한참을 계셨네. 어머니는 돌아앉으셨네. 어느 순간, 아버지는 주먹을 쥐곤 말씀하셨네. 당장 금을 찾으러 가겠다고 하셨네. 이번에는 진짜 금광을.

"가지 마셔요, 아버지. 제가 잘못했어요."

"그럼 야구 할 거야?"

내가 야구를 하면 아버지는 금광을 찾으러 가실 것이고 안 하겠다면 집에 계실 텐데 야구를 안 하면 나를 용서하지 않겠다고 하고 야구를 하면 금광으로 가셔야 하고…… 정말 야구는 과학이었네. 머리가 좋아야 그만둘 수도, 계속할 수도 있었네. 돈을 필요로 한 건 야구가 아니라 코치였네. 나는 알고 있었네. 그래서 우스웠네. 화도 났네. 나는 코치를 따라 도시의 중학교로 가고 싶지 않았네. 그러니까 야구를 하지 않을 것이고 야구를 하지 않는데 왜 아버지가 코치에게 돈을 줘야 할까. 나는 아버지가 돈을 주면 죽어버리겠다고 결심했네. 어머니 역시 아버지가 코치에게 돈을 주면 가만 놔두지 않겠다고 했네.

누구를? 아버지가 물었네. 어머니는 손가락으로 나를 가리켰네. 입으로는 코치 새끼, 라고 말했네.

다음날 야구부 아이들이 나를 찾아왔네. '야구부 전원 점심시간 끝나고 창고 앞에 집합, 중대발표가 있음' 이라고 했네. 나는 가지 않았네.

다음날 아이들은 나를 찾아와 내가 선수에서 제외됐다는 소식을 전했네. 내 자리를 맡은 건 놀랍게도 꼬마쥐라고 했네. 주장이며 주전 포수이며 4번 타자. 머릿속에서 무엇인가 지글지글 소리를 내며 타고 있었네. 그런데 검고 커다란 차가 먼지를 피우며 운동장으로 굴러들어왔네. 차가 멈추자 꼬마쥐가 내렸네. 그리고 나보다 작은 어른이 혹을 쳐들고 내렸네. 코치와 교감이 영접을 해서 세 사람은 아장거리며 운동장을 가로질러갔네. 꼬마쥐는 그 뒤를 따라 머리를 숙이고 가고 있었네.

"누구는 자가용이 없나?"

"나 저런 놈하고 야구하기 싫어. 재수없어."

"저런 새끼는 코치하고 같이 묶어서 공갈못에 퐁당 빠뜨렸으면 좋겠어."

아이들 말이 귀에 들어오지도 않았네. 나는 꼬마쥐를 찾아갔네. 꼬마쥐는 교실에 없었네. 야구부에도 없었네. 나무 뒤에도 창고 옆에도 없었네. 꼬마쥐는 교장실 앞 복도에 서 있었네. 거기가 세상에서 제일 안전하고 내가 찾기 어려운 장소라고 생각했던 모양이지. 꼬마쥐는 나를 보고 도망가려고 했네. 나는 할말이 있었네. 붙잡았네.

"너 정말 이런 식으로 야구 할 거야?"

"나도 모르겠어. 형."

"형이라고 부르지 마, 새꺄. 죽여버리기 전에."

"……"

"네 아빠가 정말 뭐든지 할 수 있어? 너를 며칠 만에 포수로 만들
수도 있어?"

"몰라요."

"왜 하필 포수야, 인마? 투수가 훨씬 더 멋있는데."

"몰라요."

"네 아빠가 왜 왔어?"

"몰라요."

"병신 새끼."

꼬마쥐는 아무 말도 하지 못했네. 나는 그 아이를 죽이려고 했었
지. 꼬마쥐의 얼굴만한 쇠주먹으로 꽝, 산산조각을 내려고 했네. 그
아이는 내 눈을 보고는 눈을 감아버렸네. 그때 문득 나는 그녀를 또
보았네. 문득 그 아이의 얼굴에 아주 작은 그녀의 얼굴이 들어 있다
가 주르륵 눈물로 흘러내리는 것 같았네. 제발 나를 괴롭히지 말아
요. 땅에 떨어지며 그녀가 작고 여린 목소리로 힘껏 외치는 것 같았
네. 그래서 온몸에 힘이 빠져나갔네. 나는 간신히 주먹을 내리고 간
신히 코를 풀고 간신히 돌아서서 미련 없이 가버리려고 했네. 그때
코치와 교감이 함께 나타났네. 교감은 상냥하게 꼬마쥐를 불렀네.

"이자영, 이리 오세요."

나는 달려나가려고 했네. 부자들은 다 같은 종자였네. 꼬마쥐도,
꼽추도, 코치도, 교감도 모두 부자 종자였네. 나는 아니었기 때문에
가버리려고 했네. 그런데 코치가 거만한 목소리로 나를 불렀네. 내가
왜 그것을 무시하지 못했는지 지금도 알 수 없네.

"야, 백돼지. 네 행실로 봐서는 당장 짜르고 싶은데 교감 선생님하
고 응, 여기 자영이 아버지하고 부탁을 해서 내가 한번 참는다. 너 자
영이한테 고맙다고 해. 너는 이제부터 야구부 후보다."

나는 꼬마쥐를 돌아보았네. 고맙다고 할 생각은 눈곱만큼도 없었네. 그 아이의 눈에는 여전히 눈물이 돌고 있었네. 병신같이 울기는 나는 기꺼이 후보가 되겠다고 했네. 얼떨결에 고맙다고도 말한 것 같네. 병신처럼.

아니야, 내가 후보가 된 건 아버지 때문이지. 후보는 돈이 없어도 되니까, 아버지가 돈을 벌러 가지 않아도 되지. 후보라도 야구는 야구니까 나는 아버지에게 용서받을 수가 있고. 글쎄, 후보라도 시합에 나갈 수는 있으니까 그녀가 다음 시합에서 나를 운동장에서 볼 수 있게 되지. 그래서 기꺼이 후보가 된 것이지. 그럴까. 말이 후보지, 나 없이 우승을 할 수 있는가. 두고 봐, 나 없이 시합을 할 수 있는가. 내가 얼마나 야구를 잘하는지 그녀에게, 코치에게, 아버지에게, 세상 모두에게 보여줄 수 있는 거야. 후보면 어때. 나는 그날 하루 종일 묵묵히 후보가 된 이유를 만들었네. 어쩌면 지금까지도 만들고 있네. 나는 비겁하지 않았다고, 비겁하지 않다고.

그날도 코치는 술을 마시고 집 나온 흰 돼지처럼 꽥꽥거리며 읍내를 돌아다녔네.

서른 살이 되면 그녀를 찾겠네. 내 품안에 있는 그녀를 느끼려 하네. 내가 그녀의 품안에 있어도 좋으리. 그 순간 세상이 사진처럼 얇고 평평해지며 고요해지네. 시간이 멈추네. 뻐꾸기가 울지 않네. 종소리도 멈출 것이네. 다시 흘러라 세상이여. 우리 둘이 목소리를 합쳐 주문을 외울 때까지 마법은 풀리지 않을 것이네. 그녀는 나를 안고 노래하리니. '꿈속에 그려라 그리운 고향 옛 터전 그대로 향기도 높다'고. 또 노래하리니, '지금은 사라진 동무들 모여 모여 옥 같은 시냇물 개천을 따라'. 이윽고 잠시 멈추었다가 내 눈을 들여다보며 노래해주리라. '반딧불 좇아서 즐기었건만 꿈속에 그려라 그리운 고향'이라고.

10월에 공설운동장에서 시합이 있었네. 1번 타자가 타석에 들어섰다네. 안개가 서린 공기 속을 빵만한 야구공이 오갔다네. 2번 타자가 들어섰다네. 빵만한 야구공이 오갔다네. 3번 타자가 들어섰네. 공이 오갔다네. 꼬마쥐가 들어섰네. 헬멧이 얼굴만 했네. 키는 방망이만 했지. 모두가 웃었네. 상대 투수도 웃고 관중도 웃었네. 관중석에 앉았던 눈부신 그녀도 입을 가리고 웃었네. 꼬마쥐의 아버지도 웃었네. 웃지 않은 사람은 꼬마쥐뿐이었네. 나도 웃을 수는 없었네. 웃는 흉내만 냈네.

투수가 공을 던졌네. 꼬마쥐는 기다렸네. 원 볼. 투수가 또 공을 던졌네. 꼬마쥐는 가만히 있었네. 투 볼. 투수가 인상을 쓰며 신중하게 공을 던졌네. 꼬마쥐는 먼산을 보고 있었네. 스리 볼. 투수는 공에 침을 발랐네. 스트라이크 존이 너무 좁다고 투덜거렸네. 그래서 내가 하하 웃었네. 그게 나와 꼬마쥐의 작전이었네. 투수가 엉성한 동작으로 천천히 공을 던졌네. 꼬마쥐는 몸을 더 조그맣게 움츠렸네. 그래서 볼이었네.

"나이스 배터! 나이스 배터! 이자영!"

안타를 치지 않고도 언제나 1루에 나갈 수 있는 무적의 타자.

"피처 베이비!"

꼬마쥐가 소리쳤네. 손나팔을 하고 모두에게 들리도록.

"피처 베이비!"

투수는 화를 냈네. 마구 던졌네. 꼬마쥐가 뛰기 시작했네. 포수가 공을 던졌네. 공은 투수를 넘어 2루로 날아갔네. 2루수가 공을 잡았네. 태그, 세이프. 꼬마쥐는 생쥐처럼 재빨랐지. 관중들은 노래했네.

"잘한다, 이자영!"

"플레이! 플레이! 이자영!"

다음 타자가 안타를 쳤네. 꼬마쥐는 달렸네. 3루를 돌았네. 얼굴이 빨개져서 내 앞을 지났네. 입은 악다물었고 볼은 흔들렸네. 홈으로 공이 날아왔네. 꼬마쥐가 달려들어갔네. 관중의 반은 '세이프!' 라고 소리쳤네. 반은 '아웃!' 이라고 소리쳤네. 포수, 공을 잡았네. 꼬마쥐는 슬라이딩을 했네. 포수, 공이 든 미트를 갔다댔네. 꼬마쥐의 조그만 스파이크에서 먼지가 피어올랐네. 심판이 고개를 숙였네. 잠깐, 아주 잠깐 세상이 고요해졌네. 세이프일까. 아웃일까. 홈플레이트는 보이지 않았네. 죽었을까, 살았을까. 꼬마쥐도 공도 보이지 않았네.

"세이프!"

포수는 미트를 내동댕이쳤네. 꼬마쥐는 너무 작아서 태그할 데가 없었지. 관중들 반은 펄쩍펄쩍 뛰었네. 반은 침묵을 지키고 있었네.

수비할 차례가 되었네. 나는 준비를 하고 나가려고 했네. 꼬마쥐는 타자로만 뛰기로 했었네. 그게 나와 코치의 작전이었지. 그런데 선수석 바로 위, 관중석 바로 밑에 박쥐처럼 얼굴이 하나 나타났다네. 꼽추의 얼굴이었네. 바로 그였네. 읍내의 부자. 시간의 왕.

"조 코치! 조 코치!"

코치는 임금을 맞는 장난감 병정처럼 공손한 태도로 대답했네.

"우리 애 자리가 뭐지? 거시기 포수랬던가?"

나는 기다렸다네. 코치는 나를 힐끗 돌아보았네.

"맞습니다요."

"그게 저 뭐냐, 젤로 중요한 자리랬지?"

"그렇습니다요."

"그럼 이제 나오는 거지?"

"준비하고 있습니다요."

나는 마스크를 벗었네. 괜히 땀이 나고 있었네. 나는 프로텍터를 풀었네. 나는 가난해서 바쁘고 바빠서 집에 없는 아버지가 관중석에 오지 않은 것이 다행이라고 생각했네. 레거스를 벗었네. 맨살에 붉은 자국이 나 있었네. 나는 후보였다네. 후보가 진짜 부자처럼 굴었기 때문에 그런 자국이 난 것이었네. 나는 스파이크를 벗었네. 그러고 보니 그것까지 벗을 필요는 없었네. 그렇지만 내 물건이 아닌 것은 하나도 몸에 걸치고 싶지 않았네. 나는 가난하고 꼬마는 부자였네. 나는 후보이고 꼬마는 주전이었네. 그걸 알아야 했네. 알아야 했다네.

꼬마쥐가 다가왔네. 나는 그에게 한 가지씩 물건을 안겨주었네. 꼬마쥐가 무슨 말인가 중얼거렸네. 나는 듣고 싶지 않았네. 그래서 남은 물건을 한꺼번에 던져주었네. 꼬마쥐는 그 바람에 털썩 주저앉고 말았네.

"야, 백돼지! 네가 매줘!"

코치가 소리쳤네. 나는 눈물이 날 것 같아서 운동장을 바라보았네. 넓고넓은 운동장엔 아무도 없었네.

"빨리 해!"

꼬마쥐는 장비를 매지 못해 쩔쩔매고 있었네. 어떤 건 너무 컸고 어떤 건 너무 헐거웠네. 나는 조이고 줄이고 매만져주었네. 다 입고 나니 꼬마쥐는 평소의 나처럼 커 보였네. 코치는 고개를 끄덕였네.

"자, 연습한 대로! 가자!"

연습한 것? 꼬마쥐가 그 동안 나한테 배운 것? 방망이 들고 서 있기, 달리기, 피처 베이비, 또? 공 주워오기, 공 주워담기, 또? 아이들이 달려나갔네. 꼬마쥐는 멍하니 서 있었네. 코치가 말했네. "한 회만." 또 조그맣게 말했네. "한 회만 견뎌"라고. 꼬마쥐는 코치를 보고 나를 보고 운동장을 보고 다시 나를 보고, 내가 고개를 끄덕이자 주춤주춤 걸어나갔네. 나는 하품을 하려고 했네. 방귀를 뀌려고도 했네. 나는 아무 문제 없다는 걸 보여주고 싶었네. 하품도 방귀도 내 마음대로 되지는 않았네. 내 마음대로 되는 건 아무것도 없었네.

상대 팀 투수 겸 1번 타자, 타석에 들어섰네. 투수, 공을 던졌네. 타자, 배트를 휘둘렀네. 딱인지, 탁인지 맞는 소리가 났네. 공 맞는 소리가 아니었네. 관중석에서 "아아!" 하는 소리가 합창으로 나왔네. 그건 환성도 야유도 아니었네. 모든 게 이상했네. 심판이 고개를 숙였네. 마스크를 집어던졌네. 꼬마쥐가 쓰러져 있었네. 쓰러졌네. 배트에 머리를 맞았네. 포수의 모든 장비는 앞쪽만을 보호해주는 것이었다네. 꼬마쥐는 그걸 몰랐네. 공을 잘 받으려고 했었네. 고개를 높이 들었네. 타자도 몰랐네. 있는 힘껏 휘둘렀을 뿐이네.

어떻게 된 거야, 어떻게? 코치는 소리쳤네. 공은 포수 쪽으로 날아왔네. 포수는 키가 작았네. 고개를 쳐들었네. 어떻게 된 거야, 어떻게? 공은 포수의 앞에 도달했네. 타자, 방망이를 휘둘렀네. 어떻게 된 거야, 어떻게? 바로 그 순간 꼬마쥐가 기우뚱 앞으로 무릎을 꿇었네. 키가 작아서 무릎을 땅에서 떼었기 때문에 자세가 불안했던 것이네. 어떻게 된 거냐구? 방망이가 꼬마쥐의 뒤통수를 쳤네. 타자의 잘못은 아니라네. 야구는 그렇게 하는 것이니까. 어떻게 됐냐구? 공은 뒤로 날아갔고 꼬마쥐는 쓰러졌네. 어떻게 된 거냐구? 야구공만해도 사람의 머리는 날아가지 않네. 몸에 무거운 장비를 걸친 사람의 몸에 달린 머리는. 어떻게 된거냐구? 그것뿐이라네.

읍내에서 제일 커다란 차가 운동장 안으로 달려들어왔네. 꼬마쥐의 아버지는 꼽추였다네. 자기만한 꼬마쥐를 안을 수 없었다네. 왕비처럼 흰 옷을 입은 그녀가 꼬마쥐를 안았다네. 꼬마쥐는 새파란 핏줄이 돋은 얼굴로 색색거리며 숨을 쉬었다네. 조그만 입술은 꼭 닫혀 있었네. 머리에 피가, 코에서 피가 흐르고 있었네.

꼬마쥐가 실려간 다음에도 시합은 계속되었네. 계속해야 했네. 그게 야구이기 때문이네. 나는 다시 포수가 되었네. 투수와 공을 주고받았네. 아이들은 공격 때도 수비 때도 말없이 서 있었네. 그래서 상대 팀은 신나게 점수를 냈네. 우리는 지고 말았다네.

이제 말해야겠네. 그날 밤 무슨 일이 있었던가를, 말하고 말겠네. 꼬마쥐의 병실에는 꼬마쥐와 그녀와 내가 남았네. 꼬마쥐는 정신을 잃고 누워 있었네. 그녀는 멍든 눈으로 꼬마쥐를 내려다보고 있었네. 나는 부은 얼굴로 꼬마쥐를 내려다보는 그녀를 바라보고 있었네. 꼬마쥐는 야구 방망이에 뒤통수를 맞았네. 그녀는 남편에게 맞았네. 나는 코치에게 맞았네. 꼬마쥐는 야구 방망이에 맞았네. 그녀는 이유도 없이 작고 난폭한 꼽추에게 맞았네. 나는 코치에게 대들었다가 맞았네. 밤이 흐르고 하늘에서는 은하수가, 냇가에서는 냇물이, 시계 속에서는 시간이 흘렀네. 그건 문제가 아니었네. 흐르는 것은 아무 의미도 없었네.

"야구를 그만둘 거예요."

나는 그 말밖에 할 수 없었네. 그녀는 나를 돌아보았네.

"왜 그런 생각을 해요? 자영이는 괜찮을 거예요. 학생이 잘못한 건 없어요."

나는 커다랗고 거친 내 주먹을 쥐어보았네. 그 주먹과 꼬마쥐의 머리를 바꾸었으면 싶었다네.

"코치가 나쁜 놈이에요. 돈을 받고 자영이를 선수로 내보냈어요."

나는 주먹으로 벽을 두드렸네. 그녀는 말없이 앉아 있었네.

"알면서도 가만히 있었어요. 제가 나쁜 놈이어요."

나는 벽을 쳤네. 벽이 흔들렸네. 무너질 때까지 두드리려고 했네.

눈물이 먼저 나오는지 주먹이 먼저 부서지는지 시험해보려고 했네. 그녀는 내 팔을 움켜쥐었네.

"이런다고 달라질 건 없어. 제발 그만둬. 자영이 깨겠어."

그녀는 갑자기 반말로 말했네. 나는 그녀의 팔힘과 반말에 놀라서 주먹질을 멈추었네.

"방해만 되니까 이제 그만 가줘."

나는 아무 말도 할 수 없었네. 피 맺힌 주먹은 쥐고 나왔네. 복도로 나왔네. 나는 어리고 무지하고 제멋대로고 주먹이나 휘두르고 희망이 없는 녀석이라고 그녀가 말하는 것 같았네. 남편에게 머리채를 잡히고 뺨을 얻어맞으면서도 말없이 순종하던 그녀가 나에게는 그렇게도 냉혹했네. "뭘 봐, 구경났어? 개자식들 같으니" 하고 남편이 외칠 때 정말 개자식처럼 가만히 참고 있던 내게 그녀는 그렇게 싸늘했네. "누가 돈 받고 야구 시킨 거예요! 다 이를 거야!" 하고 내가 코치에게 대들다 뺨을 왕복으로 맞을 때에 못 듣고 못 본 척하던 그녀, 그녀는 나에게 떠나라고 했네. 나는 슬픔에 겨워 소리내어 울었네. 벽에 기대어 추워질 때까지 울었네.

그녀에게 가야만 하네. 서른 살이 되면, 내 나이 서른이 되면. 그녀는 내게 오라고 했네. 그녀는 나를 기다릴 것이네. 나를 잊지 않았을 것이네. 노래도 잊지 않았을 것이네. 내게 무릎을 고여주고 '넓고넓은 바닷가에 오막살이 집 한 채'를 노래해줄 것이네. 거기 살던 소녀가 어디로 갔는지 말해줄 것이네.

병원 복도 의자 위에서 언제 잠이 들었는지 나는 몰랐네. 누군가 내 머리를 어루만지고 있었네. 내 뺨을 차가운 손가락으로 두드리고 있었네. 그녀였다네. 그녀였네. 눈부신 왕비와 같은 그녀였네. 쓸쓸한 공주 같은 그녀였네. 나는 눈을 제대로 뜰 수 없었네. 뜨지 않으려 했네. 아기처럼 잠에 빠져 있으려 했네. 그러나 그녀의 목소리가 들 렸네. 그녀의 향기가 나를 깨웠네.

"이제 일어나요."

그녀는 나를 일으켜세우느라 온 힘을 다했네. 나는 투정부리는 아 기처럼 온몸에 힘을 주고 버텼다네. 어른처럼 커다란 나, 천사처럼 가볍고 가냘픈 그녀, 당기고 우기다가 마침내 우리는 한몸으로 엎어 졌네.

웬일일까. 온몸이 터지는 것 같았네. 어떻게 된 걸까. 나는 누군가 의 손아귀에 쥐어진 야구공처럼 내 마음대로 움직일 수가 없었네. 어 떻게 된 걸까. 힘차게 공중으로 날아오른 야구공, 공중에서 어디로 갈지 몰라 쩔쩔매네. 땅에 서 있는 그녀, 호오 하고 입김을 불며 미트 를 쳐드네. 아아, 떨어진다, 떨어진다, 떨어지네, 그녀에게로! 가운데 가 텅 빈 야구공, 쿵 소리내며 병원 복도에 굴러떨어졌네.

의자에 누운 그녀의 눈은 생전 처음 보는 붉은 눈이었네. 그녀의 볼, 생전 처음 느끼는 뜨거움. 머리를 매만지는 그녀, 생전 처음 맡는 이상한 냄새. 어른이 가진 것, 어른의 느낌.

"이제 집으로 가봐요. 걱정하시겠어요."

"저, 다시 와도 돼요?"

그녀는 나를 바라보았네. 그 눈 속에 담기는 것만으로 내 온몸이 녹아내리는 것 같았네. 낯선 느낌이었네. 그러나 이미 알고 있었던 것 같은 느낌이었네.

"그렇게 해요."

"내일 또 모레 매일요."

그녀는 나를 바라보며 미소를 지었네.

"그래요."

"그 뒷날도요. 언제나요."

그녀는 고개를 갸웃했네. 무엇인가를 기억해내려고 하는 것처럼.

"언제든지 좋아요."

"저 조금 있으면 중학교에 가요. 그럼 오기가 힘들어질 거예요. 그 다음에는 고등학교에 가고 그 다음에는 모르겠어요. 그래도 매일 오고 싶어요. 그래도 되지요?"

그녀는 입을 가리고 웃었네. 모든 것을 다 아는 하느님처럼.

"기다리고 있을게."

"언제까지요?"

"네가 서른 살이 되는 날."

"왜 서른 살이어요? 그전에는요?"

"쉬잇. 자영이 깼나봐."

그녀는 입에 손을 대고 뒷걸음으로 물러섰네. 그녀 그림자가 누워 있는 나를 덮었네. 그림자 속의 그녀의 얼굴은 웃고 있었네. 문을 열 때까지 그녀는 뒷걸음으로 걸어갔네. 그녀는 입술에서 손을 떼며 문을 열었네. 그 얼굴에는 여전히 미소가 흘러넘쳤네. 어쩌면 서른 살일지도 모르는 그녀가 가버린 뒤 향기만 남았네. 향기가 떠돌았네.

꿈이었는지 모르네. 그러나 향기는 떠돌았네. 아무도 없는 복도에 잊을 수 없는 그 향기, 공기 속에 찍힌 도장처럼 맴돌았네, 맴돌았다네.

매일 해가 뜨고 매일 해가 져도 서른 살은 오지 않았네. 나는 서른 살이 될 때까지 기다릴 수 없었네. 지루한 시간을 참을 수 없었다네. 아버지에게 비밀을 말해버렸네. 아버지는 나를 뒤에 태우고 자전거를 타고 가고 있었네. 아버지는 강 너머 금광으로 가는 길이었네. 함박눈이 내리는 날이었다네.

"아버지, 저 중학교 가기 싫어요."

"왜?"

"학교에서 배울 것도 없고요. 이제 어른이 다 된 것 같거든요."

"그래? 좋은 일이구나."

아버지는 자전거를 세우고는 바람이 불어오는 반대쪽으로 오줌을 누었네. 나는 자전거 뒷자리에 앉아 계속 떠들어댔네.

"저도 일을 하겠어요. 어른처럼 제가 벌어서 제가 먹고 아버지도 드릴게요. 어머니도 드릴게요. 이런 생각을 하는 걸 보면 저도 어른이 된 거죠."

아버지는 바지 단추를 하나하나 잠그고 나를 향해 돌아섰네. 눈보라가 쳐서 자전거가 언제 쓰러질지 조마조마했네. 아버지는 자전거를 잡아줄 생각을 하지 않았네. 몇 걸음 떨어진 곳에서 팔짱을 끼고 물끄러미 나를 바라보았네.

"왜 그런 생각을 하게 됐니?"

"갑자기 제가 서른 살이라는 생각이 들었어요, 아버지. 하느님이 그렇게 말씀하신 것 같아요. 제 머릿속에 내려오셔서요."

"하느님은 갈 데도 많으시고 하실 말씀도 많으실 텐데 네 머릿속까지 일일이 찾아다니시려니 얼마나 바쁘실까."

아버지는 나를 내려놓고 자전거를 씽씽 몰아 강 건너 광산으로 가버리셨네. 나는 눈길 이십 리를 혼자 걸어올 수밖에 없었지. 내가 뭘 잘못했는지를 알 수 없었네. 아버지가 왜 화가 났는지도 몰랐네. 하지만 나는 어른이 되었네. 가슴을 펴고 늠름하게 내려왔네. 눈길 이십 리야 서른 살 먹은 사내에게는 아침운동 거리밖에 되지 않았네.

그러나 다음날 아버지가 사람 편에 어머니에게 전갈하시기를, 그녀석 바람이 단단히 들었으니 쇠몽둥이 찜질이라도 해서 중학교에

보내시오, 내가 무슨 일을 해서라도 그애 뒤를 책임지겠소, 하셨다
네. 봄이 되기 전 광산이 무너져 아버지 돌아가셨지. 내 비밀을 아는
단 한 사람, 아버지, 나의 아버지.

그녀를 만나러 가네. 서른 살이 되었기에. 그녀는 나를 기다리고
있을 것이네. 뻐꾸기시계 밑에 앉아 수틀을 내려놓고 나를 기다리네.
아름다운 그녀는 늙지를 않아. 상냥한 그녀의 손길은 변하지 않아.
그녀의 아련한 향기는 나를 인도해주리.

내 학비를 대주시던 시곗방 아저씨가 돌아가셨다. 평생 일 년에 두 번, 부활
절과 성탄절에 가족과 함께 근사하게 차려입고 외출을 하던 그 아저씨. 일 년
에 단 이틀을 빼고는 남의 눈이 미치지 않는 골방에서 작은 세상의 부속과 씨
름을 하다가 폐병으로 돌아가셨다고 한다. 신학생이 된 자영이 찾아와서 전해
준 말이었다. 그때 나에게 언뜻 읍내에서 가장 곱고 착하고 눈물 많은 아주머
니의 얼굴이 눈앞에 아른거렸다.
　아주머니의 어머니는 기생이었다고 한다. 아주머니는 기생이 아니었지만
기생들과 함께 밥을 먹고 춤을 추고 노래를 하고 어릴 때부터 기생들이 꾸며
주는 대로 예쁘게 모양을 내고 살았다. 열여덟에 아저씨에게 시집을 왔다. 그
래서인지 아주머니는 노래를 잘했다. 성당에서는 성가도 소리 높여 잘 부르고
시곗방에 혼자 앉아 계실 때는 술집에서 한복 입은 여자들이 젓가락을 두드리
면서 부르는 노래도 잘했다. 자영은 그런 어머니의 모습을 잘 알지 못하는 것
같다. 내가 가끔 찾아가서 유행가를 불러달라고 떼를 쓰기 전까지는 그림 속
의 여인처럼 단아하게 앉아 계시기만 했으니까. 한번은 내가 아주머니의 노래
에는 왜 그렇게 '사랑'이 많이 나오느냐, 왜 사랑이 들어 있는 노래는 다 슬픈
가고 묻자 아주머니는 내가 서른 살쯤 되면 그 이유를 알 수 있을 거라고 농처

럼 말씀해주셨다.

뜻밖에도 아주머니가 아저씨보다 먼저 세상을 버리셨다. 가인박명이라던
가. 돌아가셨다는 소식을 들은 것은 군대에 있을 때였다. 그 소식을 들은 뒤
연병장의 풀을 뽑다가 문득 그때의 대화를 기억해냈다. 지금도 사랑 노래를
들을 때마다 나는 사랑에 대해 생각한다. 그렇지만 아직도 왜 사랑이 사람을
슬프게 하는지 잘 알지는 못한다. 서른 살이 넘었는데도. 넘은 지가 벌써 한참
이 됐는데도.

서른일곱, 옥잠화

양순석

1954년 강원도 속초에서 태어나 강원대 국어교육과를 졸업했다. 1980년『문예중앙』신인문학상에 중편「오위류」가 당선되어 등단했다. 소설집『지워지지 않을 그 연둣빛』『오위류』『푸른 진주』, 장편소실『나무가 아믐나워시는 시산』이 있나.

청계천을 가로지르는 퍽 오래된, 낡은 육교에 올라서면 간혹 육교
가 흔들리는 것을 느낄 때가 있다. 평화시장에 갈 때마다 나는 이 육
교를 건넌다. 도심의 시장터를 이어주는 이 다리는 사람의 통행량이
많은 탓인지 그 자체로도 하나의 시장을 형성하고 있다. 육교의 시멘
트 바닥은 여느 것들처럼 매끄럽지 못하고 우둘투둘해서 양 옆으로
펼쳐진 좌판을 훑으며 천천히 건너노라면 그곳이 지상에 걸쳐진 시
멘트 다리라는 사실조차 잠시 잊게 된다.

형형색색의 완제품 커튼, 값싸고 질긴 청바지, 각종 접착제와 얼룩
제거제, 선풍기 커버, 맥가이버칼, 겉대로 만든 크고 작은 소쿠리들,
방풍테이프, 이태리타월, 맥 라이언이나 브래드 피트 들의 대형 브로
마이드 등이 그곳에 올라가면 살 수 있는 물건들이다. 나는 그 육교
에 올라서면 물건이 귀하던 시절의 나로 돌아가 양 옆에 즐비한 색색
의 물건들 하나하나와 눈길을 마주치며 느리게 걷곤 한다.

그러다가 순간 나의 몸이 흔들린다. 그러나 이때의 진동은 너무나 미미해서 나의 몸을 가볍게 투과한 뒤 다시 땅속으로 깊이 사라져간다.

육교 위에서 내 몸이 흔들리는 짧은 시간, 질주하는 차량들 위에 걸쳐진 그 낡고 오래된 시멘트 다리는 현실과 죽음 사이에 걸쳐진 다리가 되고 나는 소통되지 않는 두 세계를 잇는 다리 위에서 누군가와의 교류를 안타까이 시도해본다.

일 년이면 서너 차례, 한 계절에 한 번쯤 장을 보기 위해 그 허공에 뜬 육교를 지날 때마다 나는 그렇게 죽음과 스친다. 그러나 그것은 죽음에의 공포는 아니다. 어찌 보면 죽음과의 친화에 더 가깝다. 출렁거리는 육교 위에서 죽음에 만성이 된 그곳의 노점상들처럼.

언제부턴가.

서른일곱의 그해 겨울, 이른 아침.

커튼도 걷지 않은 어둑한 실내에 울려대던 전화벨 소리. 매일처럼 간헐적으로 울려대는 그 익숙한 기계음에 그 순간 그토록 전율하였던 까닭을 어떻게 설명할 수 있을까.

남편의 이른 출근에 뒤이어 큰아이의 등교 준비를 돕는 나날의 바로 그 시간이었다. 나는 부엌에서 하던 일을 멈춘 채 내가 선 자리에서 직선상의 위치에 놓인 거실의 노란색 전화기를 노려보았다. 반사적으로 수화기를 들어 울리는 소리를 차단하곤 하던 그 유구한 일상의 관행에서 나는 이미 퉁겨져나와버린 듯했다.

나는 소리를 바라보았다. 전화기는 내 귀를 잡아당기기 위해 그 자리에서 성마른 신호음을 집요하게 내보내고 있었지만 나는 어찌 된 노릇인지 그것을 들으려 하지 않고 바라보고만 있었다. 책가방을 챙기던 아이가 제 방에서 뛰쳐나오며 소리를 질렀다. 엄마, 전화!

노란 전화의 수화기를 집어들었다. 두터운 겨울 커튼이 드리워져 착 가라앉은 듯하던 실내를 날카롭게 휘저어대던 기계음이 순식간에 끊겼다. 수화기를 귀에 댔다.

"나다, 셋째."

살아오는 동안 전화선을 통해 서로 대화를 나눠본 적이라고는 전혀 없는 셋째삼촌, 아버지의 셋째동생이었다.

"조금 전에……"

아무런 감정도 캐내볼 수 없는 삼촌의 목소리.

"아버지 돌아가셨다."

"네?"

순간 실낱같은 기대가 그 비통의 와중에 스쳐 지나갔다. 그의 아버지? 나의 아버지?

"새벽에 눈 치우고 들어오셔서 갑작스럽게 가셨다."

"네?"

눈? 눈이 왔더란 말인가?

"그 길로 병원에 모시고 갔는데 심장마비래. 깨나지 못하셨다 그만."

"네? 어떻게 해요?"

(누구의 아버지?)

"새벽에 할아버지 변소 가는 길 내드리느라고……"

오! 나의 아버지, 나의 아버지. 삼촌이 나의 입장에서 아버지의 죽음을 알리는 동안 나는 삼촌이 지금 삼촌의 입장에서 말하는 것이라는 당치 않은 믿음으로나마 그 순간을 버티어내고 있었으니.

아버지의 아버지라면 이토록 비탄에 빠지지는 않으련만.

"지금 병원으로 와라. 영안실에 계시다."

　내 아버지의 죽음을 담고 울려대던 그날의 전화벨 소리를 통해 청각과 시각의 혼란 상태를 겪어내며 나는 나의 현실에, 나의 일상에 드디어 견딜 수 없는 죽음을 받아들여야 하는 순간을 맞이하였다.
　내 나이 서른일곱이었다.
　거실의 유리문을 가린 두터운 커튼을 양쪽으로 밀치고 창을 열었다. 눈이 시렸다. 어제와는 전혀 다른, 온통 하얗게 뒤덮인 세상이 내 눈앞에 펼쳐져 있었다. 예상치 못했던 갑작스러운 빛에 적응을 하지 못한 내 눈이 자꾸 닫히려 했다. 어제까지의 길을 뒤덮은 눈은 희디흰 벌판만을 허허롭게 펼쳐놓고 있었다. 길을 잃어버린 사람들이 그 위에서 방향 없이 우스꽝스럽게 뒤뚱거리고 있었다.
　아버지는 간밤내 아늑한 어둠에 갇혀 있던 나를 눈부신 세상에 홀로 던져놓고 내 곁을 떠나갔다. 나는 당장 그 눈부신 길을 뚫고 아버지를 만나러 가야 했다. 생전의 아버지가 아닌, 꿈속에서조차 본 적이 없었던 죽은 아버지를.

　나는 생전의 아버지를 마지막으로 보았던 기억을 미친 듯이 더듬었다. 오래지 않은 며칠 전 주홍빛 플라스틱 양동이에 김장 김치를 담아서 들고 왔던 아버지를 떠올릴 수 있었다. 그러나 아버지가 들고 왔던 빛 바랜 주홍색의 플라스틱 양동이만 눈앞에 어른댈 뿐 아버지의 무엇도 내 기억의 수면 위로 그 형체를 드러내지 않았다.

　서른일곱에 나는 아버지를 잃었다.
　그러나 단순히 잃었다는 표현으로는 감당되지 않는 무언가가 아버지와 나 사이에 분명 존재하고 있다. 따라서 아버지의 죽음은 나의 일부로 존재하던 무언가의 죽음을 의미하는 것이기도 했다. 그것은 나의 죽음일 수도 있었다. 아버지의 죽음과 함께 서른일곱에 이르기까지의 내 삶도 죽음의 의식을 겪어야 했다. 내게 끈질기게 하나의 얼굴로 늘어붙어 있던 사랑과 미움.

임신중독증으로 첫아들을 사산하고 나서 허약해질 대로 허약해진 그의 젊은 아내가 가까스로 계집아이를 출산해 그에게 안겨주었을 때 아버지는 스물여섯의 앳된 청년에 지나지 않았다. 그의 본가에서는 죽은 사내애 뒤에 태어난 여식에게 축복을 보내지 않았지만 그는 너무 행복해했다. 그는 그의 부친이 항렬자를 대강 따서 지어보낸 이름 대신 그가 읽고 있던 소설 속의 여주인공의 이름으로 아이를 부르고 싶어할 만큼 젊디젊은 아버지였다. 젊은 아버지는 아이가 태어난 직후 미국으로의 단기유학 길에 올랐다. 그는 이국의 거리에서 깜찍하고 예쁜 계집아이들을 볼 때마다 자신의 어린 딸을 어떻게 키울 것인지 설렜다. 귀국하는 그의 주머니에는 계집아이의 앙증맞은 머리핀들이 색색가지로 가득 들어 있었다. 그러나 공항에 나와 기다리고 있던 그의 아내의 팔에 안긴 딸아이는 머리칼이 하나도 없었다. 탐스런 숱을 기대하며 아이의 배냇머리를 깨끗이 밀어버린 탓이었다. 그는 아내에게 부르르 화를 내며 아이를 빼앗듯이 받아안고서 성큼성큼 공항을 걸어나갔다. 그의 아내는 그토록 화가 난 남편의 얼굴을 처음 보았다.

젊은 아버지는 내 머리 빗겨주기를 즐겨했다. 때로 학교에 가기 위해 대문을 나서려는 나를 도로 불러들여 어머니가 빗겨준 머리를 풀어내리고 다시 총총 땋아 리본을 매달아주며 흡족한 표정을 내보내

주곤 했다.

아버지는 나의 머리칼을 한 올 한 올 빗질해 아버지의 취향껏 모양을 낼 수 있듯이 나의 전부를 그렇게 하고 싶어했고 그럴 수 있다고 믿었으며 또 그것이 내게 가장 잘 어울린다고 확신하며 살았다.

그러나 한 가닥도 삐져나오지 않는 아버지의 완벽한 빗질을 못 견뎌하였던 어린 나는 이십대에 이르러서는 나를 향한 아버지의 손길과 눈빛에 실린 그 꿈을 짓밟기 시작했다.

그날 아침.

아버지에게 가기 위해 온통 하얗게 덧칠된 세상의 길 위에 나섰다. 그리고 눈벌판 위를 방향을 잃고서 뒤뚱거리며 걸었다. 어떻게 가야 할까. 서른이 훨씬 넘도록 아버지의 길 위에서 벗어나지 못했음을 비로소 깨달았다. 그토록 오래 아버지는 나의 길이었다. 벗어났다고 믿었으나 나는 여전히 아버지의 길 위에 있어왔다. 이제 아버지는 길과 함께 떠나고 나는 흰 벌판에 버려져 나의 길을 찾아야 했다.

나의 이십대는 아버지의 길에서 벗어나기 위한 투쟁의 시간이었다. 내 들끓는 청춘의 근원에 넘지 못할 아버지가 존재한다고 믿었으므로 그에게 대항하고 그를 부정하였다. 그러나 그럼에도 불구하고 아버지는 더욱 아버지다울 뿐 나는 너무 오래 아버지에 갇혀 있었다.

삼십세, 나는 결혼을 했다.

결혼이라는 제도는 새로움에의 갈증을 채워주기에 충분한 현실적인 제도였다. 새 짐, 새 아파트, 새 남자. 새로운 시작이었다. 그것은 오래도록 나를 지배해오던 아버지로부터의 독립을 의미하는 것이기

도 했다. 그러나 아버지로부터의 독립을 공인받은 결혼이라는 제도
가 내 삶에 몰고 올 또다른 파장에 대해 예견했던가.

페인트 냄새와 시멘트 독도 채 빠지지 않은, 신도시의 허허벌판에
듬성듬성 솟아난 새 아파트에 새 짐을 부리고 전혀 새로워진 내가 새
로운 인생을 시작할 참이었다.

그날 저녁, 이웃 아파트 창마다 하나둘 불이 밝혀지기 시작하였고
아직 커튼도 달지 못한 커다란 거실 창을 통해 불 켜진 이웃집의 광
경이 피할 수 없이 한눈에 밀려들어왔다. 그 순간 내 눈앞에 펼쳐진
이웃집들의 그 한결같은 경악스러운 모습들. 집집마다 똑같은 위치
에 놓인 장식장, 그 장식장 위에 나란히 올라앉은 TV수상기, 그 TV
수상기에서 쏟아져나오는 푸른 빛, 그 푸른 빛을 향해 똑같이 앉아
있는 사람들……

아, 아, 나의 삼십세는 그렇게 시작되었다. 커다란 상자를 똑같이
분할한 똑같은 공간에 갇혀 똑같은 동작을 하며 똑같은 삶을 살아야
할 것이라는 소름끼치는 예감과 함께.

아버지는 알고 있었을까. 그를 벗어나기를 갈구하여 마침내 그의
딸이 이룬 삶이란 자신을 도구로 바쳐야만 지탱되는 삶이란 것을. 더
이상 나의 머리를 빗겨줄 수 없게 된 아버지는.

아버지에게 가기 위해 온통 하얗게 덧칠된 세상의 길을 내달렸다.
차도와 인도의 구분이 없어진 채 차와 사람이 뒤섞여 다니는 길에 아
이 둘을 데리고 나서서 택시를 잡아타고 시외로 가자고 억지를 부렸
지만 내 얼굴에서 심상찮은 기색을 보았음인지 택시기사는 순순히
내 요구에 응해주었다. 차선이 뭉개진 흰 벌판을 차는 달리고 또 달
렸다. 나는 아버지의 주검을 찾아가는 길이었다. 그 순간 아버지의

주검을 보는 일만큼 절박한 사정은 세상에 존재하지 않았다.

차의 앞유리를 통해 내다보이는 순백의 망망한 길은 마치 아버지의 주검과 나 사이에 놓인 한없이 긴 다리처럼 끝나지 않고 있었다.

시간도 감각도 정지된 상태로 내달리고 있는 그때 세 살짜리 작은 아이가 차멀미를 하기 시작했다. 아침에 변변히 먹인 것도 없는데 뱃속의 것을 죄다 토해냈다. 너무도 급작스러운 일이라 아이의 토사물은 고스란히 내 코트와 자동차 시트에 뜨겁게 쏟아졌다. 기사가 건네준 휴지 한 통을 다 써가며 아이의 토사물을 치우는데 시큼한 토사물의 냄새가 그때까지 마비 상태였던 내 눈물샘을 건드리려 했다. 울컥 치받쳐오르는 울음을 어쩌지 못해 일그러뜨리고 있는 내 얼굴을 거울을 통해 훔쳐보았는지 기사가 아무 소리 없이 차를 갓길에 대주었다. 문을 열고 밖으로 나가 아이의 토사물로 끈적거리는 손부터 눈속에 파묻었다. 뒤이어 커엉 하고 짐승과도 같은 울음이 억누를 길 없이 몸 밖으로 터져나왔다.

낯선 길의 눈밭에서 나는 비로소 울부짖으며 볼 수 없게 된 아버지를, 아버지의 얼굴을 애타게 떠올리려 하고 있었다. 그러나 아버지는 캄캄한 내 의식을 뚫고 떠올라주지 않았다. 그것은 내가 생전의 아버지가 아닌 죽은 아버지를 떠올리려 한 탓이었는지도 모른다. 한 번도 본 적이 없는 죽은 아버지를. 아직 아버지의 주검도 대하기 전에 벌써 나는 아버지의 죽음을 내 의식 속으로 받아들인 것인가.

삶과 죽음 사이의 지극히 비현실적인 모호한 상태에 빠져서 애절하게 아버지를 찾고 있는 그때 아버지는 자신의 얼굴 하나를 내게 드러내주었다.

아주 먼 옛날 그 겨울의 아버지 얼굴, 오직 나만이 보았던 아버지의 그 얼굴, 아버지 신체의 다른 부분은 사라진 채 그 얼굴 하나만이 홀연 절벽 같은 내 의식을 뚫고 솟아오르는 것이었다. 얼음을 뚫고 솟아오른 아버지의 얼굴이었다.

강원도 첩첩산중의 얼어붙은 강 위에서 아버지와 내가 스케이트를 타고 있다. 겨울이 되면 아버지는 내 손을 잡고 꽁꽁 언 겨울 강에 가서 스케이트 타기를 즐겼다. 내 손을 잡고 강가를 걷다가 주먹만한 돌멩이를 집어들어 언 강에 던져보는 아버지. 유리알처럼 매끄럽고 단단하게 얼어붙은 강의 표면에 통통 튀어오르던 돌멩이. 강의 결빙을 확인한 아버지는 이윽고 내 손을 잡고 강으로 내려간다. 흐름을 멈추고 깊은 산속에 갇힌 강은 언제나 무섬증을 느끼게 한다. 겨우내 도도하게 빙벽을 쌓고 누워 있는 강에 아버지와 내가 처녀걸음을 내딛는다. 갇혀 있던 겨울바람의 메아리가 윙윙 귓가에 휘감긴다. 쩌억 얼음장 갈라지는 소리가 강의 수심으로부터 위태롭게 전해진다. 아버지의 팔에 매달린 나, 너무 무섭다.

괜찮아, 저 깊은 데서 들리는 소리야. 저 소리나는 데서 여기까지 녹으려면 한 두어 달은 기다려야 할걸.

우리는 인적이 끊긴 첩첩산중의 겨울강에서 칼날을 그으며 스케이팅을 즐기고 있다. 무용수용의 날이 짧은 스케이트를 신은 내가 강의 한복판에서 뱅뱅 도는 연습을 하고 있는 동안 아버지는 날이 긴 스케이트를 신고 은빛 칼날을 세워 커다랗게 곡선을 그으며 내 주위를 선회하고 있다. 아버지의 스케이트 앞날이 날렵하게 지나가는 자리마다 얼음가루들이 햇빛에 부서지며 날아오른다. 눈부시다. 나는 선 자리에서 돌고 또 돈다. 어지러이 돌아가며 눈부신 아버지의 스케이트 날을 쫓는다. 순간, 보석가루처럼 낮게 흩날리던 반짝임이 사라진다. 공포스러운 정적이 어지러이 돌아가고 있는 나를 오싹 덮친다. 돌기를 멈춘다. 아무도 없다. 나 혼자뿐이다. 첩첩한 산그늘이 강으로 그 자락을 늘어뜨리기 시작했다. 아버지를 찾는 외마디 비명조차 목을 타고 넘어오지 못한다. 공포에 질린 눈으로 황황히, 이해할 수 없는 배경을 휘둘러볼 뿐이다. 한순간에 아버지가 사라졌다. 그것이 무엇을 의미하는지 깨닫는 순간 작두날 같은 스케이트의 칼날 위에 세워졌던 내 몸이 아득히 무너져내리려 한다. 그때, 사라졌던 아버지, 얼음장을 뚫고 치솟는다.

내 앞에 불쑥 솟아오른 아버지의 얼굴. 젖은 아버지의 얼굴이 나를 향해 웃음짓고 있다. 아버지는 늘 내게 괜찮아, 문제없어, 했다. 무엇이든, 어떤 일이든 아버지를 통하면 이루어졌었다. 내게 아버지는 전지전능한 존재였다. 아버지는 죽었다가도 살아날 수 있었다. 그런 아버지가 사력을 다해 웃고 있었다. 그러나 얼음장에 걸쳐진 아버지의 두 팔이 자꾸 미끄러지고 있었다.

나무 좀 구해와, 긴 걸로.

아버지는 내게 웃음을 잃지 않고 부탁했다. 나는 스케이트 발로 강을 뛰어나가 나무를 찾았다. 나무를 찾는 동안에도 내 눈은 자꾸 강으로 돌아갔다. 아버지는 강 밑으로 사라졌다가 다시 솟아오르기를 몇 차례씩 반복했다. 내가 기다란 통나무를 질질 끌며 다가갔을 때 아버지는 이제 웃음기를 거둔 얼굴이 되어 꺼져가는 목소리로 그러나 그 어느 때보다 단호하게 말했다.

나무를 이리로 민 다음 그쪽 끝을 꼭 잡고 엎드려. 몸이 미끄러지면 나무를 놓고 너 혼자 집에 가야 한다. 알았지? 아버지 말 들어.

나무의 한쪽 끝을 붙잡고 얼음 위에 납작 엎드려 나는 처음으로 아버지를 위해 기도했다. 하느님, 아버지를 한번만 살려주세요. 제발 한번만 살려주세요.

눈물 범벅이 되어 기도하고 있는 내게로 아버지는 엉금엉금 기어 왔다.

그날 이후 아버지는 더이상 나를 얼어붙은 겨울 강에 데려가지 않았다. 겨울만 되면 아버지와 내가 함께 즐기던 스케이트 타기는 그날로 끝났다. 우리의 은빛 스케이트 날은 녹슬어갔다.

첩첩 산으로 가로막힌 겨울 강에서 아버지와 내가 벌인 그날의 사투. 어지러이 뱅뱅 돌고 있는 내 시야에서 꿈결처럼 사라졌다가 다시 솟아오르던 아버지의 얼굴. 삶과 죽음의 그 이중적인 얼굴.

눈밭에 두 손을 파묻고 울고 있는 내게 그때의 아버지, 죽음에 갇혔던 아버지의 이중적인 그 미소가 확연히 되살아났다.

어쩌면 서른일곱에 이르도록 나는 죽음을 알지 못했던 것은 아니었을까. 수없이 태어나고 다시 죽어가는 순환의 현장에 살면서도 미구에 내가 맞이하게 될 죽음에 대해 그토록 무지한 채 살아올 수 있었다니.

어린 내게 아버지는 죽음조차도 뚫고 나온 존재였다. 채 스물이 되기도 전에 한국전에 참전했던 아버지. 전선을 떠도는 검푸른 군복의 아버지는 그대로 내 삶의 방벽과도 같은 위력을 품은 존재였다. 그가 십자성부대를 이끌고 베트남전에 참전하였을 때조차 열네 살의 나는 아버지의 생환을 믿어 의심치 않았다. 그리고 그는 더욱 굳건한 모습으로 돌아왔다.

그러나 이제 내 머리를 빗겨주던 섬세한 아버지, 나의 굳건한 방벽이었던 아버지는 함께 나를 떠나갔다.

서른일곱의 나는, 처음으로 죽음과 맞닥뜨린 나는 어찌할 바를 모르고서 눈밭에 주저앉아 꺼억꺼억 울었다. 그도 죽음을 경험해보았

던가, 낯모르는 택시기사가 갓길에 차를 대놓은 채 담배를 피우며 울
고 있는 나를 기다려주었다.

  병원은 언덕배기에 있었다. 눈길을 한 시간 남짓이나 달려온 택시
기사는 곡예하듯 기신기신 차를 몰아 끝내 우리를 병원 문앞에 데려
다놓았다. 그리고는 입을 열어 처음이자 마지막인 한마디를 넌지시
던졌다.
  "다 살게 마련이라오."
  그는 나를 미망인으로 여겼던지도 모른다. 낯선 자의 눈에 젊은 미
망인으로 비칠 만큼 나는 절망적인 슬픔에 갇혀서 아버지의 주검을
찾아왔다.
  "영안실이 어디지요?"
  큰길가 언덕배기에 비스듬히 세워진 잿빛 병원 건물 입구의 수위
실에 얼굴을 들이밀며 물었다. 그 순간 처음으로 죽음에의 현실감이
나를 기습해왔다. 이제 아버지는 스스로 움직이거나 말하지도 듣지
도 느끼지도 못하는 시신일 뿐이라는 사실이 내 가슴속으로 크나큰
묘혈을 파헤치며 서늘하게 박혀들었다. 다시는 그를 볼 수도 만질 수
도 없으리라는 상실의 슬픔이 전신에 나른한 경련을 불러일으켰다.
  수위가 일러주는 대로 병원 뒤편의 영안실을 찾아가는 나의 심정
은 아버지를 확인하고픈 애절함과 확인을 유보하고픈 망설임으로 갈
피를 잡지 못하고 헤매였다. 온통 잿빛투성이의 병원 건물 뒤편은 햇
볕이 들지 않아 흰 눈이 그대로 소복이 쌓여 있었다. 아이들이 슬금
슬금 내 눈치를 살피더니 발길이 닿지 않은 그 소담스런 눈밭으로 들
어가기 시작했다.
  죽음이란 무엇이길래 그토록 오래 길들여져온 낯익은 일상으로부

터 나를 차단시키는가. 나는 마치 커다란 유리방울 속에 갇힌 자처럼 외부세계의 무엇에도 적응하지 못하고 있었다. 그 아침 전화벨이 울리던 순간부터 나는 익숙했던 삶과 단절되는 죽음에의 유사체험을 경험하면서 아버지의 죽음으로 서서히 다가가고 있었다.

나는 눈밭을 좋아라 뒹구는 아이들을 바깥에 그대로 두고 영안실로 향하는 계단을 밟아 내려갔다. 아버지를 만나기 위해. 아니, 아버지를 떠나보내기 위해.

영안실은 병원에서 가장 후미진 곳의 한켠에 붙어 있었다. 계단에서 내려다보자니 병원 부속 건물 한 귀퉁이에 날림으로 덧대어 지어진 몰골을 하고 있었다. 허름한 가건물에 지나지 않았다. 숨이 끊긴 자들이 병원의 분주한 손길과 첨단장비를 더이상 제공받지 못하고 폐기처분되어 신속히 보내지는 임시 거처였다.

계단을 내려딛는 내 발이 후들거리고 시야가 뿌옇게 흐려졌다.

아침에 느닷없이 아버지의 부고를 접하고 온통 하얗게 변해버린 세상에 나와 택시를 잡아타고서 병원의 영안실을 향해 내달릴 때까지 나는 줄곧 반쯤은 나도 죽어버린 상태에서 의식과 무의식을 오락가락하며 아버지가 떠나버린 냉엄한 현실에서 이제부터 내가 취해야 할 태도를 미처 정리할 겨를조차 갖지 못한 상태였다.

예순셋을 갓 넘긴, 이른 나이에 아버지는 아무런 예고도 없이 내 곁을 떠난 것이다. 그는 강철 같은 건강의 소유자였다. 그는 그의 생의 반을 야전군으로 바쳤다. 그가 군복을 벗고 오랜 세월 떠나 있었던 본가로 돌아왔을 때는 그의 노부모와 병든 아내가 그의 손길을 기다리고 있었다. 그는 내 머리를 빗겨주던 그의 섬세한 손길을 고루 나누어주었다. 그는 떠날 수 없는 사람이었고 떠나서는 안 되는 사람이었다. 정 떠나려 했다면 남은 자들에게 눈짓이라도 주었어야 했다.

병원 뒤편의 낮은 지대에 자리한 영안실에 닿으려면 계단을 꽤 내려가야 했다. 나는 후들거리는 다리를 계단으로 떼어놓으며 아버지의 죽음을 나의 현실에 받아들이기 위한 마음의 준비를 시작했다. 아버지의 주검을 보기 전에 내가 해야 할 일이었다.

서른일곱에 이르도록 죽음을 알지 못했을 만큼 완전한 한 인간에 젖줄을 대었던 나의 삶이 비로소 그에게서 분열되어 나오기 위한 통과의례였다.

완벽을 추구하는 아버지에 대립하여 그를 미워하며 끊임없이 그를 벗어나려 하였던 이십대의 내 청춘을 보내고 결혼과 함께 삼십대에 들어선 나는 그것이 나 자신으로부터의 탈출에 지나지 않았었음을 서서히 깨달아갔다. 아버지를 비난하고 아버지를 미워하면서 아버지의 손길이 미치지 않는 곳으로의 도약이라고 믿었던 새로운 삶이란 결혼과 함께 입주한 새 아파트에서 엿보았던 이웃집들의 유사한 겉모습이 예견해주던 바 그대로였다.

나의 삼십대는 아이를 낳아놓고 쩔쩔매는 나날의 연속이었다. 병든 어머니 대신 아버지는 나의 급한 외출 때마다 불려와야 했다. 내가 외출에서 돌아오면 아버지는 어느새 내 아이를 솜씨좋게 재워놓고 마른 빨래까지 걷어다 개켜놓곤 했다. 그는 이미 그의 손을 떠난 내 삼십대의 삶에 어떤 역할로도 개입하기를 거부했다. 다만 손쉬운 일손으로 내 곁을 맴돌았을 뿐이다. 나는 그 어느 때보다 아버지를 필요로 했고 그는 언제나 필요로 하는 곳에 있어주었다.

어쩌면 이 땅의 여자들 대부분이 겪는 흔한 삼십대의 삶이란 출산과 육아의 격한 노동으로부터 시작되는 것이 아닐까. 나 역시 다르지 않았다. 삼십대에 이르면 이 땅의 여자들은 무엇엔가 쫓기듯이 선택의 기로에 선다. 여자에게 서른이란 나이는 생리적인 분기점이기에 앞서 오랜 관습에 얽매여 스스로 최후의 의미를 걸어두는 좀 특별한 숫자가 아닌가. 이때 대부분의 여자들은 결혼을 선택한다. 그런 평범한 선택의 배경에는 개개인의 치열한 존재론적 이유가 도사리고 있을 테지만 그보다는 오랜 세월 물 흐르듯 이어져온 삶에 대한 믿음에 자신을 내맡긴 결과라고 보는 편이 옳으리라.

그러나 물 흐르는 듯한 자연스러운 삶을 여전히 흐르게 하기 위하여 먼저 자신을 도구로 바칠 수밖에 없음을 또 그처럼 물 흐르듯 자연스럽게 받아들이게 되기까지의 외로운 나날들이란.

나는 바로 이때 아버지의 손길을 절실히 필요로 하였지만 내가 진정 의지하였던 것은 손길 너머의 정신, 그의 조건 없는 사랑이었는지도 모른다. 당연히 내가 선택한 내 삼십대의 삶이었건만 그 명쾌한 제도 속에 도사리고 있는 장애들을 쉼없이 뛰어넘기 위해서는 내가 기댈 전능한 존재가 현실 속에 필요했다. 아버지였다.

이제 나는 아버지를 잃었다. 서른일곱이었다.

서른일곱의 내가 맞이한 아버지의 죽음은 기약 없는 이별이나 실종과는 다른, 존재의 소멸을 의미하였다. 돌이켜보면 나는 서른일곱이 되도록 전혀 아버지에게서 벗어나지 못하고 있었던 것 같다. 나는 그때까지도 완벽한 존재에 나를 의지하고 있었다.

아버지는 자신의 삶을 예고도 없이 서둘러 마감하는 것으로 나에게 뒤늦은 자유를 주었다. 한 세대가 가고 나는 스스로 주체가 되어 나의 세대를 시작하지 않을 수 없게 된 것이다.

아버지가 내 곁을 떠난 서른일곱에 이르러 나는 비로소 한꺼풀 벗겨진 생의 이면과 맞닥뜨려야 했다.

영안실의 문을 열고 들어서자 곧바로 흑백사진 속의 아버지 얼굴이 나타났다. 오래 전 아버지의 사진이었다. 검은 리본이 드리워진 어처구니없는 아버지의 영정 앞에 주저앉았다.

"아버지."

제어할 길 없는 소리와 울음이 터져 넘쳤다.

나의 전부를 지극히 사랑해준 사람을 잃고서, 잃고 나서야 깨닫고서 나는 탄식하며 울었다.

이미 문상객들이 몰려들기 시작한 소란스러운 영안실 바닥에 주저앉아 나는 철부지 아이처럼 아버지를 찾으며 울었다. 믿을 수 없는 죽음에 대한, 내 삶을 뒤흔들어놓은 죽음에 대한, 뒤늦은 깨달음을 던져주고 간 죽음에 대한 앙갚음으로 나는 패악을 부리며 울고 또 울었다.

"아버지이, 아버지, 아, 버, 지……"

그때 누군가가 우는 나를 향해 소리를 질렀다.

"어이, 거기 망자의 딸 내려와보슈."

시신을 지키던 늙은 인부가 선심 쓰듯 냉동실의 철문을 열어 내 눈앞에 시신 하나를 끌어내주었다.

아버지였다.

턱이 쳐들려 있을 뿐 잠든 모습 그대로의 아버지였다. 아버지의 옷섶으로 가만히 손을 넣어 아버지의 가슴을 쓸어보았다. 체온이 남아 있었다. 아버지의 얼굴을 어루만졌다. 할 수만 있다면 아버지 곁에 잠시라도 눕고 싶었다. 아득한 시간을 뛰어넘어 어린아이로 돌아가 아버지를 만지고 간질이다가 아버지의 품에 안겨 잠들고 싶었다. 나는 아버지의 주검 앞에서 그 옛날로 돌아가고 있었다. 아버지에게 머리를 빗기고 아버지의 손을 잡고 다니던 어린 계집아이로 돌아가는 것을 느꼈다.

나는 아버지의 죽은 몸을 샅샅이 더듬었다. 아버지의 꺼칠한 턱에
내 얼굴을 대보았다. 꼭 움켜쥔 채 굳어버린 아버지의 손을 만지고
아버지의 발을 쓰다듬었다. 그러는 동안 나는 점점 작아지고 다시 어
려져서 갓 태어난 아버지의 딸이 되어갔다. 그렇게 하는 동안 나는
아버지와 함께 나의 일부가 죽어가는 것을 느꼈다. 내게서 빠져나가
아버지와 함께 떠나가는 나 자신의 일부를 보았다. 내가 살아온 삼십
칠 년의 시간을 거슬러올라가 어린아이가 되어 말없이 누운 아버지
의 시신에 매달려 눈물을 흘리는 동안 나는 내 눈물에 씻긴 나 자신
이 다시 태어나는 것을 느꼈다. 나는 다시 태어나고, 다시 서른일곱
의 여느 여자가 되어 제자리로 돌아왔다. 떠나며 내게 준 아버지의
선물이었다.

　빈소를 지키다가 깜빡 졸면서 꿈을 꾸었다.
　아버지가 꽃을 심은 작은 화분을 들고 내게 와 말없이 건네주고는
횡하니 바람을 일으키며 사라져갔다. 아버지, 이게 무슨 꽃이에요?
아버지가 떠난 자리의 바람 자락을 향해 내가 안타까이 물었다. 바람
속에서 무어라 들릴 듯 말 듯한 꽃 이름이 들려왔다. 흔한 꽃 이름이
아니었다. 네? 바람과 함께 꽃 이름도 잦아들었다. 네? 네? 안타까이
꽃 이름을 묻다가 꿈에서 깨어났다.
　꿈에서 아버지가 내게 준 꽃의 이름을 찾기 위해 꽃도감을 여러 날
뒤적이다가 옥잠화를 발견했다. 아버지가 가져다준 꽃과 생김새가
일치하지는 않았지만 어쩐지 꽃 이름을 대하는 순간 바람 속에서 흩
어지던 소리가 조합되어 나타난 듯 섬뜩하기까지 했다. 그 꽃을 옥잠
화라 부르기로 했다. 더이상 부를 수 없게 된 아버지란 말 대신 그 자
리에 아무도 모르게 옥잠화를 들여놓았다.

망자를 이승에서 떠나보내는 장례의 절차를 거쳐 아버지는 땅에 묻혔다.

죽음이란 무엇인가. 아버지의 죽음 이후 아버지를 더이상 볼 수 없었으니 아버지는 육체적으로 그 존재가 소멸되었음이 분명하다. 그러나 아버지의 시신이 땅속에서 서서히 썩어가고 있는 동안에도 아버지의 영혼은 가끔씩 내게 인사를 걸어온다.

시장에 가는 길에 낡고 오래된 육교를 지나노라면 아버지는 가만가만 내 몸으로 스며들어와 살짝 인사를 건넨다.

아버지, 내 곁을 떠난 지 육 년째 나는 이제 삼십대의 강을 건너와 있다.

돌이켜보면 나의 삼십대는 내부의 전쟁이 치열하던 시기였다. 한 남자의 아내로, 두 아이의 어머니로, 순환하는 자연의 일부로 나 자신의 뿌리를 내리기까지 치러내야 할 끝없이 외로운 나 자신과의 싸움 속에 나는 있었다.

나의 전부를 의지하였던 아버지를 잃고서 나는 비로소 나 자신과의 싸움에서 벗어나 자연의 일부로서의 미미한 내 존재를 인식하기 시작했다.

서른일곱이었다.

서른, 예수의 나이

이병천

1956년 전북 전주에서 태어나 전북대 국문과를 졸업했다. 1981년 조선일보 신춘문예에 시 「우리의 숲에 놓인 몇 개의 덫에 관한 확인」이, 1982년 경향신문 신춘문예에 소설 「더듬이의 魂」이 당선되어 등단했다. 소설집 『사냥』『모래내 모래톱』『홀리데이』, 장편소설 『마지막 조선검은명기』『저기 저 까마귀떼』『신시의 꿈』『에덴 동산을 떠나며』『90000리』『북쪽 녀자』, 시집 『모든 사랑은 첫사랑이다』 등이 있다.

그날 우리는 카페 '델리'라는 곳에서 만났다. 그녀는 무려 열몇 번째의 맞선을 거치는 동안 내가 만났던 여자 중의 하나였다. 그곳은 이름과는 달리 실내장식이 인도풍은 아니었다. 누구든 상식적인 안목으로 봐도 그랬다. 더구나 인도를 직접 다녀왔다는 그 여자의 주장이 그렇고 보면 그건 틀림없는 사실이었을 것이다. 인도의 델리는, 너무 멀었다.

다만, 델리에서 그날 바라보던 바깥 풍경이 인도풍일 수도 있었다. 어쩌면 여자는 그것 때문에 만나자고 했었는지도 모른다. 붉고 누런 단풍잎들이 휩쓸리는 거리에는 가을비가 추적거리고 있었다. 그리고 색색의 우산들이 꿈을 꾸듯 길거리를 떠다니는 풍경이 보였다. 그건 물론 인도뿐만 아니라 중세 유럽풍일 수도 있었고 현재의 서울 풍경이라고 해도 트집잡을 표현은 아니었으리라. 내게는 인도든, 인도가 아니든 그게 중요한 게 아니었지만.

전화를 받던 절집 마당에도 비는 내렸었다. 나는 수화기를 내려놓으며 탈곡을 눈앞에 둔 채 비에 젖고 있는 볏단들을 바라보았다. 그 위에 아직 동면에 들지 않은 살찐 개구리 한 마리가 앉아 있었다. 내가 이제 움직임을 보이면, 저 개구리는 어느 방향으로 뛰어오를까?

여자는 보나마나 내게 이별을 고할 것이다. 나는 이미 그렇게 예감하고 있었다. 많은 여자들이 나를 스치고 떠난 뒤였다. 그 동안 즐거웠어요. 그런데 저는 좋은 여자가 못 돼요, 라는 말들과 함께. 그런데 그녀의 전화 목소리는 의외로 밝은 편이었다고 기억된다. 우리가 헤어진다는 사실 역시 아무 일도 아니라는 듯. 어쩌면 여자의 그런 무심함이 그때껏 나를 사로잡고 있었는지도 모른다. 저, 인간의 행렬로 변화한 20세기의 대도시에 소떼 한가롭다는 인도가 그녀를 사로잡고 있는 것처럼?

그녀는 델리의 딱딱한 소파에 앉자마자 다짜고짜 내게 물었었다.

"혹시, 헌혈해봤어요?"

"헌혈?"

"네."

나는 그때 절집 마당에 있던 개구리가 머리에 떠올랐다. 그놈이 어느 방향으로 뛰었는지 미처 보지 못했던 것이다.

"군대에서 해봤지. 그런데 왜?"

"오다가 헌혈차를 만나서 늦었거든요."

여자가 재미있는 구경거리라도 만나고 온 것처럼 웃었다.

"사람을 못 가게 붙드냐?"

"그러지는 않지만."

"스스로 헌혈을 했다고?"

"그냥 기념이죠."

잘 알다시피 헤어짐을 전제로 하는 만남들은 약간은 냉소적일 수밖에 없다. 나는 그걸 경험을 통해 익혔다. 그래서 나는 그즈음, 맞선의 자리에서 느끼는 긴장감 분량만큼이나 헤어질 때 아무렇지도 않을 수 있는 내 스스로의 감정에 나름대로 재미를 붙이고 있었다. 고쳐 말하자면, 내가 짐작하는 대로 일이 결말지어지는 데서 오는 승리감 같은 걸 즐기고 있었던 것이다.

"기념할 일이 있어? 있으면 우리 함께 하지."

"……"

여자가 침묵하자 내 귀에는 카페 델리가 자랑하는 인도 전통음악이 들렸다. 델리의 주인은 이따금 들려주는 그 음악으로 자기 상호의 정당성을 간접적으로 주장하고 있었다. 그건 노래라기보다는 울음소리였다. 누군가가 웅얼거리면서 흐느끼는 소리를 그냥 아무런 가감도 없이 녹음해두었다가 들려주는 듯했다.

그녀는 인도 사람들의 노래에 대해서 내게 설명해준 적이 있었다. 짜증스러울 때 들으면 함께 짜증스러워지고 자신이 편안할 때 들으면 또 함께 편안해진다고…… 그게 바로 가장 인도적인 음악의 특성이고 또 자연스러움이라고 말이다. 그렇다면 나는 그때 짜증스러웠을까?

"담배 한 대 피울게요."

여자는 벌써 담배 한 개비를 빼물 기세였다. 내가 담뱃갑을 먼저 집어들었다.

"헌혈했다면서, 차라리 피나 잘 돌게 맥주를 한잔하지."

"그런가요? 그 말 맘에 들어요."

그녀가 웃으면서 카페 델리의 성냥을 순순히 내려놓았다. 나는 여자에게 담배에 대해서만큼은 너그러운 편이라고 믿는다. 여자가 손가락을 펴서 공중에 올릴 때는 보석을 자랑하는 때가 아니면 대개 담배를 피울 때뿐이다. 그런데 경제적인 내 무능력이 미추관념까지 흐리게 했는지는 모르지만 나는 반지를 낀 손이 아름답다고 생각한 적은 결코 없었다. 그 대신 여자들이 희고 긴 손가락 사이에 담배를 끼고 있는 모습을 보면서는 내심 아름답다고 눈여겨왔던 것이다.

그녀를 처음 만났을 때만 해도 그랬다. 나는 그녀의 손가락이 예쁜지 선을 보기 위해서 담배를 권했었다. 그녀는 그걸 남자다운 도량이나 너그러움으로 받아들인 모양이었다. 그날 이후 또 만나자는 약속은 그녀가 먼저 했었다.

그녀가 담배 대신 맥주잔을 쳐들었다.

"그 사람들, 제 피를 이만큼쯤은 뽑았을까요?"

"글쎄, 그 정도는 되겠지."

"힌두교의 신 중에 칼리가 있는데 참 아름다운 여신이에요. 그런데 그 여신이 긴 혀를 내밀고 항상 뭘 요구하는지 아세요? ……바로 피예요. 그래서 신전마다 동물들의 피냄새가 진동하고, 거기에는 파리떼들이 시커멓게 달라붙어 날아가려고도 하지 않죠. 왜 신이라는 존재들이 하필 피를 원하죠?"

그녀가 단숨에 맥주잔을 비우고 내 대답을 기다렸다.

"신은 죽었다는데, 뭘 알겠어? 사실은 사람들이 만든 종교니까, 날마다 죄를 짓는 사람들끼리 그걸로 죄를 씻은 셈 치자고 서로 약속하는 것이겠지."

"그럴지도 모르겠네요. 한 잔 더 주세요."

나는 그녀의 헌혈과 힌두의 여신이 무슨 관계가 있을지 따져보며 술을 따랐다. 그녀는 그걸 또 마셨다.

"헌혈도 혹시 그런 것이었어?"

"그런 것이라뇨?"

"희생양의 피!"

"하하하. 그냥 기념이라구 했잖아요. 전 오늘로서 제 나이만큼 헌혈을 했으니까요."

"나이만큼이나……?"

"……"

그녀가 대답 대신 자기 스스로 술잔을 채웠다. 술을 잘 마시지 못한다던 여자였다. 나는 그녀가 차마 발설하기 힘든 말들을 보다 효과적으로 전달하기 위해서 기회를 엿보고 있음을 눈치채고 있었다. 그래서 나는 그녀의 인내심을, 그리고 갈등을 헤아려보며 나름대로 즐기고자 했다. 언제나 그래왔던 것처럼.

희망이 없는 싸움, 조금도 끌려오지 않는 줄다리기는 몇 년째 계속되고 있는 내 절집 생활이었다. 공부랍시고 아직도 책을 펴고 있지만 절집에서 본다면 나는 그저 머슴에 지나지 않을 터였다. 가족들과는 이미 소식을 끊다시피 했고 밥이나 굶지 않으려고 절집의 농사일을 거들어주고 있었으니 말이다.

그런 내게 조금이라도 기대를 하는 사람이 있다면 고모 한 사람뿐이었다. 그 고모는 그래도 잊을 만하면 한번씩 절에 찾아와 쌀말이라도 들여놓고 내 손에 용돈을 쥐어주기도 했다. 그러나 그녀도 내가 가망 없는 싸움에 매달리고 있음을 아주 모를 리는 없었다. 나를 찾을 때는 언제나 새로운 여자를 만나 맞선을 보라는 얘기가 빠질 때가 없었던 것이다. 고모는 아주 현실적인 여자인 셈이었다. 결혼은 뒤로 미루더라도 우선 여자를 만나 사귀면서 공부에 필요한 뒷바라지를 받으라고 내게 가르쳤으니까.

그런 고모도 헛짚은 게 있긴 했다. 내가 무슨 큰 공부라도 하는 걸로 믿었는지 맞선 상대로 내 앞에 앉혀놓는 여자들이 내게는 하나같이 과분한 처지의 여자들이었던 것이다. 어쩌면 그 여자들보다는 우리 고모가 잘나고 또 용한 여자였는지도 모를 일이다. 그러나 그 바람에 여자들은 나를 만나자마자 돌아서기 일쑤였다. 더러 두세 번은 만남이 계속된다고 하더라도 끝내는 별꼴 다 봤다는 듯이 앉았던 자리의 먼지까지 탈탈 털고 일어서는 게 예사였다.

어쨌거나 고모가 쌀을 놓고 가면 나는 그걸 으레껏 산신각에 시주했다. 그게 바로 굶지 않을 수 있는 길이기도 했다. 그리고 다시 고모가 올 때까지 절집의 밥을 먹으며 농사일을 거들고, 책을 펼치고, 이따금 고모가 소개한 여자를 만나러 산을 내려가곤 했다.

아주 드물게 어떤 여자들은 내게 쌀값이며 반찬값이라는 돈을 내밀고 가기도 했던 게 사실이었다. 그러나 나는 여자들을 붙들어둘 재주는 없었다. 솔직히 말하자면 그녀들에게 희망을 줄 여건이 못 되었던 셈이다. 그런 다음이면 고모는 내게 어김없이 핀잔을 주곤 했었다. 자기 발로 절까지 찾아오는 여자가 있다면 누구든 욕하지 않을 테니까 강제로라도 방구석에 밀어넣으라고, 그래서 여자 팔자는 뒤웅박 팔자라고 하는 게 아니냐고……

나도 그러고는 싶었다. 실제로 뒤돌아서 가는 여자를 산길에서 붙잡아 일을 벌인 적도 있었다. 그러나 그걸로 끝이었다. 말이 될는지 모르겠지만, 어느새 여자들은 뒤웅박 신세에서부터 오뚜기 같은 팔자로 변신했는지도 모르겠다. 아니라면, 고모나 내가 택했던 방식이 아예 틀렸거나.

그러나 그런 일들보다 정작 견디기 힘든 경우는 따로 있었다. 이를테면 용돈이 바닥나버린 다음부터 담배를 어떻게 구해볼 수 없어서 안달하는, 형편없는 고민 따위가 바로 그것이었다.

　담배는 애초에 계산에 넣지도 않았던 게 문제였었다. 밥이야 눈칫밥 코칫밥을 다 섞은 비빔으로 적당히 한술 때우고 견딜 수도 있었다. 그러나 한번 독하게 인이 박혀버린 담배는 끊으려야 끊을 수도 없었다. 그걸 끊으려고 도전했다가는 번번이 내 우유부단함이나 확인하고는 쓸쓸하게 물러서야 했기 때문이다. 그래도 농사일이 클 때는 절집 주인할머니가 내놓는 담배도 없지는 않았지만 실상은 못물에 가랑비 내리는 정도도 못 되었던 것이다. 내가 스스로 돌아봐도 한심한 일이었다.

　그런 날이면 솔잎이나 감잎을 냄비에 쪄서 말린 다음 그걸 피워보며 속을 달래기도 한다. 심지어는 주인할머니 방에 몰래 들어가 일꾼들에게 나눠주고 남은 담배가 없는지 뒤져보기도 했다. 그러다가 결국은 전에 꽁초를 버렸던 자리를 찾아가게 마련이었다. 담배를 물고 싶어서 견딜 수 없는 날이면 그런 장소들이 고맙게도 하나하나 떠오르곤 한다. 무슨 거창한 추억의 장소이기나 했던 것처럼. 거기 가보면 며칠 동안 이슬에 젖었다가 다시 마르고 또 젖기를 반복했던 꽁초들이 분명 있었다. 그걸 다시 피워물면서 나는 독한 연기에 눈물을 찔끔거리기도 했었고……

　그게 내 절생활이었다.

　여자들은 그런 내 처지를 동정할망정 감동하지는 않았다. 나도 맞선을 통해 만났던 여자들을 상대로 더이상 굳이 신음하면서 죽어가는 시늉은 하지 않게 되었다. 그런데 그녀는 뭔가 좀 달랐던 것이다. 내가 어떻게 밥을 먹고 담배를 피우든 아예 관심이 없었다고 해야 옳은 표현이었다. 그 대신 한반도의 수십 배에 이르는 드넓은 인도가 그녀의 작은 가슴에 온통 들어차 있었던 셈이다. 오로지 그 인도만이.

　"인도에도 비가 오려나?"

여자는 벌써 취기가 오르는지 얼굴에 홍조를 띠고 있었다. 화제를 다시 인도 쪽으로 바꾸며 내가 먼저 그녀에게 말을 걸었다. 어차피 시내까지 나온 길이라면 그녀와 조금이라도 더 오래 앉아 소일하는 것도 괜찮을 성싶었기 때문이다. 그런데 여자는 내 기분 따위는 아랑곳하지 않고 이제 그만 자리에서 일어서자고 금방이라도 내게 통고할 수 있었던 것이다.

"비라구요? ……어쩌면 그럴 거예요."

그녀가 담배를 피워물자 나도 그렇게 했다. 속물! 그녀나 나나 영락없는 속물이라는 생각이 들었다. 그녀 쪽을 얘기하자면 가을비의 감상에나 젖어들어서 인도에도 비가 내릴 것이라고 믿어버리는 속물이었다. 그리고 내 쪽은 그걸 알면서 묻고, 인도 얘기는 도대체 쇠 코에 경 읽기고 말 귀에 염불로 여기면서도 끝내 앉아서 듣는 체하는 속물이었다.

"몇 년간 비가 내리지 않거나, 아니면 몇 달 동안 계속해서 비가 내리는 상황을 작가들이 이따금 묘사하잖아요? 그건 실제로 인도가 배경이라는 말이 있거든요."

친절하게도 그녀는 부연설명을 했다. 나는 다시 속물이라는 말이 목구멍까지 차올랐다. 절집 볏단이 비에 젖고 있어서 주인할머니가 끙끙 앓고 있는 걸 보고 내려온 길이었다. 나락이 다 떨어져 싹이 돋겠다고 한숨을 쉬며 걱정하던 웅얼거림이 들리는 듯했다. 그건 내 책임은 아니었지만 나에 대한 원망일 수도 있었다.

"우리나라 작가들이라면, 인도 쪽보다는 중국 쪽의 상황을 빌려왔던 게 아닐까? ……옛적 산수화를 봐도 알 수 있듯이 말이지."

"아니에요. 그림과 소설은 달랐을 거예요. 산수화 같은 그림의 배경은 도교 쪽이었고, 제가 말하는 소설은 불교 쪽이었거든요. 그리고 몇 년 동안 비가 내리지 않는 상황은 그림 쪽이 아니라 소설, 특히 구도(求道)소설의 배경이 될 수밖에 없었으니까요."

"그럼……"

"말씀해보세요."

"중국 땅에서 수천 년간 계속했던 스님들의 구도행각은 우리 작가들에게 영향이 적었다는 말인가? 그리고 중국에도 분명히 사막은 있었는데……"

나는 우리들의 화제가 어쩌다 그쪽으로 바뀌게 되자 내심 반가웠다. 서당개 삼 년이면 풍월을 읊는다고 했다. 나도 이미 절집생활 삼 년을 넘어섰다. 한때 나는 이대로 머리를 깎을까보다 하고 여러 번 작심한 일도 있었던 것이다. 보리 달마에서부터 혜능(慧能)에 이르는 육조를 비롯해서 경허(鏡虛), 효봉(曉峰)까지 다 들려줄 수도 있었다. 그리고 필요하면 선사 중에 여자는 없었다는 말도 곁들일 수 있었다.

말하자면 나는 눈칫밥이나 배고프지 않게 얻어먹고 담배꽁초나 주워 피우느라 용맹정진하는 칠뜨기는 아니라는 오기가 발동했던 것이다. 무엇보다 내 공부보다도 더 가망 없는 그녀를 얻어보겠다고 인도와 같은 뜬구름 얘기에 넋이 빠질 내가 아니라는 뜻이었다.

그때 그녀가 갑자기 말을 멈추더니 마치 내 심중을 헤아려보기라도 하듯 자기의 눈을 내게 집중했다. 그러더니 내가 전혀 예측하지 못했던, 놀라자빠질 만한 발언을 했다.

"절에는, 나를 재워줄 만한 방이 있어요?"

아주 작은 목소리였기 때문에, 그리고 경우에 따라서는 수십 가지의 해석도 가능한 말이었기 때문에 나는 당황했다. 그건 여자가 나를 성적으로 유혹하는, 내 생애 처음으로 듣는 기념비적인 발언이었다. 물론 돈 주고 사는 여자들과의 경험조차 없었던 건 아니다. 그들은 언제

나, 놀다 가라는 표현을 썼다. 오빠, 서비스 잘 해줄게 놀다 가! ……그
런데 그녀의 유혹은 유곽의 여자들보다 더 노골적이었던 것이다.
　"우, 우리 절에……?"
　"왜 내가 그 생각을 미처 못 했는지 몰라요."
　"뭘?"
　뜻없이 반문하면서 곰곰 생각해보니 그녀의 얘기는 사실상 내가
좋아서 날뛸 만한 내용은 아닐 수도 있었다. 그래도 나는 괜찮았다.
방은 충분했다. 나 혼자 쓰고 있는 요사채에도 건넌방이 두 칸이나
딸려 있었다.
　카페 델리가 다시 델리의 정당성을 주장할 시간이 닥쳤는지 인도
의 전통음악이라는 걸 틀었다. 나는 그걸 가능하면 편안한 마음으로
들어보기 위해 애를 썼다. 그들의 노래는 〈아리랑〉의 한 소절과 흡사
한 느낌을 주었다. 그 나라에서도 끝내 사라지지 않고 전승돼온 대부
분의 노래는 우리처럼 서로를 애틋하게 그리는 내용이어서 그럴는지
도 모른다. 그러나 마음이 급해서였는지는 몰라도 편안한 마음으로
노래를 감상해볼 처지는 아니었다.
　"지금 나갈까?"
　"노래가 끝나면요."
　그녀가 고개를 숙이며 말했다. 그 순간 그녀가 어쩌면 울고 있을
는지도 모른다는 생각이 들었다. 그럴 만한 이유는 물론 없었다. 그
러나 바로 그게 여자들의 눈물일 수도 있었다. 그러니까, 그 가능성
은 매우 희박하겠지만, 그녀는 실상 제 외로움으로 나를 가엾이 여
기고는 동정의 눈물을 흘릴 수도 있는 것이다. 그게 아니라면 밤중
에 우리 절까지 함께 기어들어가자는 그녀를 이해할 방도가 내게는
없었다.

나는 그녀를 건성으로가 아닌, 비로소 여성의 하나로 힐끔힐끔 살펴보기 시작했다. 가는 목선을 덮고 있는 머리칼이 그녀의 얼굴 전체를 병약해 보이게 하는 역할을 하고 있었다. 귓바퀴는 바로 뒤의 불빛을 받아 투명해져서 그곳의 솜털까지 선명하게 내비칠 정도였다. 나는 그녀의 뾰족한 코에 손을 대보고 싶어졌다.

"이제 가요."

그녀가 활짝 웃으며 자리에서 먼저 일어섰다. 눈물을 흘렸던 게 분명했다. 그러나 나에게는 상관이 없었다. 설혹 그녀가 진짜로 나를 동정해서 울었다고 하더라도 마찬가지였다. 나는 왠지, 약간은 자조적인 그런 느낌이 들었다.

밖에는 그때까지 비가 내리고 있었다. 가로등 불빛에 비친 빗줄기가 하얗게 보였다. 한로(寒露) 전에 백로(白露)라는 이름의 절기가 있는 건 여러모로 상징적이었다. 희게 보이는 것도 사실은 찬 느낌을 준다. 갑자기 바깥바람을 쐰 탓인지 그녀의 얼굴도 몹시 희게 보였다.

절에서 또 한차례의 겨울을 나려면 나도 월동준비가 필요했다. 무엇보다도 군불 땔감은 내가 장만해야 하는 것이다. 그것도 장작이 아니라면 곤란하다. 마냥 아궁이 앞에서 불을 지필 수도 없을 뿐만 아니라 적어도 장작불이라야 새벽까지 버틸 수 있기 때문이었다. 그런데 이듬해 4월까지 땔 수 있는 장작들을 마련하기란 언제나 쉽지 않다. 물론 장작이 없이 겨울을 나기는 더욱 쉽지 않다. 궁상에 더해서 한기까지 온몸에 깃들이면 죽을 수도 있을 것이라는 두려움이 엄습하던 겨울날들이었다.

두 사람의 찻삯을 셈해보면서 나는 술을 사고 나머지로는 모두 담배를 사고자 했다. 그녀는 거기에 술과 담배, 그리고 안줏거리까지 더 얹어서 함께 계산을 했다. 절집에서는 술이 모자라지는 않았다. 말이 절이지 부처보다는 산신이 더 우대받는 곳이었기 때문이다. 그래서 한 달에 두어 번씩은 쇠머리를 삶고 술을 걸러내야 하는 굿이 끊이지 않는 곳이었다.

"전 밤눈이 어두운데요."

버스에서 내리자 그녀는 캄캄한 어둠에 겁이 난 듯 말했다. 그냥 돌아가겠다고 고집을 부리면 낭패였다.

"이게 바로 자연의 어둠인걸! 모르면 몰라도 인도의 밤은 이보다 더할 텐데?"

"싫다는 얘기는 아니에요. 생태학적으로도 밤을 싫어하는 여자는 없을 테니까요."

그녀가 천천히 걸음을 옮기면서 대꾸했다. 시멘트로 포장된 길이 먼저 희끄무레 시야에 드러나기 시작했다.

"나도 밤의 편인데, 청춘들이 왜 이 모양이지?"

"청춘이니까 그러겠죠."

"그런가?"

"그 대신, 절에는 전기가 들어왔으면 좋겠네요. 집 안이 어두운 건 질색이거든요."

"집 안이 어두울 때도 있었어?"

"글쎄요."

마을까지는 그래도 걱정이 없었다. 길이 포장돼 있을 뿐만 아니라 내내 불빛을 보면서 걷기 때문이었다. 멀리 마을의 불빛들이 정겨웠다.

"노래할 줄 알면 좀 불러보세요."

"그거야 할 줄 알지만……"

"그럼, 어서요."

나는 목청을 가다듬었다. 밤길을 걸을 때면 노래만큼 좋은 길동무
도 없다. 그러지 않아도 홀로 절집으로 돌아갈 때마다 부르곤 하던
노래가 있었다.

> 세상의 거친 풍파
> 영광을 등진 이 몸
> 다시는 돌아 못 올 방랑의 길이여
> 눈 덮인 저 산과 같이 먼 꿈에 잠길 적이면
> 고달픈 이 몸
> 잠 속에 평안하리라

노래가 끝났음에도 불구하고 그녀는 말없이 한참을 걸었다. 눈이
아니라 비에 젖고 있는 앞산도 꿈에 잠기고 있을지 궁금했다. 내 친
구 하나가 흑인영가에서 영감을 얻었다면서 직접 작사를 하고 곡까
지 붙인 노래였다. 그걸 술 한잔을 사주고 내가 완전히 내 노래로 만
들었다. 벌써 우리들 이십대 초반의 일이었다. 그런데 흔히 가수의
운명이 노랫말을 따라간다는 속설처럼, 내 처지가 그 노랫말을 닮아
간다는 느낌이 들곤 하던 노래이기도 했다.
"그게, 무슨 노래예요?"
아니나 다를까 그녀가 물었다. 마을의 개들이 벌써 우리의 발소리
를 듣고 있는지 컹컹 짖는 소리가 들렸다. 나는 그녀에게 내 노래에
얽힌 곡절을 얘기했다. 벌써 옛날처럼 까마득해진 내 푸르른 청춘의
한 소절을…… 그리고는 그녀에게도 노래를 청했다.
"노래는 노래로 받아야지?"
"아까 그 노래의 감동을 깨고 싶지 않아요."

비바람에 놀라 잠이라도 깬 것인지 바로 길 옆 숲에서 부엉이 우는 소리가 들렸다. 놈의 울음은 카페 델리에서 들었던 인도음악을 연상시켰다.

"저 소리가 뭐예요?"

너무 가까운 곳에서 부엉이가 울었기 때문인지 그녀는 내 쪽으로 바짝 다가오며 두려운 듯 나지막하게 속삭였다.

"저게 시방 어떻게 우는데?"

"부우, 부우!"

"그러면 그게 뭐겠어?"

"아, 부엉이……?"

"그래!"

"야!……"

그녀가 어린애처럼 기뻐했다. 그 바람에 부엉이 울음이 잠시 끊어졌다. 목소리를 들을 수 있을 만큼 가까운 곳에서 우리를 경계하고 있는 게 분명했다.

"부엉이는 아무렇게나 울지는 않아. 언제나 네 박자를 쉬고 나서 한 번씩 울지. 자, 들어봐!"

잠시 숨을 죽이고 서 있자니 부엉이가 다시 울었다. 나는 좀 아는 체를 하고 싶어졌다.

"어머, 정말이네!"

"그래서 사람들은, 양식 없다 부엉, 나무 없다 부엉…… 그렇게 운다고 믿었던 거야."

"어머, 어머!"

생각해보면 양식 없다고 울고, 또 나무가 없다고 울어야 할 사람은 바로 나였다. 그녀가 감탄하는 것과는 달리 나는 그것 때문에 갑자기

감상적인 기분이 들었다. 내가 왜, 그리고 언제까지 뼈마디 시린 한뎃잠을 자야 하는지 저절로 한숨이 나올 지경이었다. 그녀가 이제 곧 인도로 떠나간다고 하듯, 나도 그만 산을 내려와 사람들 사이에 섞여들고 싶다는 간절함이 가슴속에 뜨겁게 부풀어올랐다. 그녀의 인도행과 내 하산이 아무런 상관도 없는 일이긴 하지만.

"또, 인도 얘긴데요……"

"말해봐."

"아니에요. 까마귀 얘기를 하려고 했는데, 떠올리기 싫어요. 거기서야 길조라고 하지만."

"그럼, 인도에 가거든 까마귀부터 사귀어야 되겠네."

"그 말은 지금?"

"야유하는 거냐구? 아니야! 부엉이의 경우를 봐. 우리나라 사람들은 부엉이의 속마음을 자신의 처지로 읽으면서 이웃이나 친구로 여기잖아?"

"……"

마을 안길에 들어서자 온 동네의 개들이 사납게 짖어대기 시작했다. 나는 마을의 점방에 들어가 맡겨두었던 손전등을 찾아왔다. 이제는 불빛 하나 없는 산길로 접어들기 때문에 그게 없으면 안 되었다. 밤길에는 뱀이 똬리를 틀고 앉아 있는 경우가 많아서 위험하기도 했다. 놈들은 풀섶의 이슬이 차게 느껴질 때가 되면 그렇게 길 한가운데로 나와 앉아 있곤 한다.

"아까 그 노래 한 번만 더 해줄 수 있어요? 금방 배울 것 같은데."

산길에 접어들자 그녀가 다시 노래를 청했다. 숲이 우거진 곳이라서 은근히 두려움이 드는지도 몰랐다. 나는 또 내 처지를 대변하는 노래를 불렀다. 그녀가 부지런히 가사를 외워대며 내 노래를 따라했다.

"앞으로는 저도 이 노래를 자주 부를 것 같은 예감이 들어요. 어디서나."

"영광이긴 한데 너무 자주 부르지는 마. 말이 씨 된다는 속담도 있어."

"씨도 좀 심죠, 뭐! ……절이 먼가요?"

"금방이야."

고개만 올라서면 절의 불빛이 보인다. 그 산마루 한쪽에서, 나는 절로 찾아왔던 어떤 여자를 붙들었었다. 여자는 아무런 저항도 하지 않았다. 어쩌면 소리를 치고 반항을 한다 한들 아무런 도움도 되지 않는다는 걸 인식했는지도 모른다. 아니면, 그녀 스스로 원했을 수도 있다. 나는 그녀가 틀림없이 다시 나를 찾아올 것이라고 믿었다. 그러나 그걸로 그냥 끝이었다.

"노래를 안 했으니까 대신 친구나 가족들 얘기를 좀 해봐."

"알고 싶으세요?"

"……"

비는 어느새 그쳐 있었지만 풀숲과 나뭇가지를 스치면서 구두 속이며 바짓가랑이는 이미 다 젖어 있었다. 그녀도 마찬가지일 텐데 내색을 하지 않는 게 용했다. 어쩌면 그녀는 아집이 강할 뿐만 아니라 그 어떤 일이든 후회 같은 걸 좀체 하지 않는 사람인지도 모른다. 나는 그렇게 믿었다. 물론 자신감에 차 있는 모습들은 그녀 스스로 여러 차례 보여주기도 했었다.

"내가 가까이 지내는 친구들은, 나하고 나이가 같은 사람들은 하나도 없어요. 가장 가까운 사이가 두 살 차이죠."

"왜?"

"나도 늦게서야 그걸 알았어요. 그런데 이따금 그게 더 편하다는 생각이 들곤 해요."

"그럴 수도 있어?"

"그럼요. 그리고, 가족들에 대해서는 언급하고 싶지 않구요."

"괜찮아, 말하고 싶지 않다면……"

"얘기해도 상관이야 없지만……"

그녀가 우산을 접기에 나도 그렇게 했다. 절 바깥의 외등이 솔숲 사이로 얼핏 고개를 내밀었다. 이쪽 고갯마루와 절 마당 사이에는 논밭이 펼쳐져 있다. 나는 또 빗물에 잠기다시피 했던 볏단들을 떠올렸다.

"나는 솔직히 그런 말투가 싫더라구. 얘기를 할 듯 말 듯, 약을 올리는 것 같아서 말야."

"죄송해요, 그런 뜻은 아니었는데. 아버지는 지금 큰집에 계시죠. 감옥 말이에요. 조그만 사업을 하다가 부도를 내셨거든요."

"……"

"동생 하나는 학교를 벌써 때려치웠구요. 아버지의 사업을 일으키겠다고 자다가도 깨어나 울부짖는데, 그보다 먼저 군대에서 오래요."

"그래, 그만해……"

"괜찮아요. 전 아무렇지도 않은데요, 뭘."

그녀가 나를 난처하게 만들었다. 나는 어둠 속에서 그녀의 손을 찾아 꽈악 쥐었다가 놓아주었다. 손이 얼음조각처럼 차가웠다. 그것 때문에 나는 문득 가슴이 서늘해졌다. 마치 남의 애기나 옮기듯 하고 있었지만 그녀는 그녀 자신의 힘든 싸움들을 혼자서 감내하고 있는 게 역력했다.

"절이 저긴가요?"

"응."

"아름다울 것 같은 생각이 들어요."

"그렇지 않아. 산제당 같은 곳이지. 그리고 내가 풋머슴을 사는 곳이기도 하고."

"풋머슴……?"

"고백하자면, 언젠가부터 방세를 안 주는 대신 농사일을 좀 거들어주니까."

우리는 어느 결엔가 조금씩 서로의 벽을 허물고 있다는 느낌이 들었다. 그러나 솔직한 것과는 아무래도 거리가 멀었다. 그것보다는, 서로를 조금씩 버리는 쪽에 가까웠다.

"머슴도 재밌겠네요."

"……"

분명 재미라는 게 없지는 않았다. 흙은 인간들에게 얼마든지 큰 재미를 줄 수도 있다는 것을 느낀 적이 많았다. 그러나 나는 재미 때문에 일을 하지는 못했다. 그리고 무엇보다 대학까지 졸업한 사내가 나이 삼십이 되도록 취직조차 하지 못하고 재미 삼아 할 일은 더욱 아니었다. 그건 내 인생에 치러야 할 부역 같은 것이었다.

주인할머니와 스님 하나, 그리고 일하는 노인 한 분이 전부인 절집은 고요했다. 나이 드신 할머니는 귀가 어두운데도 사람이 다가오는 기척은 신기할 만큼 잘 알아차리곤 했다. 그런데 비에 젖어버린 볏단 때문에 화병이라도 나신 것인지 방에는 불까지 꺼져 있었다. 할머니의 성화는 한동안 계속될 것이었다. 당연히 나에게까지.

젊은 스님은 일이라고는 죽도록 싫어하는 사람이었다. 농사철이 돼도 그는 묵언 참선을 이유로 밖으로는 나와보지도 않을 때가 많았다. 그럴 때면 할머니가 쑤군거리곤 했었다. 일에 신물이 난 놈일 것이라고…… 어려서 배나 곯지 말라고 다른 절에 맡겨졌었는데 거기서 불목하니 생활만 십여 년을 지낸 이력이 있다고 한다. 일에 질릴

만도 했다.

처지가 가장 고약한 건 일꾼 노인이었다. 그분은 나보다 늦게 절의 식구가 되었다. 어느 날, 허리가 구부정하던 노인이 절에 찾아와서는 그저 밥이나 먹게 해달라고 애걸복걸하며 졸랐다. 할머니는 너무 늙었다고 하면서 쫓아내버리고 말았었다. 망측하다는 것이었다. 어쩌면 할머니가 내외를 했는지도 모르겠다. 그러자 노인은 말없이 지게를 지고 산 속으로 들어가더니 한나절이 채 못 되어 나무 한 짐을 거뜬히 해서 지고 내려오셨다. 그렇게 해서 일꾼으로 받아들여졌던 것이다.

이른바 유유상종이고 또 초록이 동색이라면, 그 노인과 내가 유유(類類)고 초록(草綠)일 터였다. 실제로 나는 곧잘 노인의 말벗이 돼드리기도 했다.

그 노인은 자식 부부와 함께 시골의 전답을 정리해서 서울로 이주했었다고 한다. 자식의 성화에 못 이기는 척 따라나섰지만 거기서 지게꾼이라도 할 요량이었다. 그런데 손녀딸 귓불때기보다 이쁜 전답을 판 돈 전부를 털어 얻은 게 고작 산중턱에 비스듬히 놓인 사글셋방 한 칸이었다. 그래서 그 방 하나에서 아들 내외와 손자, 손녀 그리고 당신이 함께 기거했다는 것이다. 결국 그대로는 눌러앉아 있을 수 없어 혼자 고향 인근으로 내려왔다는 노인이었다.

그렇게 해서 모두 넷이 절집의 식구였다. 방은 넉넉했다. 주인할머니는 안채에 거주하고 스님은 칠성각에 딸린 방을, 그리고 노인은 산신각 쪽, 나는 요사채를 혼자 쓰고 있었으니 말이다.

"절을 좀 구경해도 돼요?"

그녀가 생전 처음 절에 와보는 사람처럼 호기심을 빛냈다.

"할머니 눈에 띄면 쫓겨날 텐데……?"

낮이라고 하더라도 마찬가지였겠지만 야심한 밤에 둘러볼 곳은 못

되었다. 그녀는 의외로 쉽게 체념하는 것 같았다. 나는 마른 수건을 찾아 그녀에게 내밀고 아궁이에 불을 지피기 시작했다. 장작불을 밀어넣고 있을 때가 어쩌면 내 하루 중에서 가장 편안한 시간이기도 했다. 이미 가정을 꾸린 내 친구들이 본다면 근천스럽기 짝이 없겠지만.

"추우니까 방에 그냥 있지 그래."

그녀가 아궁이 앞으로 다가서며 쭈뼛거렸다. 군불이나 지피고 있는 모습이 계면쩍어서 나는 다시 한번 방으로 들어갈 것을 권했다.

"문을 열었더니, 냄새가 나요."

"무슨……?"

"그, 홀애비 아저씨들……"

할 수 없이 나는 내가 깔고 앉았던 짚더미를 그녀에게 내밀었다. 바짓가랑이라도 말리려면 불 앞에 쪼그리고 앉는 게 나았다. 방에서 피어나고 있다는 독한 궁상의 냄새가 나를 하찮게 보이게 할 것이라는 생각이 들었다. 나는 그녀의 구두를 내 손으로 말려주고 싶었다. 어차피 이런 시각이면 아궁이에 군불이나 밀어넣고 있어야 하는 걸 그녀는 이미 알아버렸다. 그녀가 순순히 구두를 벗어 내게 주었다.

"오는 길에 뱀이 나타날까봐 걱정했는데, 구두만 잔뜩 젖었네."

"뱀이 많아요?"

"그래, 동면하기 직전의 놈들이라서 독이 잔뜩 올라 있거든."

장작불에 비친 그녀의 눈빛이 빛나고 있었다. 그녀의 등뒤로 날개를 펼친 거대한 새처럼 검은 산자락 그림자가 가까이 다가와 있는 모습이 보였다.

"난 뱀이 무섭긴 해도 다른 사람들이 말하는 것처럼 그렇게 무섭다거나 징그런 느낌이 사실 안 들어요."

언젠가도 했던 얘기였다. 그녀는 힌두교의 주신으로 신봉되는 '시바'가 언제나 코브라를 몸에 두르고 있다는 얘기를 내게 들려줬던 것이다. 나는 얘기를 듣는 것만으로도 몸서리를 쳤다. 어릴 때부터 진짜 뱀은커녕 뱀 그림 가까이에도 다가가지 못할 정도였기 때문이었다. 그런데 그녀는 그게 아니라는 것이었다. 우리나라의 산신령들이 호랑이를 데리고 다니는 것과 다를 바 없다면서 심지어 호랑이보다는 뱀이 더 가깝게 여겨진다는 얘기였다.

나는 그녀가 인도라는 꿈에 사로잡힌 나머지 어떻게 된 게 아니라면 심지어는 구렁이가 변한 여자가 아닌가 의심하기도 했었다. 그런데 놀라운 사실은 내가 만난 대부분의 여자들은 뱀에 대해서 혐오스럽다거나 나처럼은 징그럽게 느끼지 않는다는 사실이었다. 그래서 나는 우리나라 여자들이 모두 미친 게 틀림없다고 믿기까지 했었다. 맞선을 보고는 그 길로 그냥 떠나갈 때 미리 알아봤어야 한다고 혼자 고개를 끄덕거리기도 했던 것이다.

"나도 전에는 몰랐는데 뱀의 이미지는 남성(男性)이라고 하데. 그걸로 설명이 되려나 모르지."

"남성……?"

"구약성서에 나오는 아담과 이브의 그 뱀 말이야. 그때부터 이브와 뱀은 서로 사이가 멀지 않았는데, 오늘날에도 이런 '집단적 무의식'은 존재한다는 거야. 우리나라 여자들의 태몽도 마찬가지겠지. 용꿈이니 뱀꿈이니 하는데 그걸 흉측스럽다고 여기기는커녕 길몽이라고 여기니까 말이지. 그런데 다시 구약에서 보면, 아담이 남편이라고 할 때 뱀은 사실 외간남자의 성기를 상징하고 있거든. 그래서 아담은 뱀을 만나기만 하면 머리를 돌로 쳐죽이려고 덤벼들고, 오늘날에도 여자들보다 남자들이 더 뱀을 싫어하는 그 '집단적 무의식'이 남아 있다는 설명이야."

"피이!…… 그렇다면 여자들은 항상 외도를 꿈꾼다는 거예요?"

"그건 아닐지도 몰라. 그런데 분명한 건 성서에 나와. 그들 모두가 벌을 받았는데, 뱀은 항상 여자들의 뒤꿈치를 물려고 쫓아다닌다는 것이지. 여자들은 그러다가 자의 반 타의 반으로 더러 뱀에게 물리기도 할 것이고."

"엉터리……!"

그녀가 그렇게 말하며 쪼그리고 앉아서 구두를 말리고 있던 나를 밀쳤다. 그 바람에 내가 모로 넘어졌는데 그녀가 놀라 내 어깨를 잡았다. 나도 그녀의 어깨를 잡아끌었다. 이미 활활 타올라 불이 붙을 대로 붙은 장작불이 뜨거웠다.

"자기는 어느 쪽이에요?"

"뭘?"

"아담이냐, 아니면 사탄이냐는 것이죠."

"아담도 처음에는 한 마리 들뱀에 지나지 않았어. 이브를 만나기 전에는. 사탄도 다른 여자를 만나면서부터는 그 여자의 아담이 됐을 거구."

"이 아저씨 진짜 웃기네!"

그녀가 나를 깔고 뭉갠 채 일어나지 않았다. 좁은 부엌 바닥에 구겨진 자세로 뉘어진 꼴이 되어 나는 몸을 움직일 수 없었다. 그녀가 내 귓불을 물면서 흥흥 소리를 냈다.

"뱀이 이렇게 무나요? 뱀이?"

나는 정신이 어지러웠다. 아무리 판단해도 그녀가 나를 선택하겠다고 마음을 굳히고 절까지 따라온 것은 아니었다. 그래서 아담인지 사탄인지 물었던 그녀의 질문은 다른 뜻이었다는 느낌이 순간적으로 내 머리를 스치고 지나갔다. 그녀는 사실 물었던 것이다. 자꾸만 떠나겠다는 여자를 어떤 식으로든 붙드는 존재가 있다면 그를 뭐라고 불러야 하느냐고.

그녀는 내게 말한 적이 있었다. 자기 스스로 다짐했던 일만 없었더라면 나에게 평생을 맡겼을지도 모른다고 말이다. 더 들어보나마나 그건 인도를 지칭하고 있었다.

그녀는 그녀 자신의 발길을 붙드는 기사도 같은 게 내게서 느껴진다고도 했었다. 기사도라고 표현했지만 나도 속지 않을 만큼은 안다. 그건 앞서 말한 대로 내가 먼저 담배를 권했던 따위의 일에 지나지 않거나 체념에서 비롯되는 내 양보심의 발로 같은 것이었으리라. 그녀의 표현은 세상의 어떤 부정보다도 더 강한 부정을 담고 있었다. 그리고 그녀와 같은 성격은 영락없이 고무줄과 같아서 누군가가 잡아끌수록 멀리 달아나려고 하는 것이다.

그녀를 내 여자로 만들어버리고 싶은 마음이 없는 건 아니었다. 부엌 바닥에 함께 껴안고 누운 처지에 그런 건 일도 아니었다. 그런데 그렇게 한다고 해서 그녀를 붙들어두지는 못한다는 무력감이 나를 짓누르고 있었다. 물론 나는 사내였다. 어찌 됐든 사내가 손해볼 건 없다는 오기가 나를 충동질하고 있었다.

그때 그녀가 내 위에서 제 몸을 일으켰다. 장작불이 너무 뜨거웠는지도 모른다. 비에 젖었던 그녀의 어깻죽지에서 김이 모락모락 피어오르는 게 보였다. 그 한순간, 나는 문득 그녀가 가엾다고 느꼈다. 열망과는 달리 끝내 인도에는 가지 못할지도 모른다는 생각이 들었던 것이다. 자기 아버지가 현재 감옥에 갇혀 있는 게 사실이라면 더욱 그랬다.

나도 부엌 바닥에서 일어나 앉았다. 조금 간격을 두고 이번에는 그녀가 쪼그리고 앉았다.

"방으로 들어갈까?"

"괜찮아요. 여기가 좋아요."

"인도는, 왜 그토록 못 잊어하는 거야? ……뭘 빼놓고 왔어?"

"……"

탁탁 소리를 내며 타오르는 장작을 보며 그녀가 미동도 하지 않았다. 시간이라는 게 도대체 무의미하게만 느껴진다는 나라, 그 황토의 땅에서 솟아나는 먼지와 카레라는 대표적 음식, 그리고 건축물과 전통 의상 '사리'에서 모두 누런 빛이 우러난다는 나라, 그리고 동물과 신 사이에 있는 모든 존재들이 함께 득시글거린다는 인도에 대해서는 이미 여러 번 들었다. 그러나 그런 요소들 때문에 인도를 가려는 사람은 없을 것이다.

"술 한잔 주세요."

그녀가 조그맣게 입을 열었다. 나는 들고 왔던 봉지를 풀고 그녀에게 술을 따랐다. 거적 하나 쳐 있지 않은 부엌으로 뒷산 숲에서부터 바람이 휘익 불어왔다. 그러자 나뭇잎에서 나뭇잎으로 빗방울 떨어지는 소리가 비 오듯 들렸다. 그녀가 단숨에 술을 들이켜더니 내게 빈 컵을 내밀었다.

"나는 사실, 점심부터 굶어서 취할 거야."

"드세요."

그녀가 낮고 단호하게 권했다. 나는 그 명령에 따랐다. 그러자 그녀가 술컵을 빼앗듯이 가져가 스스로 술을 따라 마셨다.

"천천히 마시지 그래."

"나, 사실은 고백할 게 있어요."

"후회할 거라면 아예 하지 마."

그녀가 국물이라도 마시듯 침을 꿀꺽 삼켰다.

"그 말은 꼭 하고 싶었는데, 나이를 속였더랬어요. 아홉이 이미 지나고 있는데, 여섯이라구요."

"……?"

"놀랐어요?"

"다들 흔히 그러잖아?"

"맞선을 본다고 혼자 나올 때부터, 사실은 결혼할 마음이 없었기 때문에 나이를 속였던 거죠."

"괜찮아, 나도 서른이니까."

나는 아궁이에 새로운 장작을 밀어넣었다. 처음의 장작들은 이미 완전 연소가 이루어져 하얀 재를 뒤집어쓰면서 부서지고 있었다. 내 나이는, 그 장작불 중에서 어디쯤 타들어가는 나이일까?

"나는, 서른이 두려워요. 그래서 인도로 한시바삐 떠나려고 애를 태웠구요."

그녀가 부지깽이를 들어 잘 타고 있는 장작을 툭툭 때렸다. 불티가 아궁이라는 작은 우주 안에서 별똥처럼 흩날렸다.

"인도에서는 나이가 깎이나?"

"그게 아니에요."

"그럼, 전에 말한 대로 시간이 무의미하다고……?"

"틀렸어요. 예수 때문이에요…… 예수는 거기서 고향마을로 돌아가더니 자기가 신의 외아들이라고 선언했대요. 그때 그의 나이가 서른이었구요. 서른이라는 나이는 저에게 지금 그런 엄청난 부담을 줘요. 다른 사람들은 다들 그렇게 서른이라는 나이를 맞고 있는데. 나는 그게 두려웠다는 말이에요."

다른 사람들이 누군지는 몰라도, 나는 벌써 서른인데 이렇게 살고 있지 않느냐는 말이 목구멍까지 차올랐다. 그러나 나는 뱉을 수 없는 가래침을 도로 삼키듯, 그 말을 그냥 삼켰다. 대신 말없이 술잔을 기울였을 뿐이다. 공자가 단정했다는 '삼십이립(三十而立)'이라는 문자가 오뚝이처럼 자꾸 넘어졌다가 일어서는 환영이 문득 머리를 스쳤다. 그러나 나는 억울한 마음이 들었다. 그냥 곧이곧대로 수긍하고 받아들일 수는 없었다.

"나는 예수가 좋은 사람인 줄 알았는데……?"

"그래요, 좋은 사람이 틀림없었죠."

내가 알고 있던 예수는, 어떤 식으로든, 구약성서의 창세기 부분을 썼던 사람들이 보낸 인물이었다. 그래서 예수는, 먼저 씌어진 기록물에 대한 가필(加筆)이나 수정의 성격을 지닌다. 예수의 존재가치는 다름아니라 잘 알려진 대로 원죄에 대한 대속(代贖)이었기 때문이다. 예컨대, 일방적으로 만들어지기만 했을 뿐인 존재들, 즉 피조물에 대해서만 어떻게 원죄를 추궁할 수 있었겠는가? ……그렇기에 누구나 짐작하는 대로 계속해서 원죄를 따지다보면 창조주에게 책임의 일부가 전가될 수도 있는 법이다. 그러나 그런 일은 물론 상상할 수도 없는 곤란한 일이다. 한 점의 티끌이라도 전지전능한 신성에는 크게 위배되기 때문이다. 그래서 예수라는 인물이 필요했던 것이다.

어쨌거나 예수의 대속으로 인해 이브의 몸까지 깨끗이 씻기고 세례를 받게 됐으니, 그 뒤로 뱀은 동물의 하나에 지나지 않는 보잘것없는 뱀으로, 이브는 다시 낙원의 순수한 이브로 돌아갔다. 물론 후세의 여자들과 뱀 사이의 그 집단 무의식도 지워지게 되었다. 그래서 사람들은 확신하는 것이다. 예수의 탄생과 더불어 인간 세상 전체가 '신기원(新紀元)'이라고 표현할 만큼 비로소 다시금 활짝 열렸다고.

"자, 술이나 한잔! ……서른에 혼자서 신의 아들이 되어 떠나가버린 예수를 위해서 또 한잔! ……우리는 어차피 서른 정도가 아니라

칠순, 팔순까지도 벽에 똥칠하고 살아가는 인간으로 남아 있어야 하
니까……"

나는 그때쯤은 이미 취해 있었다. 취해서 완전히 무방비 상태였던
내게 어느새 악마는 깃들여 있었는지도 모른다.

"미안해요."

장작불빛이 희미하게 웃는 그녀의 얼굴에서 일렁거렸다. 문득 그
녀가 오랜 세월 동안 풍파를 함께 겪으며 사귀어온 친구 같다는 느낌
이 들었다. 그녀는 자기 고백을 통해서 아주 조심스럽게, 그리고 내
나이 서른에 대해서는 귀를 씻어낼 수 없는 지독한 욕설을 퍼부은 셈
이었다. 그래도 좋았다. 나는 그런 아쉬움 때문에 그녀에게 친구가
돼줄 것을 간청했다. 돌이켜보니 내게도 마음을 털어놓을 친구는 이
제 많지 않았다. 그러나 그녀는 대답하지 않았다.

우리가, 처음이자 마지막이었던 그날 밤의 우리가, 어느 결에 방으
로 자리를 옮겼는지 나는 기억할 수가 없다. 한낮이 되어서야 술에
곯아떨어졌던 짐에서 깨어났으며 그녀는 이미 사라지고 없음을 알았
던 것이다. 그녀가 나보다 더 강했던 셈이었다.

그녀가 남기고 간 것은 쪽지 한 장이 전부였다. 그것은 그녀가 정
갈하게 떠놓고 간 자리끼 위에 고이 놓여 있었다. 나는 쪽지보다도
그 사발의 물이 더 급했고 또 고마웠다. 그래서 나는 그걸 아껴 마시
면서 그 쪽지를 펼쳐들었다.

제가 만약 인도에 가게 된다면, 이 볼품 없는 작은 절은, 그냥 두
고는 떠나서는 안 됐을 아주 아름다운 절로 제 마음에 자리잡게 될
것입니다. 당나라로 떠났던 고승 '의상'이, 두고 온 원효대사의 조
국을 항상 자신의 화두로 삼았을 게 분명한 것처럼 말입니다.

그러나, 만약 떠나지 못한다면 제 마음에 어떻게 자리잡게 되는지는 알 수 없습니다. 떠나지 못한다는, 그 전제를 받아들이기 힘들기 때문입니다. 그러니 야속한 사람의 부탁이지요만, 제가 그냥 머물지 않도록 이 절에 빌어주시기 바랍니다.

혹시, 믿어주실는지 모르겠습니다. 함께 진구렁에 있다가 몸을 빼내면서 그 진구렁에 대해서 맘껏 욕을 해댄 제가 스스로도 얼마나 황당무계하다고 느끼고 있는지, 그리고 얼마나 죄송스럽게 여기고 있는지를……

간밤에 저를 두고 이제 '내 것'이라고 몇 번씩 고집을 부렸던 말이 떠오릅니다. 그 말씀에 무척 행복하기도 했습니다만 이 아침에 문득 덧없고 덧없고 또 덧없습니다. 아무것도 드리지 못하고 가는 걸음, 부디 용서하세요.

밖에서는 절집 주인할머니의 성화가 빗발치고 있었다. 볏단을 뒤집어 말리는 일에 부지깽이라도 나서야 할 만큼 급한 판국에 내가 늦잠이나 자고 있다는 꾸지람이었다. 그러나 나는 갱신조차 못 할 지경이었고 쓰린 속으로는 형언할 수 없는 자괴감만이 부글부글 끓어오르고 있었다.

나는 자리에서 겨우 일어나 방문을 열었다. 그러자 말갛게 씻긴 가을날이 산의 계곡과 논밭 여기저기에 웅크리고 앉아 있다가 일시에 내게 와 하고 다가왔다. 그것은 간밤의 비바람이나 어둠과는 완연히 다른 세계였다. 그 터무니없던 눈부심이라니……!

그러나 그때 그 순간, 나는 그 절집 문턱에 기대고 앉아 있다가 몽둥이로 머리를 얻어맞듯 퍼뜩 깨달을 게 있었다. 그것은, 이제 계속될 내 인생이 내 스스로도 주워담을 수 없을 정도로, 사정없이 속되고 비굴하게 배배 꼬이며 꾸려질 것이라는 참담한 예감이었다.

오랜 뒤, 나는 우연히 그녀의 소식을 들었다. 그녀는 끝내 인도에는 가지 못했다고 한다. 아니, 그전에도 그녀는 인도 같은 곳에는 다녀온 일이 없다고 했다. 대신 그녀는, 아예 시간이 멈춰버리는 현실 밖의 또다른 세계로 가는 길을 스스로 선택해서 떠났다고 한다. 그러나 나는 그녀의 얘기가 틀렸다고, 혹은 약속을 지키지 않았다고 생각한 적은 단 한 번도 없었다.

그게 내 서른의 늦가을 한때였다. 그런데 하물며 이제는 내가 어언 그 시절조차 그리워지는 나이가 되고 말았다니……!

서른의 강

차현숙

1963년 경북 상주에서 태어나 동국대 철학과를 졸업했다. 1994년 『소설과사상』 신인상에 단편 「또다른 날의 시작」이 당선되어 등단했다. 소설집 『나비, 봄을 만나다』 『오후 세시 어디에도 행복은 없다』 『자유로에서 길을 잃다』, 장편소설 『블루 버터플라이』 『안녕, 사랑이여』 등이 있다.

　간호사는 환자 이름이 적힌 노트를 눈으로 읽어내려간다. 간호사의 기계적인 눈빛이 밑으로 내려갈 때마다 그녀는 밭은 침을 삼킨다. 일 주일에 한 번 오는 곳이지만 좀체 익숙해지지 않는다.

　언제나 못 올 곳에 온 것처럼, 낯설고 초초하다.

　자신의 초초함이 간호사에게 팽팽한 입자로 전달되는 방법은 없을까. 그녀의 눈길이 더이상 내려가지 않았으면 좋겠다. 다시 열기가 얼굴 쪽으로 몰리며 후끈거린다.

　"오늘은 첫 환자가 많아서 좀 기다리셔야 되겠어요. 느긋이 앉아서 기다리고 계세요."

　첫 환자? 자신에게도 첫 환자였던 기억이 있다. 첫 면담은 사십 분으로 기억된다. 대학병원 정신과였다. 거기선 그게 가장 긴 시간이었다……

　"그러지 말고 개인병원을 다니지?"

“……”

싫다. 돈 때문이 아니다. 그냥 기다리는 사람들을 보면서 많은 생각들을 정리하는 것이 좋다.

그러나 오늘의 기다림은 생각을 정리할 수 있는 그 뭔가를 주지 않는다. 위로를 받는 느낌도 들지 않는다.

그녀는 간호사에게 조심스럽게 걸어간다.

벌써 세번째다. 처음에는 그 노트에 자신이 몇번째로 적혀 있는지를 물었다. 두번째는 아직도 멀었냐고 짜증을 냈다. 지금은 초초함이 온몸을 조금씩 떨게 한다. 이제 그녀, 자신이 세번째 질문을 하지 않기를 바란다.

그녀는 낮게 탄식을 한다. 그리고 자신을 타이른다. 그럴 수 있는 거야. 언제나 매번 겪는 일인데 오늘은 왜 이렇게 조급해하는 거지?

그녀가 앉았던 자리 맞은편에 늙수그레한 부인이 우멍하게 눈을 열어놓고 있다. 푹 꺼져버린 눈 밑으로 검은 테가 둘러져 있다. 늙은 여자는 풀린 실타래처럼 뭔가 끊임없이 웅얼웅얼 입 밖으로 내보냈다. 입만이 살아 있는 것 같은, 그래서 살아 있다는 것을 알리기 위해 계속 지껄여댔다.

“저…… 여시…… 같은…… 년…… 내 아들을…… 나…… 한테…… 뺏아가…… 가려고…… 으음…… 어림…… 없어…… 어떻게…… 키운…… 아들인데…… ”

그 앞에 며느리인 듯한 그녀 또래의 젊은 여자가 복잡한 심사를 애써 누르며 냉담하고 무표정하게 늙은 여자를 바라본다.

“사람들! 나 좀 보소! 이년이 나를 굶겨 죽이려 하네! 내 아들을 꼬셔 별 여시짓을 다 하고 있다구!”

높게 갈라지는 목소리가 대기실의 공기를 찢어놓는다. 늙은 여자

의 눈빛이 한순간 교활하게 반짝이며 젊은 여자의 머리채를 휘어감
는다. 여자는 두 손으로 머리를 감싸고 있을 뿐 얼굴은 무서울 정도
로 냉담하다. 대기실 복도 끝편에서 한 사내가 뛰어온다.

그녀는 사내의 온몸에서 나는 담배 냄새를 맡는다.

곧 사내의 뭉툭한 손이 여자의 머리칼 속으로 파고들어가 손가락
하나하나를 풀어낸다. 사내를 바라보는 늙은 여자의 눈빛은 어린애
처럼 천진하다.

머리채를 붙잡힌 여자는 사내가 달려온 복도 쪽으로 힘없이 걸어
가고 사내는 늙은 여자를 무섭도록 노려본다. 늙은 여자의 눈빛은 다
시 초점 없이 흐려져간다.

의자에 앉아 고개만을 앞으로 조금 들이밀던 사람들은 조금 전의
모습으로 금방 되돌아갔다. 그들은 쏟아지는 햇빛과 먼지 속에서 너
무나 조용히, 낮은 숨결조차 자제하고 있다.

그녀는 짧은 시선으로 비집고 앉을 자리를 찾는다. 없다. 젊고 늙
은 여자들 속에 사내 한 명이 메마르게 꽂혀 있다. 그들의 표정은 한
결같다. 눈시울이 무겁게 밑으로 처져 얼굴 전체가 길게 늘어져 보였
으며 엷은 잔주름이 퍼진 입매와 눈은 굳어져 아무런 표정도 나타내
고 있지 않다.

공기는 무겁게 가라앉아 있고 희끗한 먼지들이 광선 속에서 뱅글
뱅글 돌았다. 그녀는 손가방을 떨어뜨릴 듯한 자세로 벽에 등을 기대
고 힘겹게 서 있다. 그러고 문득 생각났다는 듯이 복도를 걸어가기
시작한다.

화장실 벽에 걸려 있는 시계는 세시를 가리키고 있다.

오후 세시는 그녀에게 막막한 두려움과 초조감을 느끼게 한다. 마
치 자신의 나이, 서른을…… 말하는 것…… 같다.

새로이 뭔가를 시작할 수도 끝낼 수도 없는 시간, 나이.

그녀는 세시의 지루함을 되씹으며 마음의 안정을 잃어갔다.

뭔가 해야 할 숙제를 못 한 것처럼 마음이 늘상 무겁다. 꿈에서는 언제나 시험을 치른다. 자꾸 틀린 답을 쓰다가 온몸에 식은땀을 흘리며 잠에서 깬다. 깨어나면 뭔가 텅 빈 것 같고 이제 뭔가를 새로이 할 수 없을 만큼 자신의 모든 능력이 다 사라져버린 듯하다.

그녀의 시선은 무기력에 젖어 모든 것들이 비현실적인 공간 속에 떠 있다. 차라리 자고 싶다. 아무 생각 없이 잠든다면.

눈을 감으면 모든 것들이 그녀의 신경 속에 잠입해 발기된 상태로 그녀를 위협한다. 머리는 고무풍선마냥 부풀어오르고 무기력한 몸뚱어리는 메마른 우물 속으로 수없이 떨어졌다. 가공할 공허감 속으로 이성도, 분노도, 의지도 속수무책으로 빨려들어갔다.

그녀는 베개 속에 머리를 처박고 몇 번이나 곤두박질친다.

나는 무엇을 원하는 건가?

원하는 게 있다면 할 수 있을까?

숨이 막힌다.

모든 것에서 벗어나 많은 인생을 살아보고 싶다.

그럴 수 있다면.

좌변기에 앉은 그녀는 아랫배에 힘을 준다. 생각만 그렇지 오줌줄기는 질금거리며 시원찮았다. 그녀는 가방에 손을 넣고 더듬거린다. 비닐의 매끄럽고 바삭한 감촉이 느껴진다. 바로 옆에 금속성의 싸늘함이 손등에 닿는다.

그녀는 갑자기 다급해졌다. 라이터의 새파란 불꽃이 곱게 올라간다. 필터를 힘껏 빨아당긴다. 가슴 가득히 먹먹한 연기가 돌기 시작하자 목구멍까지 치솟아올라오던 것들이 조금씩 가라앉는다.

몸 어디선가 연기처럼 퍼져가는 외로움이 그리 기분 나쁘지 않게 그녀의 가슴을 조인다. 진회색의 담배연기가 얼굴 위로 풀풀 피어오른다.

남편과 아이가 회사로, 학교로 가기 위해 계단을 내려가는 소리를 들으며 그녀는 재빠르게 현관문을 걸어잠갔다. 싱크대를 마구 뒤지며 찾아낸 담배는 그날 하루를 살아갈 수 있는 안도감을 준다.

그녀는 숨을 가다듬고 담배를 여유 있게 피운다. 그리고 베란다 창문을 통해 시동을 거는 남편의 모습, 신발주머니를 흔들며 단지를 빠져나가는 아이의 노란 잠바 자락을 오랫동안 보고 있다.

몽롱한 머릿속으로 조금 전 대기실에서 자신과 눈이 마주친 아이를 갓 낳은 여자를 떠올린다. 아직 산후 부기가 빠지지 않은 채 정신과 병동 대기실에 남편의 부축을 받고 앉아 있다.

산후 우울증…… 그녀의 병명은 그러리라.

그녀를 둘러싼 사람들은 당황할 거고, 누구보다 그녀 자신이 더 당황할 거다.

자신 역시, 그랬다.

아이를 낳았을 때 당연한 모든 것들이 그녀에게는 생소하고 불안하기만 했다. 그녀의 식욕을 앗아가고 잠을 쫓아버렸다.

이제 자신은 더이상 자랄 수 없다는 것이.

자신의 이름을 세상에 반납하고 누구의 엄마로 앞으로 살아내야 하는 일이.

자기를 잊기 위해 반항이나 분노 없이 자신을 거세해야 한다는 불안감이 왔다.

모성애만이 있어야 하므로……

세면대의 물이 시원스레 쏟아진다. 부걱부걱 얼굴을 거칠게 두 손바닥으로 문지르며 거울을 본다. 물이 뚝뚝 떨어진 민낯의 얼굴이 그녀를 바라보고 있다. 거울 속의 얼굴은 검지와 중지로 눈을 한껏 벌린다. 붉은 실핏줄이 얼기설기 뻗어나간 누리끼리한 눈자위에 언뜻언뜻 푸르무레한 공간이 보인다.

아이의 파란 눈빛이 투명한 유리종처럼 흔들리며 다가온다. 거울 속의 얼굴은 그녀를 향해 다시 혓바닥을 길게 늘어뜨린다. 황백색의 백태가 붉은 빛이 도는 육질을 더럽고 더운 냄새로 덮어버렸다. 칙칙한 얼굴은 부스스한 머리를 쓸어올리며 멀어져간다.

사층 화장실 창문으로 내려다보이는 거리는 거침없이 햇빛에 알몸을 고스란히 드러냈다. 햇발이 날름대는 인도 위에 사람들은 고개를 숙이며, 더러는 차일처럼 손등으로 햇빛을 가리며 굼뜨게 걸어간다. 작은 장난감 같은 차들이 무질서하게 도열해 있는 차도를 그녀는 강한 시선으로 쏘아본다. 차체에 부서져 되돌아오는 빛무리들이 창에 얼룩져 있다.

온몸이 무지근하고 머리는 텅 비었다. 아니 온갖 잡동사니들로 가득 들어차 그녀 본래의 머리는 아무것도 제대로 느낄 수 없다. 어떻게 설명할 것인가? 자신을……

아귀가 맞지 않아 헛도는 톱니바퀴 같은 마음과 신체적 증후들을…… 팽팽하게 감아올리던 얼레의 줄이 뚝 끊어져나간 듯한 무력감과 허탈감을. 그녀는 늘상 꿈을 꾼다. 꿈은 여러 가지 형태로 그녀를 가위눌리게 한다.

차고 깊은 바다 속에 다시는 떠오를 것 같지 않은 막막한 상태에서 죽은 듯이 누워 있다. 아니면 어둡고 음습한 긴 터널 속에 다시는 밝은 빛을 보지 못할 것 같은 공포로 허우적댄다.

그녀는 안으로 숨을 들이마셨다. 뭔가 입 밖으로 터져나온다면 그

대로 미칠 것 같은 흥분에 자꾸자꾸 거칠게 들이쉬었다.

"또 병원 가니?"

"……"

"차라리 나랑 쇼핑이나 가자. 나도 너처럼 우울하고 답답하지만 예쁜 그릇을 산다든가 옷을 사서 입으면 우울한 생각들은 금방 사라져. 돈만 있다면야 세상이 얼마나 행복하니? 애아빠는 내가 짜증을 부리려면 돈부터 먼저 주면서 나가서 뭐든지 사래. 그럼 최소한 열흘은 가거든."

그녀는 부러웠다. 그런 쇼핑으로 잠시나마 자신을 잊고 행복해질 수 있는 여자가.

시계는 세시 이십분을 가리키고 있다. 그녀는 선하품을 한다. 의미 없는 눈물이 눈가에 흘러내렸다. 그녀는 알전구와 같은 매끄러운 손잡이를 오른쪽으로 돌렸다. 묘한 침묵의 울림으로 가득한 벽을 따라 느리게 대기실로 걸어들어간다. 자신의 발소리가 크고 길게 울렸다. 그녀는 나른해졌다.

"이경아씨, 안으로 들어가세요."

기다린다는 것은 고독하다. 긴 시간의 고독감에 익숙해져 간호사의 말이 그리 반갑지 않다. 차라리 이대로 익명의 사람이 되어 딱딱한 나무 등받이 속으로 녹아들어가고 싶다.

"이경아씨!"

가늘고 높은 울림으로 그녀의 이름 석 자가 선명하게 불린다.

의사는 자신의 육중한 몸을 의자 뒤로 젖히며 편한 자세를 취한다. 그는 한껏 진실하고 넉넉한 표정을 지어 보인다. 안경 너머로 사람 좋은 웃음이 피어올랐다.

그는 별달리 서두르는 기색 없이 가만히 그녀를 뜯어본다. 붉게 충혈된 눈, 거스러미가 인 마른 입술, 연신 땀을 훔쳐내는 일련의 동작들 속에서 그는 경험의 잣대를 재고 있는 듯했다.

그녀는 자세를 바로 했다. 이게 아닌데, 이게 아닌데 하는 언제나 맛보는 낭패감. 손 안에 쥐고 있는 손수건이 눅눅하다. 의사 역시, 노련하다. 자신의 환자가 미주알고주알 증세에 대해 말하도록 충분한 뜸을 들였다. 그녀는 복잡하게 일그러진 표정으로 말이 되어 나오지 않는 자신을 의사에게 내보이려 애를 쓰다 그만둔다. 의사는 손목을 들어올려 시계를 본다. 차트를 뒤적인다.

아침마다 가슴이 뛰고…… 사는 데 아무 희망이 없는 것 같아요. 뭐라고 해야 하나, 직장을 다니는 여자들에게 괜한 질투심이 일고. 무기력해지고 나 자신이 무시당하는 게 아닌가 하는 생각들이 끊임없이 들어요. 남편이 어쩌다 집에서 도대체 당신이 하는 일이 뭐 있어? 그러면 너무나 화가 나고 자꾸 눈물만 나요, 라는 레퍼토리를 꺼내야 하나.

그러나 그녀는 입을 굳게 다문다.

"……"

"……"

의사, 역시 침묵한다.

그녀는 남편 얼굴을 떠올려본다. 얼굴이 생각나지 않는다. 그의 큰 목소리만 들린다.

"뭐가 부족해서 그래! 내가 바람을 피웠어, 때리기를 했어, 응! 노름을 했냐구!"

"……"

그녀는 남편에게도 완전한 침묵을 지켰다.

그녀의 남편이 선택한 최선의 방법은 바로 친구의 소개로 알게 된 신경정신과 의사이다.

삼 년 전, 어느 일간지에 실린 기사를 보고 그녀는 상반되는 묘한 감정에 빠졌다. 직장에서 일을 하다 순직한 사람에 대해 경영주는 단순히 일시적 보상이 아니라 부인을 회사에 취직시켜 장기적인 대책을 마련해주었다는 그런 미담 비슷한 내용의 기사였다. 그 기사를 읽고 그녀는 남편을 잃은 부인의 안쓰러움이나 되돌아본 자신의 다행함 같은 그런 것이 아닌 일종의 부러움이 뭉클 솟아올랐다. 그녀는 아마 그렇게 우연히, 불행한 기회가 가져다주는 새로운 세계에서 어떤 해방감을 맛볼지도 모르겠다. 결혼이라는 굴레에서 벗어나 새로운 해방감을……

그후로 그녀는 가끔 꿈을 꾸었다. 남편이 연락 없이 들어오지 않을 때, 그리고 결혼해서 아이가 딸린 여성이 그럴듯한 직업을 갖는 것이 얼마나 현실적으로 어려운지를 깨달을 때마다.

"구체적으로 이유가 뭐라고 생각해요? 본인은 잘 알고 있는 것 같은데."

의사가 드디어 입을 연다.

……권태! 지루하다. 무얼 해도 지루하고 조금씩 나를 잃어가는 삶에 초초하고 불안하다.

대학 공부를 끝내고 곧바로 선을 보고 결혼을 하고…… 만약 그때 취직을 했거나 다른 일거리를 가질 수 있는 희망만이라도 있었다면 그렇게 빨리 결혼을 했을까……

그녀는 손수건을 쫙 펴서 네 귀를 정확하게 맞춰 접는다. 풀기가 빠져 흐물거린다.

"담배를 피워도 될까요?"

의사는 고개를 끄덕인다. 그의 눈빛은 참을성 있게 기다린 것의 대가를 받을 수 있다는 기쁨으로 반짝였다. 그는 오른쪽 어깨를 들어올리며 재떨이를 책상 모서리에 옮겨놓는다.

그녀는 조급하게 담배를 피워댄다. 다음 담배에 불을 붙일 때쯤 그녀는 조금 침착해진다.

"……"

"……"

담배를 다 피운 그녀는 다시 굳게 입을 다문다.

의사의 얼굴에 짜증이 배어난다.

의사는 벨을 울린다.

면담시간이 끝났다는 의미이다.

문을 열고 나가는 그녀에게 헛헛한 감정이 핏줄을 타고 올라온다.

그리고 속으로 중얼거린다. 자신의 불행을 말한다는 것은 너무나 불행하다.

이제는 우리가 헤어져야 할 시간 다음에 또 만나요, 라는 노랫말을 뒤로하고 그녀는 백화점 문을 나선다. 손에는 백화점의 쇼핑백 하나 들려 있지 않다.

어디로 가지. 집? 집으로…… 가고…… 싶지…… 않다……

그녀는 버스 정류장 앞에 서 있다. 몇십 대의 버스가 멈추고 달려가고……

어둠은 그새 거리에 짙게 깔리고 앵벌이에 나선 추레한 장님 여자가 애절한 노랫가락을 흘리고 있다. 사람들은 저마다 고개를 숙이며 더러는 장님 여자에게 몇 푼 던져줄 듯이 주춤거리다가 이내 사라진다.

하늘엔 고단한 별들이 애처로이 가물거렸다. 날을 세운 도시의 휘황한 빛 속에 곧 잦아들 것 같아 그녀는 안타까운 시선으로 하늘을 올려다보았다. 아주 작은 별…… 처음에는 보이지도 않았던 아기별이 반짝인다.

아, 아이가 있지. 내 아이……

지금쯤 친구집에서 밥을 먹고 작은 눈을 반짝이며 기다릴 아이……

누군가 그녀의 어깨를 툭 치고 재빠르게 앞으로 걸어나간다. 가방이 맥없이 열린다. 그녀는 가방 속을 들여다본다.

묵직한 약봉지가 다른 소지품을 제 몸에 깔고 그녀의 눈앞에 활짝 드러났다. 한 달치 분량…… 왜 불쑥 생각지도 않던 거짓말을 의사에게 했을까. 자신이 시골에 가려고 평시에 어떤 마음을 먹었던가? 아니면 그저 순간적으로 튀어나온 말인가? 하지만 무엇보다 이해할 수 없는 것은 비장한 마지막 카드를 쥔 것처럼 마음 한구석이 꽉 차올랐다는 것이다.

그녀는 누군가에게 한없이 위로를 받고 싶다. 아니 누군가에게 실컷 자신의 이야기를 하고 싶다.

유년의 쓸쓸함과 외로움을……

빈 껍데기만 남아 있는 것 같은 서른이라는 나이의 진부함에……

그리고 자신도 아름답고 가능성 있는 이십대가 있었다는 것을.

돈을 내고 말할 사람을 사는 것이 아니라 진정으로 자신을 이해하고 새로운 삶의 활력을 줄 수 있는 그 누군가에게……

"가정주부가 늦게까지 어딜 돌아다니다 온 거니?"

커피를 타는 혜진의 눈은 장난기로 가득 차 있다.

"……"

“그래, 애엄마라고 놀면 안 되냐! 매일매일을 애하고 하루 종일 부
엌과 거실과 화장실만 오가는 아줌마 인생인데 잘했다, 잘했어! 오랜
만에 애 떼어놓고 혼자 바람을 쐬니까 좀 낫니?”

“……”

경옥이 빚은 투박한 커피잔이 묵직하게 느껴졌다.

“그런데 병원에서 곧바로 안 오고 어딜 다녀왔니?”

“백화점……”

나도 놀고 싶다. 우리 대학 때처럼. 맥주 마시고 남자애들하고 어
울리기도 하고, 그리고 직장을 다니고 싶어. 너처럼. 난 네가 너무나
부러워. 이렇게 혼자 살면서 자기 일을 가지고 애인도 있고. 결혼을
안 했다는 것만 빼고는 네가 무엇이 부족하니. 나는 네가 한없이 부
럽고 또 부럽다.

“결혼 안 해?”

똑같은 질문. 뻔히 아는 답.

“사랑이 없는 부부간의 의무방어적인 키스보다 사랑하는 사람과의
정사가 더 도덕적이다. 레닌이 그랬던가. 결혼 안 하는 이유 중의 하
나지. 자발적으로 자신을 포기할 마음도 없고 받아들이고 싶지도 않
아. 지갑을 쥔 여자는 굳이 결혼을 안 해도 살 만한 세상 아니니?”

“니 말이 맞겠구나. 외롭지 않니?”

“애인이 있는데, 뭘. 너는 어떠니?”

“……”

그녀는 씁쓰름한 기분에 빠진다.

혜진에게 들은 무수한 말들. 충고와 하소연. 그리고 자신을 내보이
지 않는 그녀의 침묵에 대한 노골적인 적의.

아무 대가도 없는 가사노동자라고 했던가……

집에 돌아온 그녀는 아이를 누인다. 알코올기가 온몸을 돌며 현기증을 일으킨다. 아이는 잠이 들었다. 바로 남편이 현관문을 열고 들어온다.

"병원에는 갔다 왔어?"

"……"

"뭐라고 해?"

"……"

"……어서 자. 나도 오늘은 피곤해 일찍 자야겠어."

남편은 얼굴과 손과 그리고 발을 비누거품을 내며 정성껏 씻는다. 그리고 잠옷으로 바꿔입은 후 그녀에게 오라고 한 번 손짓한다. 그녀는 거실을 닦으며 걸레를 들어 보인다. 그는 한숨을 한 번 쉬고 베개를 안고 잠이 든다.

그날 밤 늦게까지 그녀는 언제나 그런 것처럼 멀거니 어둠 한가운데 있다. 곤고한 삶의 하루를 마감한 지친 숨소리들이 사방에 스며든다.

어둠은 먹장빛으로 그녀를 기다린 듯 엎드려 있다. 쉬 잠이 오지 않는다. 술 때문이다. 아니 혜진의 공허한 말들이 복수를 하는 것 같다. 아니다. 오랜 불면의 연속이다. 그녀는 입가를 길게 늘어뜨리며 웃는다.

시간이 흐를수록 기묘한 밤의 울림이 그녀의 신경에 날을 간다. 시간은 어느 한순간 멈춰버린 듯 곳곳에 숨어 있는 적요가 싸늘한 옷깃을 스치며 파리한 미소를 던진다. 그녀 주위의 시꺼먼 가구들이 저벅저벅 무거운 울림으로 그녀를 향해 조여왔다.

몇 년 동안 하루도 빠짐없이 쓸고 닦고 비다듬었던 그녀의 손때들이 머리채를 흔들며 그녀를 덮치려 한다. 그녀는 온몸이 앙당그러지고 머리가 쭈뼛쭈뼛 들떴다. 갑자기 집 안에 자신이 호흡한 이산화탄소가 몰려오는 듯하다. 그녀는 헉헉거렸다. 우선 여기를 탈출해야 한다는 생각이 그녀를 절박하게 내몰았다. 다리가 엉켰다. 자신을 서서히 죽이고 서서히 마모시켜가는 저 시간의 괴물 앞에 필사적으로 저항했다.

베란다의 창문을 열어젖혔다. 찬 바람이 그녀의 치마를 부풀린다. 그녀는 폭발할 것 같은 가슴을 쥐어뜯었다. 그리고 소리친다.

"모두들 알고 싶겠지! 내 안에서 무슨 생각들을 하는지! 하지만 알고 나면 다들 별거 아니라고 십 분도 안 돼 뒤돌아버리며 안심할걸! 너희들에게는 유치한 감정일지는 몰라도 난 아니야! 서른이 되고 마흔이 되고 쉰이 되어도 내 능력에 의해 전혀 변하지 않는 삶을 참을 수 없어! 참을 수 없다구! 너희는 어떤지 몰라도 난 그렇게 할 수 없어! 난 너무나 초초해. 서서히 죽어가는 삶을 지탱할 수 없어! 탈출구가 없는 서른의 나이가 나를 돌게 만들어! 내가 무능해서 그렇다구! 무능해서! 깔깔깔…… 내가 무능하게 된 건 내 탓만은 아니야! 그렇게 만든 더 큰 괴물 같은 것들이 있다구! 깔깔깔……"

바람이 베란다 위로 올라선 그녀를 거칠게 후려갈겼다. 세상이 뱅그르르 돌았다. 한순간 자신의 삼십 년 전 인생이 파노라마처럼 펼쳐진다.

게임의 논리

박상우

1958년 경기도 광주에서 태어나 중앙대 문창과를 졸업했다. 1988년『문예중앙』신인상에 중편
「스러지지 않는 빛」이 당선되어 등단했다. 소설집『샤갈의 마을에 내리는 눈』『독산동 천사의
詩』『사탄의 마을에 내리는 비』『사랑보다 낯선』『인형의 마을』, 장편소설『지구인의 늦은 하오』
『시인 마태오』『나는 인간의 빙하기로 간다』『섬, 그리고 트라이앵글』『호텔 캘리포니아』
『카시오페아』『청춘의 동쪽』『까마귀떼 그림자』『가시면류관 초상』『지붕』『비밀 문장』
『운명게임』(전2권) 등이 있다. 이상문학상을 수상했다.

*

  이 년 만에 처음으로 맞이하게 된 휴가 기간 동안 나는 아무 일도 하지 못했다. 일 주일간의 휴가를 아주 특별하게 보내겠다고 별러온 것은 아니었지만, 아무리 그래도 외출 한 번 못 해보고 집 안에만 틀어박혀 있었다는 건 좀 지나친 일이 아니었나 싶다. 168시간을 훌륭하게 보낸다고 해서 크게 달라질 것도 없는 인생이지만, 그 168시간 동안 내가 집 안에서 한 일이라곤 커피와 담배를 축낸 게 고작이었다. 가끔 마른 빵을 씹어먹기도 했지만, 그럴 때의 내 표정을 누군가 곁에서 지켜봤다면, 그 사람은 틀림없이 119에 전화를 걸어 나를 정신병원으로 옮겨달라는 의뢰를 했을 것이다.

  일 주일 동안 나는 세수도 하지 않고 양치질도 하지 않았다. 무척 무료하고 답답한 시간의 연속이었지만, 그렇다고 내가 아는 사람들에게 전화를 걸어 도움을 요청하고 싶다는 생각을 해본 적은 없었다. 기분전환이라거나 주의력을 환기시키기 위한 외출 같은 것도 전혀 꿈꾸지 않았었다. 정말 나는 아무것도 꿈꾸지 않았고, 다만 나에게 주어진 현실의 중심부에 무거운 돌처럼 고요히 가라앉아 있었을 뿐이었다. 가라앉아서 오직 그녀와 그에 관한 생각만 집요하게 되풀이했을 뿐이었다. 그런 의미에서 그들은 일 주일 내내 나와 함께 있었고, 일 주일 내내 그들과 함께 있었다는 걸 부정할 수 없는 게 나의 현실이 되어버리고 말았다. 식탁과 소파, 침대와 거실, 때로는 화장실 변기 위에서도 나는 그들의 존재감을 뚜렷하게 느낄 수 있었다.

내가 난감한 문제에 사로잡힌 건 사실이었지만, 그렇다고 해서 지식으로부터의 위안 같은 걸 기대한 건 결코 아니었다. 지식으로부터의 위안 따위는 아버지의 자살이 있고 난 뒤로 일 년간, 그러니까 아버지의 동업자가 심장마비로 세상을 뜨게 될 때까지 내가 삭발을 하고 다녔었다는 것만으로도 그 무가치함을 얼마든지 설명할 수 있을 터였다. 그 일을 겪던 당시의 나는 대학 이학년에 불과했지만, 세상이 지식이나 도덕 따위를 바퀴 삼는 손수레 같은 게 아니라는 것쯤은 얼마든지 눈치챌 수 있었다. 그래서 나는 아버지의 죽음을 슬퍼하지 않았다. 친구와 동업을 하던 아버지가 그 친구에게 배신을 당해 알량한 중소기업의 소유권과 무관한 처지가 되고, 그것을 비관하여 "회사를 빼앗겼다는 것보다 친구의 배신을 견디기 어려워 먼저 간다"는 유서를 남기고 스스로 목숨을 끊어버렸을 때, 솔직히 말해 나는 아버지의 죽음이 아니라 세상에 대한 내 관심의 자살을 더욱 슬퍼하지 않을 수 없었다. 삭발이 그때까지의 나와 결별하기 위한 의식의 일종이었다고 말할 수 있다면, 아버지의 동업자가 심장마비로 세상을 뜬 직후부터 머리를 기르기 시작한 건 새로운 나의 부활을 의미하는 것일 수도 있었다.

아무튼 무미건조하고 단조로워 보이는 내 삶의 이면에는 그와 같은 냉소의 그늘이 진하게 깔려 있었다. 서늘한 눈빛으로 세상을 보고, 무덤덤한 얼굴로 세상을 대하고, 방관자적인 태도로 세상을 멀리하기. 그런 나를 세상 사람들은 아주 간단하게 '서른다섯의 미혼 프로듀서'라고 치부해버렸지만, 내가 이 세상의 어떤 프로그램도 프로듀스하고 싶어하지 않는 프로듀서라는 걸 그들은 전혀 모르고 있을 터였다. 모르고 있다는 게 참으로 다행스럽고, 다행스럽기 때문에 도무지 중단할 수 없는 일종의 게임 같은 것.

하지만 지난 일 주일 동안 나는 깨달을 수 있었다. 지금 나를 고뇌하게 만드는 이 문제가 내 인생에서 가장 결정하기 어려운 문제라는 걸 분명하게 알아차리게 된 것이었다. 뿐만 아니라 이 문제가 인과응보의 결과일지도 모른다는 생각까지 들었다. 예를 들자면 건강을 지나치게 우려한 나머지 흡연자와는 상종도 하지 않으려 한 사람이 어느 날 갑자기 폐암선고를 받게 되는 경우를 상상해보라. 아버지와 아버지의 친구가 흡연자 같은 사람들이었다면, 적어도 나에게 그녀와 그는 폐암과 같은 존재들일 수밖에 없었다.

그럼 나는 죽어야 하는 존재인가?

*

문제의 일요일 밤, 그녀가 내게 전화를 걸어온 것은 자정이 거의 다 되어서였다. 월요일부터 시작되는 휴가 때문에 마지막 편집 작업을 진행중이었는데, 삼일장을 치르고 난 사람처럼 지칠 대로 지친 목소리로 그녀가 전화를 걸어온 것이었다. 편집 작업이 거의 끝나가고

있었고 편집실에 사람이 아무도 없었기 때문에 굼뜨게 전화를 받긴
했지만, 그녀의 목소리를 확인하고 난 뒤에는 이내 말문이 막혀버리
고 말았다. 말문만 막힌 게 아니라 퍽, 하고 뭔가가 턱 밑으로 치받치
는 것 같아 호흡까지 불편해지는 것 같았다.
　"혹시나 하고 전화했는데 역시나 계시는군요. 놀랐나요?"
　"놀랐다, 고 할 수 있죠."
　"편집 끝내려면 아직 멀었나요?"
　"아뇨, 거의 다 끝났어요."
　"그럼 한 번 더 놀라게 해드릴까요?"
　"좋으실 대로."
　"지금 만나고 싶어요. 아니 만나자고 전화한 거예요."
　그녀가 그렇게 도발적인 전화를 걸 수 있는 여자일 거라는 생각을
나는 단 한 번도 해본 적이 없었다. 삼십 분 뒤에 프로덕션 앞으로 차
를 대겠다는 말을 하고 나서 그녀는 곧바로 전화를 끊었지만, 전화를
끊은 뒤에도 나는 그녀의 말을 액면 그대로 받아들일 수 없었다. 받
아들일 수 없어서 이것저것, 그녀가 이런 도발을 감행하게 된 이유가
뭘까에 대해 곰곰 생각해보았다. 하지만 그의 애인인 그녀가 자정 무
렵에 나를 만나자고 한 이유를 찾아내는 대신, 이것이 나를 골탕먹이
기 위한 장난일지도 모르겠다는 생각이 농후해져서 나는 오히려 긴
장하지 않을 수 없었다. 만약 휴가를 가기 위해 야근하는 나를 골탕
먹이자고 두 사람이 장난스런 계략을 꾸몄다면? 그러니까 그런 줄도
모르고 내가 넘어간다면? 동기야 어찌 되었건 그건 정말이지 끔찍스
런 진실 게임이 될 거라는 생각만 들었다. 당신 나 사랑해요? 라고
장난으로 묻는데, 응, 아주 오래 전부터 나는 당신을 사랑해왔어, 라
고 진심으로 대답하는 꼴이 아니고 달리 그게 뭐랴.

밖에는 누에실처럼 가늘고 보드라운 보슬비가 내리고 있었다. 그녀는 프로덕션 건물 담 옆에 차를 주차시키고 있었고, 어찌 된 셈인지 밤인데도 검은 선글라스를 쓰고 있었다. 안에서부터 피워물고 나간 담배를 흰색 승용차 옆에 서서 다 피우고 난 뒤에 나는 비로소 그녀의 옆자리에 몸을 실었다. 물론 두 사람이 꾸몄을지도 모를 장난스런 계략을 의식한 때문이었는데, 차 옆에 서서 담배를 피운 건 혹시나 그가 골목 어디쯤에 숨어서 나의 행동을 지켜보고 있을지도 모른다는 데서 생겨난 사중경계의 일종이었다.

내가 옆자리에 앉자마자 그녀는 곧바로 시동을 걸고 골목길을 빠져나가기 시작했다. 헐렁한 흰색 셔츠에 청바지를 입고 있는 그녀의 차림이 평상시와 너무나도 판이해 보여서 나는 묘한 성적 긴장감을 느끼지 않을 수 없었다. 스스로 통제하기 어려운 어떤 충동에 사로잡혀, 집에서 입고 있던 차림 그대로 밖으로 뛰쳐나온 듯한 한밤의 여자에게서 남자들은 도대체 뭘 느껴야 하는 걸까. 여자에 대한 미숙한 경험 때문에 나는 모든 것이 혼란스럽게 느껴졌고, 그 혼란스러움은 고스란히 밑도 끝도 없는 호기심이 되어버리고 말았다. 바보 같은 자식, 모르면 물어봐라, 물어봐. 컹컹, 멍멍, 왕왕!

하지만 어떤 종류의 궁금증도 그것이 농익어 저절로 터지게 될 때까지는 입을 열지 않으리라, 나는 나 자신에게 다시 한번 다짐을 주었다. 그럼으로써 이 늦은 밤에 무슨 일로 나를 만나자고 한 것이냐, 그는 지금 어디 있는 것이냐, 무슨 문제가 생긴 것이냐, 지금 가는 곳은 어디냐, 하는 따위의 지극히 당연한 궁금증도 함구의 올가미로 단단히 묶어둘 수 있었다. 다른 건 몰라도, 적어도 그런 일에 나는 아주 탁월한 인내심을 발휘할 수 있는 존재였으니까.

자정 지난 시각, 소통이 원활한 도심을 벗어난 차는 곧장 북쪽을 향해 달리기 시작했다. 하지만 보슬비 내리는 밤, 그녀와 내가 함께 차를 타고 어디로인가 가고 있다는 게 나에게는 여전히 장난처럼 여겨졌다. 아니 장난이 아니고서는 도무지 일어날 수 없는 일로 여겨졌다. 그녀가 드러내 보인 모든 것이 평상시와 다르다 해도 마찬가지, 진실 게임은 여전히 가능성 밖의 일로 나에게 간주되고 있을 뿐이었다. 진실 게임? 그래, 진실이라는 말을 앞세웠음에도 불구하고 어차피 그것도 게임이니까 장난의 영역을 벗어날 수는 없을 터였다. 수정 같은 진실을 상실해버린 세계, 그토록 오래 갈망해오던 여자의 옆자리에 앉아서도 선뜻 마음을 열지 못하는 이 속 깊은 아픔을 어떻게 말로 형용할 수 있으랴.

그녀가 프로덕션에 처음 모습을 나타내던 그날, 그녀를 마주 대하던 첫 순간에 나는 그녀에게 눈멀어버리고 말았다. 수만 볼트의 고압 전류가 머리통을 뚫고 들어왔다가 발바닥을 터뜨리고 나가는 듯한 그 기분…… 일 년 사 개월 전의 일이 나에게는 아직도 어제의 일처럼 생생하게 남아 있었다. 그녀를 처음 대하던 순간의 감정은 대단히 복잡미묘했지만, 시간이 지나면서 나는 그것이 단순한 감정이 아니라 깊고 저린 아픔이었다는 걸 알게 되었다. 온몸의 힘이 순식간에 소멸되고, 단지 그녀를 바라보는 것만으로도 운명의 온갖 불가해한 힘이 일시에 나를 덮쳐오는 것 같아 나는 숨도 제대로 쉴 수 없었다. 아버지의 자살과 삭발이 있고 난 이후, 여자를 길에 널린 돌멩이 정도로 치부하며 살아온 나에게 어떻게 그런 일이 일어날 수 있었을까.

하지만 그녀의 출현과 동시에 시작된 행복한 긴장의 나날은 너무 짧고 너무 참담하게 막을 내려버리고 말았다. 그래서 처음부터 그녀는 나에게 인과응보의 고통 같은 걸 일깨우기 위해 나타난 존재라는 단정을 내리지 않을 수 없었고, 나를 향한 신들의 게임이 시작되었다

는 생각으로 마음 깊은 곳에 묻어둔 비수를 다시 한번 꺼내보지 않을
수 없었다. 나도 모르는 새에 칼날은 많이 무뎌져 있었고, 곳곳에서
번뜩이던 광채는 이제 어느 곳에서도 찾아볼 수 없었다. 다시 한번
삭발을 할까, 하는 생각을 하다가 피나도록 입술을 깨물며 나는 신들
과의 전면전을 결심했다. 그리고 그날 이후, 그녀와 그를 볼 때마다
어김없이 칼을 갈아대곤 했다. 너희들, 피처럼 낭자한 몰락을 지켜보
는 눈물겨운 인내의 시간.

그는 〈한국의 아름다운 선(線)〉이라는 프로에 나와 함께 배정된 두
명의 프로듀서 중 하나였다. 그리고 그녀는 그와 함께 일하던 구성작
가가 다른 곳으로 자리를 옮기면서 생겨난 결원을 보충하기 위해 급
히 찾아낸 인물이었다. 그녀는 방송 경력도 그다지 많지 않았고, 우
리가 제작하는 고전적인 분위기의 프로에는 도무지 어울리지 않는
성향의 작가처럼 보였다. 하지만 작가는 프로듀서 하기 나름이라고,
처음부터 그녀와 그 사이에 그런 건 전혀 문제가 되지 않는 것처럼
보였다. 프로듀서인 그도 자신이 만들고 있는 프로에 때마다 진저리
를 쳐대고 있는 형국이었으니 프로 외적으로 둘의 만남은 이미 ‘예고
된 재앙’ 과 같은 것이었는지도 모를 일이었다.

‘예고된 재앙’ 이라는 말은 여자 문제를 언급할 때마다 그가 즐겨
쓰는 표현이었다. 여자를 처음 보는 순간, 아, 이 여자와 한번 사고
치겠구나, 하는 생각이 들면 그 여자는 반드시 ‘예고된 재앙’ 의 희생
자가 된다는 것이었다. 그런 점에서 그는 보통 사람들의 상식선을 이
미 오래 전에 초월한 존재처럼 보였다. 그는 정말 수다한 여자를 알
고 있었지만, 그중의 어떤 여자에 대해서도 전혀 진지한 태도를 보이
지 않았다. 하룻밤 같이 자고 미련 없이 헤어질 수 있는 여자를 오히
려 편하게 생각하는 것 같았고, 진지하게 접근해오는 여자를 대인지

뢰쯤으로 간주하는 것 같았다. 철저하게 게임의 논리만으로 여자를 대하고, 게임이 아니라면 여자를 만나야 할 필요가 전혀 없다고 생각하는 존재가 바로 그였다.

그는 한 가지 점에서는 나와 같고 다른 한 가지 점에서는 나와 상반되는 존재였다. 적어도 존재와 존재 사이의 관계를 게임의 논리로 해석하고 있다는 점에서는 근원적으로 나와 일치했다. 하지만 그런 주관을 세상에서 구사하는 그와 나의 방식은 전혀 달랐다. 나는 관계의 기회 자체를 기피하는 성향이 되어 있었지만, 그는 관계 따위는 아무래도 상관없다는 식으로 그것의 파편성을 철저하게 즐기는 성향이 되어 있었다. 그는 서른넷의 미혼 프로듀서였고, 얼핏 보기에는 이십대 후반처럼 앳돼 보이는 외모까지 지니고 있었다. '예고된 재앙'의 희생자를 늘려가기에 조금도 부족한 구석이 없어 보였던 것이다.

기억에 남아 있는 그와의 대화 몇 토막.

—나는 인간의 가변성을 스스로 인정하는 사람이에요. 그리고 그것의 한계를 인정하지 않으려는 몸부림을 오히려 가당찮은 것으로 간주하는 편이죠. 그런 의미에서 예고된 재앙이란 어느 한쪽이 일방적인 피해자가 되는 게 아니라 그 상태 그대로 인간의 숙명성을 의미하는 것일 뿐이라구요. 원래 그렇게 만들어진 것이니까 예고된 재앙의 진짜 가해자를 굳이 가려내자면 신이라고 할 수 있겠죠. 그 빌어먹을 고무신만도 못한 신 말이죠, 신!

—예고된 재앙은 경험 부족이지만, 신들의 주사위는 나도 가끔 생각해. 게임의 논리가 인간이 아니라 신들의 세계에서 온 것이 아닐까, 하는 생각 말야.

—게임의 논리가 신들의 주사위에서 벗어나려는 인간적인 몸부림

일 수도 있다는 생각은 안 해봤나요?

—쉬운 문제는 아니지. 벗어나려는 몸부림 자체가 신들의 주사위에서 비롯된 거라면 인간들이 만들어낸 게임의 논리는 신들의 투전판을 더욱 흥미진진하게 만들어줄 수도 있어. 벗어나려는 노력 자체가 부응의 결과를 가져올 수도 있다는 거지.

—그럼 대안이 전무하다는 건가요?

—최대한 세상의 흐름에서 멀리 벗어나 있기. 내가 생각하는 건 고작 그 정도야. 흐름에서 최대한 멀리 벗어나 있으면 신들도 주사위판의 말(馬)로 사용하고 싶은 마음이 별로 생겨나지 않겠지 뭐.

—하하, 정말 웃기는 얘기로군요. 그렇게 벗어나 있는 사람은 처음부터 신들의 주사위판에서 따분한 말의 역할을 하게 되어 있었던 거예요. 결국 세상의 흐름에서 멀리 벗어나 있는 것도 게임의 논리에서는 벗어날 수 없다는 얘기네요 뭐. 그러니까 어차피 인간은 자기식으로밖에 살 수 없다는 결론?

그와 함께 단 한 번 지방 촬영을 다녀온 이후, 어처구니없게도 그녀는 '예고된 재앙'의 '예고된 희생자' 후보가 되어 있었다. 서로를 대하는 그들의 눈빛과 표정만으로도 나는 그걸 단박 알아차릴 수 있었다. 나는 깊은 침묵 속에서 그들을 관찰하기 시작했고, 그들의 게임이 핏빛 꽃봉오리처럼 부풀어오르는 걸 싸늘한 심정으로 지켜보았다. 꼭 두 번 그들과 술자리를 함께할 기회가 있었는데, 두번째 술자리가 거의 파할 무렵에 아주 이상한 말을 나는 그녀에게 건네고 말았다. 그가 화장실에 다니러 간 사이, 나도 모르게 불쑥 이런 말이 입밖으로 튀어나간 것이었다.

—당신이 궁극적으로 만나야 할 사람이 누군지 알고 있나요?

나의 말을 듣고 나서 그녀는 취기가 올라 다소 충혈된 눈빛으로 뚫어져라 나를 노려보았다. 그때의 그 눈빛, 아주 오래 전부터 늘상 보아오던 그것 같다는 생각이 들어 나도 또한 그녀를 마주 노려보았다. 그가 화장실에서 돌아오지 않는다면 밤새도록이라도 그렇게 앉아 있을 양, 그때 그녀와 나의 눈빛은 엄청난 흡인력과 집중력을 발휘하고 있었다. 그가 자리로 돌아와 앉기 직전, 선홍빛으로 달아오른 입술을 깨물며 그녀는 이렇게 중얼거렸다.

─그런 말을 입 밖으로 꺼내는 건 정말 바보 같은 짓이야.

보슬비는 점점 가늘어져 거의 안개와 같은 상태로 전조등 앞을 어른거리고 있었다. 하지만 진행 방향 양 옆으로 보기 좋게 나자빠지면서도 그것들은 끊임없이 몰려들어 좁아진 시계를 더욱 흐리게 만들곤 했다. 도심의 불빛이 완전히 뒤로 밀려나가고, 패잔을 인정하지 않으려는 마지막 안간힘 같던 불빛들마저 어둠 속으로 파묻혀버리고 난 뒤, 나는 시야를 어지럽히는 그것들이 이미 비가 아니라는 걸 분명하게 알아차릴 수 있었다. 어떤 거대한 음모의 소용돌이 속으로 빨려들어갈 때처럼, 안개는 이미 거대한 무리가 되어 그녀와 나를 빈틈없이 에워싸고 있었다. 하지만 무슨 이유 때문인지 불빛이 아주 사라지고 난 뒤부터 그녀는 오히려 안정감을 회복하는 눈치였다. 그때까지 착용하고 있던 선글라스를 비로소 얼굴에서 걷어내고, 젖은 늪지대의 바람 같은 목소리로 그녀는 입을 열었다.

"내가 당신에게 전화할 거라는 거 당신은 이미 알고 있었죠?"

"당신을 위해 준비한 대답이 아무것도 없어요. 지금은 다만 상황을 견디는 것뿐이죠."

"상황?"

"그래요, 내겐 상황일 뿐이죠."

"이런 상황이 겁난다는 뜻, 아니면 이런 상황에 강하다는 뜻?"

"아무래도 상관없어요. 여전히 상황은 계속될 뿐이니까."

"상황이 평생 계속된다 해도 괜찮다는 뜻인가요?"

"상황은 아직 승자를 필요로 하는 상태가 아니니까 아무래도 상관없어요. 오래 지속되면 그건 그때 가서 생각해볼 일이죠."

"그래요, 그런 건 아무래도 상관없어요. 나는 당신을 믿으니까."

"믿는다?"

그 말을 되풀이하며 나는 처음으로 고개를 돌려 그녀를 보았다. 아무런 동요의 기색 없이 그녀는 노면이 좁아지고 커브가 심해지는 전방을 노려보았다. 황당할 정도로 넓은 공터가 나타났다가 이내 작은 콘크리트 다리가 나타나고, 그런 뒤에 길은 갑작스럽게 좁아지기 시작했다. 다리를 건넌 뒤부터는 완전히 암흑지대였다. 왼쪽으로 경사진 좁은 길을 돌아가자 다시 하나의 다리가 나타났고, 거기서부터는 세찬 물소리가 들리기 시작했다. 그녀는 다리를 건너자마자 곧바로 차를 세웠고 이어 전조등도 꺼버렸다. 전조등이 꺼지기 직전에 내가 내다본 마지막 풍경은 음험한 어둠과 안개에 파묻힌 거대한 아카시아숲이었다.

잠시 사이를 두었다가 내려요, 하고 그녀는 말했다. 다소 난감한 기분이 들긴 했지만, 이제 무엇인가를 돌이키기엔 너무 늦어버린 게 아닌가 하는 생각이 들어 나는 말없이 차 문을 열고 밖으로 나왔다. 훅 하니 얼굴로 끼쳐드는 싸늘한 냉기, 그리고 질감이 느껴질 정도의 미세한 물방울들. 그때 그녀가 차를 돌아와 나의 손을 잡았다. 방금 전까지 핸들을 잡고 있던 손이라서인가, 그녀의 손에는 아직 온기가 남아 있었다.

그녀는 나의 손을 잡고 왼편의 캄캄한 아카시아숲 속으로 들어갔다. 숲 속으로 몇 걸음 걸어들어가자 희끄무레한 무엇인가가 어둠 속</p>

으로 떠올라 있는 게 보였다. 그런 게 주변에 몇 개나 떠 있었지만 칠흑 같은 어둠과 농밀한 안개 때문에 실체는 전혀 식별할 수 없었다. 그중의 어느 한 곳, 그러니까 아카시아 잎새가 성하게 늘어진 아늑한 곳에서 그녀는 우뚝 걸음을 멈추었다. 그러곤 차에서 입고 나온 점퍼 주머니에서 라이터를 꺼내 불을 밝혔다. 놀랍게도 거기, 그 깊은 어둠과 안개 속에 비치 파라솔과 흰 탁자가 놓여 있는 게 보였다.

"신비스런 원시림 같지만 여기도 사람이 사는 곳이에요. 낮과 밤 동안엔 서울과 조금도 다를 게 없이 이 아카시아숲 속으로 사람들이 몰려들어요. 나무 밑동으로 모여드는 진드기들처럼 이런 비치 파라솔 밑에 앉아서 쉴새없이 먹고 마시고 떠들어대는 거죠. 하지만 그들이 모두 사라지고 난 이런 시간은 정말 놀라울 정도로 평화로워져요. 마치 몇 시간 만에 원시의 상태를 다시 회복하는 것 같아요. 그렇지 않은가요?"

"그런데 이런 장소, 이런 시간대를 어떻게 알게 된 거죠?"

"지난 삼 일 동안 나는 이 시간대에 줄곧 이곳을 찾아왔었어요. 여기, 지금 당신과 내가 앉아 있는 이 자리에 죽은 듯이 앉아 있곤 했어요. 들어보세요. 계곡에서 흘러내리는 물소리, 아카시아 잎새가 바람에 흔들리는 소리, 가끔 울어대는 밤새 소리, 그런 것들이 한데 어울려 믿어지지 않을 정도로 평화롭고 감미로운 밤의 세계를 만들어내요."

"그러니까 지난 삼 일 동안 이 시간대에 여기 줄곧 앉아 있었던 이유가 단지 밤의 세계를 음미하기 위해서였다, 그런 말인가요?"

나의 말을 듣고 나서 그녀는 푸훗, 하고 소리내 웃었다. 그런 뒤에 자신의 점퍼 주머니에서 뭔가를 꺼내 내게 건네주었다. 받아드는 순간 그것이 술병이라는 걸 단박 알아차릴 수 있었다. 다소간 추위도 느껴지고 해서 나는 얼른 그것을 받아들고 마개를 열었다. 강렬한 위스키 향이 훅 하니 코끝으로 밀려들었다. 두 모금쯤 마시고 나서 나는 그것을 그녀에게 되돌려주었다.

"지난 삼 일 동안 이 어둠 속에 앉아서 나는 줄곧 당신 생각만 했어요. 아니 이렇게 말하면 정확하지 않을 수도 있죠. 당신을 무척 많이 생각했다고 말을 바꾸죠. 말은 생각만큼이나 부정확하고 가변적인 것이니까 문제될 건 아무것도 없을 거예요. 당신을 무척 많이 생각했다…… 그 정도면 괜찮겠죠? 암튼 그랬어요."

"당신이 여기 앉아서 나를 생각해야 할 이유가 도대체 뭐죠? 당신이 말을 아무렇게 취급하거나 말거나 그런 건 아무래도 상관없지만, 가능하다면 상대방이 이해할 수 있게 말하는 게 좋지 않을까요?"

"내 말이 어려운 게 아니라 당신이 마음의 빗장을 열지 않아 내 말이 되퉁겨나오는 게 아닌가요? 하지만 상관없어요. 당신의 이런 반응, 이미 예상했던 거니까 당신이 원하는 대로 말을 쉽게 해볼게요. 삼 일 동안 여기 앉아서 내가 당신을 너무너무 깊이 사랑하고 있다는 걸 깨달았어요. 그럼 됐나요?"

그녀의 말을 듣고 나서 하마터면 꽥, 하고 나는 소리를 내지를 뻔했다. 견딜 수 없는 욕지기와 분노, 그리고 이를 악물고 견딘 속 깊은 냉소의 시간이 한꺼번에 되살아나는 것 같아서였다. 하지만 나는 흥분하지 않았다. 내가 흥분하는 것은 그들이 게임의 논리에 몰두해 있는 동안 내가 얼마나 이를 악물고 아프게 견뎠는지를 스스로 노출하는 결과를 몰고 올 것이었다. 그리고 실제로 그들은 그와 같은 나의 속내를 짚어내기 위해 고의적으로 나를 자극하고 있는지도 모를 일이었다. 지금 이 순간, 이 숲속의 어느 한 구석에서 그가 나를 지켜보고 있을지도 모른다는 생각으로 나는 한껏 긴장된 눈빛으로 주변을 둘러보았다.

　—혹시 그녀와 한번 자보고 싶다는 생각 해본 적 없어요?

　한 달 전쯤, 내가 지방으로 출장을 떠나기 직전에 그는 나에게 그렇게 물은 적이 있었다. 로비의 자동판매기 앞에서 커피를 마실 때였는데, 진담도 아니고 농담도 아닌 듯한 표정으로 갑작스럽게 그런 질문을 건넨 것이었다. 마시던 커피를 통째 쓰레기통에 집어던지고 그 자리를 떠나며, 거의 정색을 하고 나는 그에게 이렇게 한마디 했다.

　—오늘, 만나서 정말 반가웠다.

　아카시아 잎새 사이로 연막탄처럼 솔솔 밀려나오는 농밀한 안개를 올려다보며 나는 차분하게 생각을 정리했다. 그래, 그때 로비에서 그가 던진 한마디는 결코 우발적인 게 아니었어. 어쩌면 그녀에 대한 나의 심중을 이미 오래 전부터 눈치채고 그것을 확인해보고 싶다는 생각으로 두 사람은 오래오래 이마를 마주 대고 속삭였을지도 모를 일이야. 그리하여 그녀가 구성안을 만들고 그가 연출을 맡아 오늘밤을 하나의 프로그램으로 뜨고 싶어한 건지도 몰라. 그와 그녀라면, 아니 게임의 논리에 충실한 인간들이라면 그런 일은 얼마든지 가능한 거라구. 그러지 않고서야 입에서 초콜릿 녹이듯 이렇게 황당무계한 말을 아무렇지도 않게 내뱉을 수 있을까?

　그때 위스키를 한 모금 마시고 나서 그녀가 다시 물었다.

　"어째서 아무 말도 하지 않는 거죠? 내가 당신을 깊이 사랑하고 있다는 걸 깨닫게 되었다는 말, 너무 충격적이라서 그런 건가요? 아니면 믿어지지 않아서?"

　"지금 당신이 하고 있는 모든 말이 내게는 장난으로 들려요. 지금 내가 할 수 있는 말은 불행하게도 그게 전부 다예요."

　"장……난?"

"당신의 전화를 받고 난 직후부터 나는 줄곧 그런 의구심에 사로 잡혀 있었어요. 당신의 모든 언행이 내게는 그렇게 보이고 또한 느껴 져요. 이건 진실이 아니라 장난이거나 게임일 거라는 생각, 알겠어 요? 당신들에게는 그럴지 몰라도, 적어도 지금의 나에게 이 상황은 장난이 아니라구요. 당신들의 관계를 일 년 이상 옆에서 지켜본 나에 게 이제 와서 도대체 무엇을 인정하고 무엇을 부정해달라는 거죠?"

"아하, 그런 거였군요. 그와 나에 대한 설명이 필요하다?"

"설명을 요구한 적 없어요."

"설명을 요구한 적은 없지만, 당신이 그와 나의 게임과 전혀 무관 한 처지라고 말할 수 있나요? 당신은 의도적인 무관심을 가장했을지 몰라도, 그와 나의 관계에 당신은 처음부터 끝까지 철저하게 개입해 왔어요. 아니라고 부정할 수 있나요? 처음부터 그와 나의 관계는 철 저하게 당신에 의해 영향을 받아왔단 말예요. 더이상 뭘 부정하고 싶 은 거죠? 더이상 무슨 시치미를 떼고 싶어하는 거냐구요?"

"그럼 영향을 받아서 달라진 게 있었나요?"

"지금 내가 하고 있는 모든 말이 다 달라진 결과예요. 그를 만나면 서 나는 점점 더 당신에게 기울어지고 있는 나 자신을 발견했어요. 그리고 나는 게임의 논리를 즐기거나 생활화할 만한 정신의 소유자 가 못 된다는 것도 알았어요. 당신을 처음 만나던 순간, 당신이 내게 보였던 그 눈빛을 나는 아직도 기억하고 있어요. 그리고 우리가 두번 째 술을 마시던 자리에서 당신이 내게 건넸던 질문도 나는 또한 기억 하고 있어요. 그 질문은 내가 궁극적으로 만나야 할 대상이 바로 당 신이라는 의미가 아니었나요?"

그 순간 뭔가가 띵, 하고 이마를 후려치는 것 같았다. 하지만 그것 이 신들이 던진 주사위 중의 하나라는 걸 나는 이내 알아차릴 수 있

었다. 인간들이 만들어낸 게임의 논리에서 벗어나려는 나의 안간힘
을 어떤 심술맞은 신이 자신의 주사위를 던짐으로써 또다시 봉쇄하
려는 것 같다는 생각이 들었기 때문이었다. 순간적으로 그녀의 말을
진실로 인정하고 싶다는 생각이 들었지만, 그것이 바로 신들이 만들
어낸 게임의 논리로 빠져드는 지름길이 될 것 같다는 생각 때문에 나
는 두 눈을 부릅뜨지 않을 수 없었다.

　그녀의 말을 끝까지 부정함으로써 신들의 게임을 재미없게 만들면
어떤 일이 일어날까? 신들은 고약한 심술보를 터뜨려 오늘밤 그녀가
내게 했던 모든 말을 수정 같은 진실로 만들어버릴 것이고, 그렇게
됨으로써 나는 진실과 조우할 수 있는 처음이자 마지막 기회를 내 스
스로 부정해버린 가장 비인간적인 인간으로 전락하게 될 것이다. 어
쩌란 말인가.

　고개를 떨구고 어둠과 안개 속에서 나는 고뇌했다. 신과 인간 사이
에서 벌어지는 게임의 논리와 같은 어둠, 그리고 인간의 고뇌를 반영
하듯 끊임없이 어둠 속을 떠도는 안개…… 미래가 아니라 지나간 과
거만이 아주 희미하게 나의 의식을 비춰주고 있었다. 아버지의 자살
을 섬약한 인간의 당연한 종말로 치부하던 나, 아버지 친구의 심장마
비를 저질스런 신들의 코미디라고 비웃던 나, 세상 전체가 가증스런
게임의 난장이라고 단정하던 나, 인간을 넘어 신들을 비웃을 수 있는
게임의 경지까지 가고 싶다고 끝없이 비수를 갈아대던 나…… 그런
나는 도대체 어디로 사라져버린 것일까.

　온몸이 싸늘하게 식어가는 걸 느끼며 나는 중얼거리기 시작했다.

　"미안해요. 어찌 된 셈인지…… 당신을 믿을 수 있는 방법을 나는
아직 모르고 있군요. 당신은 진실인 동시에 거짓이고, 거짓인 동시에
진실이에요. 아마도 그 사이에 인간의 게임 심리가 개재돼 있을 테지

222

만…… 불행하게도 진실은 여전히 나에겐 낯설기만 하군요. 너무 오래 진실이 없는 세상에서 살았기 때문일까요? 지금 내 몸은 얼음장처럼 싸늘하게 식어가고 있어요. 당신은 괜찮은가요?"

그녀는 나의 물음에 대답하지 않았다. 대답 대신 자신이 앉았던 자리에서 천천히 일어나 내가 앉아 있는 쪽으로 다가오는 기척이 들렸다. 다가와 처음에는 내 어깨를 감싸고, 그 다음에는 쪼그려앉아 내 허벅지에다 자신의 얼굴을 묻었다. 그렇게 잠시 얼굴을 파묻고 있다가 천천히 얼굴을 들어올려 그녀는 나를 보았다.

"그래요, 당신과 나에게 지금 필요한 건 결정이 아닐 거예요. 세상에 대한 긴장감을 풀고 아주 잠시라도 자신을 열어보세요. 당신이 이렇게 싸늘하게 식어가는 건…… 그건 당신이 너무 딱딱하게 굳어 있기 때문이에요. 자, 이제 편안하게 자신을 열어보세요. 그럼 몸이 다시 따뜻해질 거예요."

내 양다리 사이에 쪼그려 앉아 그녀는 나의 손을 잡아주었다.

놀랍게도 그녀의 손에는 여전히 온기가 남아 있었다. 그녀의 손을 잡고 잠시 그렇게 앉아 있자 그녀 몸의 온기가 아주 서서히 내 핏줄 속으로 전해져오는 것 같았다. 수축돼 있던 손목 주변의 혈관이 다시 늘어나고, 그곳으로 따뜻한 피가 흘러 천천히 상체로 올라가는 것 같았다. 내 손등을 덮고 있던 그녀의 손이 천천히 움직여 이번에는 가슴과 배를 쓰다듬기 시작했다. 부드럽고 정성스런 손길에 포박당한 사람처럼 나는 다만 숨을 가늘게 내쉬며 허공을 올려다보았다. 여전히 어둠과 안개와 아카시아 잎새의 무성한 우듬지에 가려 하늘은 올려다보이지 않았다.

아주 정교한 길을 닦아나가듯, 그녀의 손길은 움직임의 영역을 점점 더 넓혀나갔다. 나의 온몸이 온기를 회복해나가고, 이윽고는 어둠과 안개에 뒤덮인 주변의 모든 물상들에도 그것은 서서히 전해지는 것 같았다. 나의 시선은 계속 허공을 향하고 있었지만, 주변에서 일어나는 아주 미세한 움직임도 나는 분명하게 감지할 수 있었다. 그리하여 그 순간, 아주 잠시나마 나는 게임의 논리를 완전히 잊을 수 있었다. 단순하게 잊고 있었던 게 아니라 잊고 있다는 사실조차 전혀 자각하지 못하고 있었다.

아.

내 몸의 중심부에서 뜨거운 불기둥이 일어서던 순간, 아주 순간적으로 나는 별을 본 것 같았다. 어둠과 안개, 그리고 무성한 아카시아 잎새의 우듬지 사이로 찰나처럼 반짝이던 푸른 각성의 빛 하나! 적멸처럼 모든 것이 홀연히 사라진다 해도, 나의 뇌리에서 그것은 영원히 지워지지 않을 것 같다는 생각을 하며 나는 손을 뻗어 그녀의 뺨을 손에 담았다. 무의식의 그늘에 갇혀 있던 신생에의 기억처럼 맑고 선연한 양감이 양손 가득 담겨졌다.

언제까지나 그럴 것처럼, 뜨거운 각성의 눈물을 흘리며 나는 그녀의 얼굴을 끝없이 퍼올리기 시작했다.

*

이 년 만에 처음으로 맞이하는 휴가 기간 동안 나는 아무 일도 하지 못했다. 하지만 아무 일도 하지 못했다는 걸 후회하고 싶은 생각은 털끝만큼도 없다. 놀랍고 당혹스런 경험의 후유증이라고 간단히 치부해버릴 수도 있겠지만, 그날 밤의 모든 것을 어쨌거나 나는 영원히 잊지 못할 것이다. 물론 그날 밤의 경험이 게임의 논리로 얼룩진 세상에서의 산뜻한 구원을 의미하는 게 아니라는 것쯤은 나도 알고 있다. 그런 의미에서 나의 휴가는 영원히 끝나지 않을는지도 모른다.

그날 밤 찰나처럼 내가 보았던 푸른 각성의 빛 하나. 그것은 물론 경험에서 온 것이지만, 경험에서 비롯된 것이기 때문에 백 가지 게임의 논리보다 훨씬 소중한 것으로 나의 가슴에서 살아숨쉬게 될 것이다. 그리고 그것이 자라 수정 같은 진실의 세계로 나를 이끌어주리라는 기대감을 나는 끝까지 포기하지 않을 것이다. 어둠과 안개에 뒤덮인 듯한 이 세상, 뭔가를 가슴에 간직하고 살아갈 수가 있다는 건 얼마나 다행스런 일인가.

어쩌면 돌아오는 주말쯤 나는 아버지의 산소를 찾아갈는지도 모른다. 아니면 그녀와 개봉관을 찾아가 영화를 한 편 보게 될지도.

삼십세

윤효

1965년 광주에서 태어나 한국외국어대 불어과를 졸업했다. 1995년 『소설과사상』에 단편 「새」를 발표하며 등단했다. 소설집 『허공의 신부』『베이커리 남자』『그의 세컨드라이프』, 장편소설 『노러브 노섹스』『나는 달린다』, 시집 『게임 테이블』『얼음새꽃』 등이 있다.

1

꼭 다섯 해 만인가요?

정말 기적처럼 당신을 가양로(佳陽路)에서 다시 맞닥뜨렸지요. 이젠 그 이름만 남아 있을 뿐 분위기는 생경해진 '야누스'에서 마주 앉았을 때 당신이 말했지요. 나직하게. 연갈색 유리문을 통해 내비치는 밤거리를 응시하면서.

—이젠 너도 서른이겠구나.

물컵을 매만지는 당신의 손가락의 움직임을 좇고 있던 난 그 한마디에 가볍게 몸을 떨었습니다. 엷고 잔잔한 파문 같은 것이 가슴속에서 그득 번져가더군요. 서른 살. 그렇지요. 난 지금 서른 살입니다. 그러나 당신을 처음 만났을 땐 스무 살이었습니다. 그때 그 스무살과 지금의 서른 살. 둘 모두가 내 인생의 분절점이라 불러도 좋을 그런 나이들입니다.

　내게 스무 살이 어떤 나이였는지 그걸 새삼 말할 필요가 있을까요? 당신이 스물둘이었으니 우린 동세대였고, 대학이라는 공유 공간이 있었고, 학생운동이라는 뜨거운 체험 속에서 미친 듯이 번민하며 방황했었고, 또 서로의 내면을 읽어내는 감수성이 있었기에 바짝 밀착할 수가 있었습니다. 그때 혹 우리가 나누었던 수많은 대화들 중에 '남자는' '여자는' 이라는 주어로 시작되는 것이 있었던가요? 아마 거의 없었을 겁니다. 우리 대화의 테마는 늘 인간이었지요. 인간이란…… 그것이 우리 대화의 서두였습니다. 개념들에 가위눌려버린 청춘. 이렇게 부르면 과장인가요? 아무튼 난 당신을 이성(異性)으로 사랑하면서도 한 번도 그 감정을 의식의 표면으로까지 떳떳이 끌어올리진 못했습니다. 성징(性徵)을 짙게 풍기는 감각일수록 더욱 어둡고 후미진 그늘 속에 묻어두려는 움츠림, 짓눌림 같은 것들이 있었던 겁니다.

　그런데 당신은 그날 저녁 내게 나의 삼십세에 대해 물어왔습니다. 대답을 재촉하는 듯한 진지한 눈길을 받으며 난 그만 막막해졌습니다. 어디서부터 말을 시작해야 할까라기보단 과연 온전한 이해가 가능한 걸까라는 의혹 때문이었지요. 뭐랄까, 지금의 나에 대한 당신의 이해의 폭과 깊이엔 어떤 한계가 있으리라는 것. 그런 확신만이 무슨 화인(火印)처럼 또렷했던 겁니다. 왜 그랬을까요? 누구보다도 내 스무 살을 온전히 이해해주었던 당신에게 난 왜 그토록 완강한 벽을 느낀 걸까요? 혹 우리가 헤어져 각자의 삶을 살아온 다섯 해라는 시간의 부피 때문에? 그 시간 속에서 조금씩 마모되어갈 수밖에 없는 사랑의 허약함 땜에? 아닙니다. 그건 아닙니다. 내가 단절감을 느꼈던 건 오히려 성의 차이 때문이었습니다. 성의 차이가 빚어내는 삶의 차이. 그에 대한 선연한 자각이 그때 나로 하여금 그토록 단호히 금을 긋게 한 것입니다.

지금 난 결혼한 여자입니다. 그리고 두 살 난 사내아이의 어머니이기도 하지요. 이 평범한 상황은, 그러나 아주 결정적입니다. 그건 내가 더이상 여성이라는 내 성을 기웃거리며 배회하는 존재가 아니라 그 실체 속으로 스며들어가 어떤 새로운, 성숙한 존재로 거듭났음을 의미하니까요. 음, 이전처럼 은밀하고 무의식적인 본능으로서의 성이 아닌 보다 사회적이고 자연적인, 전면적인 체험으로서의 성. 그에 대한 자각이 한 사람의 남성인 당신 앞에서 날 그토록 황망히 더듬거리게 한 걸까요? 그렇듯 스스로의 어눌함에 당황한 채 차츰 상기되어가는 내게 당신은 따뜻이 일깨워주었지요.

—소설을 한번 써보지 그러니? 네 삼십세를 말야.

네 삼십세. 아마도 잉게보르크 바흐만의 『삼십세』를 의식한 듯한 그 어휘가 순간 내게 하나의 틈을 열어주었습니다. 지금껏 내 속에 그득 고여서 출구를 더듬거리던 어떤 욕망이 비로소 의식의 표면으로 떠올라준 것입니다. 그 욕망이란 바로 말에 대한 욕망이지요. 나도 말하고 싶다는, '나'를 누설해보고 싶다는 욕망. 서른 해의 생이 내 존재에 인각시켜준 모든 것을 올올이 풀어 아름다운 피륙을 짜 타인들에게로 띄워보내고 싶다는 욕망. 그리하여 좀더 고양된 존재로서 순결한 백지처럼 텅 비어 다른 생을 맞아들이고 싶다는 욕망. 그것이 언제부터인가 날 서서히, 그러나 아주 뜨겁게 달구어온 것입니다.

아, 어쩜 그것만이 아닐지도 모른다구요? 그 거죽을 들춰보면 더더욱 절박한 무언가가 꿈틀거리고 있을 거라구요? 물론 감지하고 있지요. 그 욕망의 바닥엔 어떤 생생한 공포가 똬리를 틀고 있다는 것. 바로 소, 소멸에 대한 공포지요. 언젠가 이 눈먼 공포에조차 끝이 오

리라는 것, 비정한 초침 소리를 내며 내 삶을 뭉텅뭉텅 베어먹고 가
는 시간이 어느 순간 그 거대한 입을 벌려 날 덜컥 삼켜버리면 늘 안
간힘 다해 버둥거리던 난 흔적도 없이 사라질 테고, 아무도 날 기억
하지 못할 테고, 그저 무(無)로 환원되어버릴 거라는 이,

그런 아찔한 심연을 난 오늘도 맞닥뜨려야 했습니다. 몇 주 동안
씨름해온 번역 원고를 마무리해 부치고, 마치 갓 잡은 생선처럼 파닥
거리며 놀던 아이를 재우고, 싱크대에 그득 쌓인 그릇들을 느릿느릿
씻어가는데…… 일과 일 사이의 막간이어설까요? 불쑥 걷잡을 수 없
는 공허감이 엄습하더군요. 왠지 이 삶이 끝없는 되풀이인 것만 같
고, 소모전인 것만 같고, 앞으로도 영영 그럴 것만 같고. 맥이 탁 풀
리며 거품을 내어 문지르던 접시가 툭 깨어지는데…… 고개를 드니
싱크대 위의 조그만 창문 너머로 퀭한 허공이 보이고, 문득 그곳을
황황히 떠도는 먼지의 입자들이 보이는 듯. 그리고 그것이 곧장 내
존재로 대치되어버리는 찰나. 그래, 꼭 저처럼 나도 하찮아, 덧없어.
끔찍하구나. 이 가벼움이. 비칠비칠 돌아서는데 불쑥 내 속에서 아우
성이 솟아올랐습니다. 아니야. 그렇지 않을 수도 있어. 이 흐르는 순
간순간을 결정(結晶)처럼 굳혀 남겨둘 수만 있다면, 단 한 번만이라
도 시간의 밖으로 나서볼 수만 있다면. 그때 또 맞서 솟구쳐오르는
내 속의 딴 목소리.

─무언가 남겨둘 만한 게 있어, 네 인생에도?

─……

─잘 살아냈느냐구?

─나, 난 아님 혼신의 힘을 다했다고 말할 순 있어?

─하, 하지만 그러지 못했다면 왜 그럴 수 없었는지 그 알리바이
를, 알라바이만이라도.

네, 바로 그 인생의 알리바이를 채집하기 위해 난 지금 이 백지 앞에 웅크려 앉아 있는 걸까요? 온통 헝클어진 기억의 미로 속을 더듬어갈 일에 암담해하며, 또 외로워하며. 마치 미아처럼 망연해하는 내 모습을 보고 당신은 웃고 있군요. 그렇지요? 스무 살 적 미지의 삶 앞에서 와들와들 떨던 그 모습에서 한 치도 더 자라질 못했다고. 누군가와의 동행을 꿈꾸며 내밀어보는 이 두 손까지도. 참 기이하지요? 이런 내밀한 고백의 순간에조차 난 또 왜 당신을 불러들이려 하는지. 기껏 이성이므로 이해받을 수 없다고 금을 그었으면서도 또 불가해한 자력에 이끌리듯 부르고 만 당신. 당신은 누구시지요?

언젠가 난 심리학자 칼 융의 책에서 아주 매혹적인 개념을 만난 적이 있습니다. 바로 아니무스. 여자 속의 남자. 남자 속의 여자인 아니마와는 짝패를 이루는 개념. 그것과 맞닥뜨렸을 때 난 당신을 드러내줄 말을 만난 듯 환했는데…… 음, 비유를 하자면, 가만히 노래를 불러보세요. 거기엔 늘 하나의 모티프가 있지요? 소절소절마다에 어김없이 변주되어 다채롭게 피어나는 한 음률. 바로 사랑에도 그런 모티프가 있는 건 아닐까요? 어느 날 민감한 청춘의 살갗 위로 홀연 날아들어, 문신처럼 찍혀, 이미지로 굳어져 이후의 모든 사랑을 그것의 변주로 만들어버리는 최초의 사랑, 그 집요한 노스텔지어. 바로 그것을 당신이 내게 주었다면, 당신이 나의 아니무스라면 당신의 무엇이 날 그토록 끌었는지.

우리의 첫 만남을 기억하세요? 갓 입학식을 치른 3월의 캠퍼스에서였지요. 고등학생도 대학생도 아닌 엉거주춤한 폼으로 신입회원을 모집하는 서클의 포스터들을 훑어보던 해사한 얼굴들. 그 속엔 제 얼굴도 있었습니다. 새로운 삶에 대한 열망으로 폭죽처럼 터져오를 것 같았지만 그 뜨거움만이 전부여서 어떤 형(形)도 갖추지 못한 말랑말

랑한 점토 덩어리에 불과했던 난 자신을 빛을 공간을 찾아 기웃거리
고 있었고, 어디선가 민맥이라는 먹글씨와 탁 맞닥뜨렸습니다. 마치
게임의 첫 패를 던지듯 서클룸을 찾았지요. 그곳에서 당신이 내게 물
었습니다.

　―어떻게 살고 싶은가요?

　―……

　―삶이라고 할 때 가장 먼저 떠오르는 그런.

　―음, 뜨겁게, 치열하게요.

　―……막연하군요.

　마치 탄식을 하듯 침울하게 대꾸를 한 당신은 내 북케이스 속의 책
들을 물끄러미 살펴보았습니다. 니체, 사르트르, E. H. 카, 시몬 베유.
무슨 슈퍼마켓의 물품처럼 잡다한 그것들이 문득 부끄러워졌고, 그
날 오후 참관한 세미나,『현대의 휴머니즘』을 텍스트로 한 그 세미나
가 날 끌었습니다. 인간이란 고립된 개체가 아닌 사회적 관계의 총체
이고 인간을 안다는 건 그 관계의 그물을 아는 것. 사랑이란 센티멘
털리즘이 아닌 적극적인 프락시스(실천)이며 나와 세계를 함께 바꾸
는 것이므로 우리에게 절실한 건 바로 보기라고, 허공에 발이 들린
채 거꾸로 세계를 보는 물구나무서기를 그만두고 착지해야 한다고.
착지. 그 말이 날 붙든 걸까요? 난 정말 그곳에 발을 내딛고 싶다는
생각을 했습니다. 이곳에서 내 청춘의 탐색을 시작해보고 싶다. 무언
가 몸부림이 느껴지는 이곳에서. 그리고 저 사람, 견고해 뵈는 저 사
람을 한번 통과해보았으면 하는 생각이 움텄구요. 난 차츰 그곳에서
자리를 잡아갔습니다. 세미나와 시위, 엠티, 합숙…… 모든 것이 경
이로우면서도 버거웠고, 난 자꾸 비틀거렸고, 견디지 못해 토로했고,
당신은 들어주었고, 혹 그 이듬해 어느 겨울날을 기억하세요? 주문

진 합숙을 마치고 돌아와 학교 앞에서 술을 마시고, 둘만 남아 또 마시고 흠뻑 취해 밤거리로 나섰을 때 휘청거리는 날 당신이 부축했지요. 난 그 손을 거칠게 뿌리쳤습니다.

—놔요!

—속이 또 안 좋니?

—난요, 당신이 싫어요. 당신은 존재감이 너무 커. 내가 자꾸 오그라든다구.

허, 하고 당신은 웃었지요. 그리곤 내 뺨을 감싸려는 듯 두 손을 뻗었습니다.

—비켜요. 자꾸 내 앞을 막아서지 말라구. 나도 내 눈으로 세계를 볼 수 있어.

그렇게 밀어내곤 다시 앞이 캄캄히 헝클어지면 어김없이 당신을 향해 달려가고, 당신은 마치 고해를 듣는 사제처럼 묵묵히 들어주고. 꼭 사 년 후 우리가 이별하기까지 되풀이된 그 풍경. 그랬던가요? 난 당신이 길을 틔워주는 사람이길 꿈꾸었던가요? 왠지 당신이 열어주는 쪽으로 발을 디디면 길을 잃지 않을 것 같고, 잃어도 언젠가는 이정표가 나타날 것만 같은 믿음. 그런 믿음의 대상인 당신은, 당연히 완벽했지요. 아무런 모자람, 흔들림도 없이. 나처럼 휘청거리는 당신이란? 상상한 적도 없습니다. 왜냐하면 당신은 나의 버팀목이니까.

아마 그 배역이 무척 짐스러우셨겠지요? 생각해보면 그때 당신도 겨우 스물둘이었는데. 청춘은 누구에게든 혼돈이고 고통이며 상처 범벅의 축제인 것을. 간혹 당신의 얼굴을 스치던 곤혹스러움, 쓸쓸함. 그런 걸 떠올릴 때면 난 가슴이 쿵 내려앉곤 합니다. 어쩌면 그토록 둔감했을까, 어리석었을까 싶어. 그러나 아세요? 그 어리석음은 또 무엇 때문이었는지. 바로 허약함, 타인의 허약함을 감당할 길이 없던 내 허약함 때문이라는 걸. 당신의 균열, 그 기미만 보아도 와르르 무너져버릴 것 같아 차라리 두 눈을 질끔 감아버린 거라면.

이제 그 버거운 높이로부터 내려와주시겠어요? 난 당신을 내 스무 살 적의 아니무스, 그 가혹한 이미지로부터 풀어드리려 합니다. 어떤 당위도 의지도 없이 홀가분한 당신은 그저 가만히 걸어와 내 앞에 마주 앉으면 됩니다. 골똘히 귀를 기울여주기만 하면 됩니다. 그런 한 사람을 갖는 것만으로도 벅찬 희열을 느끼는 이 순간, 혹 그가 서른 살의 아니무스가 아닐까 싶어지는 순간에 이 부름이 다시, 어쩔 수 없이 당신을 새로운 욕망에 틀어가두는 일이 된다 할지라도.

2

이렇듯 누군가 나와 함께 해줄 이가 있다는 따스함에 취해 난 소설 여행을 떠납니다. 마치 이 현실의 것이 아닌 듯, 어쩜 다른 차원으로 넘어서버린 듯 투명한 밤 먼 기억 속으로 발을 내딛으려다 난 주춤합니다. 무언가 아직 내 발목을 컥 틀어잡는 게 있군요. 바로 가위눌림이지요. 소설은 나만의 비밀 코드가 아니야, 그것은 우리의 상처로부터 시작해서 무언가 희망이 될 만한 전언으로 끝맺어야 해, 라는, 이젠 거의 콤플렉스가 되어버린 그 관념을 떨치지 못하고 난 부스스 일어섭니다.

책장 속을 하나하나 더듬어갑니다. 문고판으로 된 바흐만의 『삼십 세』를 뽑습니다. 앞표지에 실린 바흐만의 딱딱한 얼굴을 흘깃 보고 책을 열어 소설을 읽어갑니다. 독일의 한 상실감으로 시작되는 이 소설은, 그러나 잘 읽히질 않습니다. 자꾸 표면만을 겉돌 뿐. 소설 탓이 아니지요. 단지 난 이런 시작이 마음에 들지 않습니다. 한마디로 소설적이지 못합니다.

그럼 소설적이라는 것. 그건 무엇을 의미할까요? 난 그것을 지극히 이중적이라는 의미로 이해합니다. 나의 이야기인 동시에 우리의 이야기이고 상처 자체로 끝맺어도 그것에 머무르지 않고 여운을 남겨 치유의 빛을 추스르게 하는 것. 그 만남의 방식에서조차 타인을 향해 직진하기보단 내면의 우물 속으로 침잠하여 기저에서 분수처럼 솟아올라 손잡게 하는 것. 왜냐하면 누구에게든 타인에게서 같은 욕망과 상처를 확인하며 묶이고 싶다는 욕망과 그 누구와도 닮지 않은 독특한 개체이고 싶다는 욕망이 공전하니까. 그렇듯 팽팽히 맞선 두 욕망 사이를 길항하는 모순이 곧 삶이니까.

아, 내가 모순이라고 했나요? 이런 열쇠어를 흘려버렸군요.

그렇습니다. 산다는 것은 곧 모순을 살아내는 일이라고 난 생각합니다. 그것도 하나가 아닌 무수한 모순들이 뒤얽힌 세그물 속을…… 그리고 그로부터 배반감이 아닌 강렬한 절정감을 느끼기까지 하는데. 생명과 죽음 사이의 모순, 그 정점에서 느껴보는 절정감이랄까. 너무 막연한가요? 하지만 가능한 한 단순하게 불러주는 게 내가 느끼는 이 감각의 생생함을 훼손하지 않을 것 같은데…… 물론 이런 자각을 준 건 출산이었지요.

임신에 대해서라면, 글쎄요. 난 그것을 긴 괴로움으로만 기억합니다. 존재를 잉태하고 있다는 신비감보단 내 속에서 혹이 부풀어 커가는 듯한 거북함. 정말 감당할 수도 돌이킬 수도 없는 일을 저지르고 있다는 두려움, 그리고 그조차도 나만의, 내 육체만의 일이라는 데서 오는 혹독한 외로움.

그리고 진통의 순간이 왔을 때 난 이렇게 아픈데도 안 미치나 싶던 극심한 통증 속에서 생명의 시작조차도 죽음을 담보로 한 고통으로

서만 가능하다는 존재의 법칙의 무자비함에 몸을 떨었지요. 생명을 쏟는 순간이란 일종의 죽음을 겪는 순간이라는 것. 아니 삶이란 생명과 죽음이 등을 꽉 맞대고 한 몸처럼 걸어가는 길이라는 것. 그런 섬뜩한 자각이 날 미친 듯이 생명 편으로 기울게 하고, 비명 속에서 영혼마저도 쑥 뽑혀나오는 듯하던 한순간.

그리고 아이를 보았을 때 비로소 차츰 신비감이 차올랐지요. 그만 가벼운 공기조차도 견딜 수 있을까 싶도록 연약한 몸과 발그레한 분홍빛 살갗. 꼭 감은 채 파르르 떠는 눈꺼풀. 무언가를 움켜쥐려는 듯 그러쥔 손가락. 마치 생명의 원형질과도 같은 그 모습을 보며 난 속에서 뜨거운 응혈이 고이는 걸 느꼈습니다. 후욱 눈물로 터지려는 그것을 지그시 눌러 오래 속울음을 울며 자문해보았지요. 이 조그만 존재가 왜 날 이토록 뒤흔드는가. 난파선처럼 흠씬 지쳐버린 몸을 다시 악기처럼 떨게 만드는 이 파문이 어디에서 오는가. 혹 그 고통에서? 만약 그것이 없었다면? 어쩜 그것이 그 극에서 뒤집혀 신비가 되어버린 건 아닐까. 마치 생명과 죽음이 등을 맞대고 있듯 고통과 신비역시 그렇다면. 쌍생아라면? 그렇지요. 놀랍게도 삶에서는 그토록 낮은 곳에서 높은 곳으로 훨훨 날아오를 수가 있었습니다.

그런데 이토록 극단을 오가는 체험을 여자들은 일생 동안 몇 번이고 치르어냅니다. 죽음에 가까운 고통조차도 아물고 잊혀지고 한 번쯤 더 겪어낼 수도 있는 일이 된다는 것. 아니 육체 자신이 한 존재를 담아 키울 수 있을 만큼 팽창하고 수축하고 다시 팽창할 수 있다는 탄력성. 바로 이것으로부터 삶의 탄력성이, 마치 면도날 위를 걷는 듯 아슬아슬했던 삶이 일순간에 확 트인 지평으로 확장되어 살 만한 것이 되는 그 탄력성이 싹튼 건 아닐까요? 이건 단지 직감일 뿐이지만, 난 많은 여성들이 첫 아이를 낳고 새롭게 성에 눈뜬다는 것도 그 연속상에서 이해합니다. 즉 자신이 감당할 수 있는 감각의 엄청난 진폭을 체험해버린 육체가 자신도 모르게 한 극인 죽음에 맞먹는 강렬한 자극과 전율을 요구하는 건 아닌지.

아무튼 서른 살의 육체는 이미 자신의 비밀을 파악해버린 육체입니다. 당연히 자신만의 밀어로 속삭일 줄도 알지요. 간혹 극도로 우울할 때 목욕을 하다보면 그 메시지를 들을 수가 있습니다. 뜨거운 물로 몸을 씻다 발갛게 살이 익으면 찬물로 바꾸어 끼얹습니다. 바들바들 떨다 진저리를 치며 말갛게 갠 거울을 보면 푸드득 깨어난 육체가 날 마주 봅니다. 물방울을 뚝뚝 흘리며 윙크를 하지요. 자 봐, 이렇게 싱싱하잖아. 절망 따윈 어울리지 않아. 부디 네 괴로움, 그 마음의 감옥으로부터 한 발짝만 걸어나오렴. 그럼 모든 것이 달라질 텐데. 난 고개를 끄덕이지요. 그래, 나도 너를 닮고 싶어. 이토록 단순하고도 생생한 너를. 지금은 괴롭지만 이것이 전부라 우기진 않겠어. 이조차도 역시 흘러갈 거니까. 그리고 눈을 감고 거울에 이마를 맞대면 전신을 관통하는 전율. 그것은 절정감이지요. 내가 내 인생의 가장 아름다운 순간, 정점에 서 있다는 것. 이 순간만 지나면 서서히, 가차없이 추락해가리라는 것. 바로 그 끝에의 예감 때문에 이 순간이 더더욱 아름답다는 것.

그러나 죽음은 이토록 무서운 맞극이기만 할까요?

때로 그것은 후광처럼 어스름하게 빛나기도 합니다. 장지(葬地)의 노인들을 보신 적이 있지요? 난 스물여섯 살에 아버지의 상을 겪으며 뵌 집안 어른들의 모습에서 그 빛을 본 듯한데…… 미혼의 딸 셋만을 두고 떠나신 어버지였기에 아우를 앞세운 백부님과 동갑내기 벗인 당숙께서 장례를 주관하셨지요. 부고며 염, 입관, 발인 등 죽음의 절차를 치르어가는 그분들은 왠지 우시질 않더군요. 담담하셨지요. 일의 진행을 살피는 것도 꼭 아버지 생전에 함께 하는 일인 듯 무연하셨고. 하관(下棺)의 순간에조차 푸른 성하(盛夏)의 하늘이 깨어질 듯 격한 울음을 터뜨리는 딸들을 향해 당숙이 소리치실 뿐이셨습니다. 더, 더 크게 실컷 울어라. 다신 그렇게 못 운다. 그리고 푸릇한 봉분 위로 맑은 술을 훌훌 뿌리고 당신도 거푸 서너 잔을 들이켜더니 그만 그 낮술에 취하신 걸까요. 돌아오는 길 내내 자꾸 허청거리셨습니다. 꼭 허수아비처럼. 결국 산모퉁이를 돌다 움푹한 도랑으로 털썩 넘어지셨지요. 그분은 웃으시더군요. 허허 이 사람이 같이 가자는구면. 그리고 천천히 몸을 일으켜 뒤돌아보던 그분의 눈. 그 충혈된 눈은 외로운가라고 묻는 듯, 아니 그때 그분조차도 이미 반쯤은 죽음에 잠겨 있는 듯했는데.

그리고 돌아오는 장의차 안에서의 그분의 모습을 난 잊지 못합니다. 그때 그분은 갓 중학교에 입학한 막내동생을 곁에 앉히셨지요. 너무 울어 눈이 퉁퉁 부은 아이의 얼굴을 물끄러미 바라보더니 머리칼을 쓸어주며 해사한 이마와 뺨을 어루만지셨습니다. 마치 아이의 슬픔을 압지처럼 빨아들이려는 듯…… 그리곤 누런 광목옷 밑으로 뻗은 작은 손을 잡으셨지요. 눈을 감고 손가락 하나하나, 그 마디마디를 천천히 짚어가셨습니다. 마치 생명의 질감이라도 확인하려는 듯. 그때 아이의 손과 너무도 선연히 대조되던 노인의 손. 앙상히 주름지고 거뭇거뭇 반점이 돋은 그 손의 떨림엔 이 지상의 것 같지 않은 아름다움이 배어 있어…… 바로 악착스런 삶의 아귀다툼의 구도로부터 물러선 자의 서늘함, 영원을 향해 떠나갈 자의 막막함이 뒤엉킨 몸짓이었을까요. 당신의 자식들에게 투사해온 상승 욕망의 뜨거움, 단호함도 없고 그저 생명에 대한 순수한 경탄과 연민만 남은 몸짓. 네, 그렇듯 그때 그분의 육체에 스민 죽음은 생명을 위협하지 않고 더더욱 선명히 부각시키며 배면에서 빛나고 있었는데.

그런가요? 그분이 우시지 않았던 건 그토록 죽음이 가깝게 여겨졌기 때문인가요. 그러나 아직은 너무 젊어 격렬한 울음을 통해서나마 아버지의 죽음으로부터 한껏 멀어지려 했던 나, 나는 생명 자체와도 같은 내 아이를 향해 와르르 쏟아집니다.

갓 잠에서 깨어난 아이의 눈을 보신 적이 있지요? 눈꺼풀을 부비며 주위를 두리번거리는 초롱한 눈동자는 이렇게 말하지요. 하아, 오늘은 또 무슨 모험을 겪게 될까. 그렇지요. 그에겐 모든 것이 모험이지요. 왜냐하면 모든 것이 미지이니까. 낯선 세계 앞에 선 아이는 조그만 호기심 덩어리. 통통거리며 대상을 향해 달려가 골똘히 들여다보고, 감촉해보고, 이름을 불러보고. 그런 만남만으로도 하루를 꼬박 흘려보내곤 합니다. 간혹 아이를 데리고 슈퍼마켓이라도 다녀올 때면 그애는 도중에 열 번쯤은 멈추어 섭니다. 주위의 사물들에 계속 홀리는 건데…… 특히 화단에 핀 팬지나 금잔화 같은 꽃을 발견하면 내 손을 놓고 포르르 달려갑니다. 마지못해 나도 뛰어가 들여다보면, 기이하지요? 왠지 나조차도 그 꽃들이 처음인 듯합니다. 환합니다. 아이의 관심 속에서 새롭게 피어난 걸까요? 그렇듯 경이감을 느끼는 나도 그만 푸스스 피어나고. 이건 기적이 아닌가요? 각질이 두터운 서른 살의 내면에 이런 감동이라니. 때로 이런 기적의 연속으로 내 하루를 채워주기도 하는 아이는 작은 연금술사.

그리고 또 그렇게 만난 대상을 향해 얼마나 거침없이 손을 내미는지. 원초적인 공포를 일깨우는 것만 아니라면 무엇이든 아이의 친구가 될 수 있습니다. 갖은 얼굴과 목소리의 손님들, 강아지와 고양이, 조그만 새, 벌레. 누구와도 스스럼없이 뒤엉키며 자지러질 듯 웃음을 터뜨리는 걸 보면 그 생기에 흠뻑 감염되면서도 아연해집니다. 그런

가. 아직 살아본 적이 없다는 것, 어떤 기억도 악몽도 없다는 것은 저
토록 사람을 활짝 트이게 하는 걸까. 그리고 뒤엉킨 대상에 대해 끈
끈한 집착도 없이 새로운 대상을 향해 잘도 옮겨가는 가벼움. 그 유
희와도 같은 존재방식에 그만 반하고 맙니다.

그렇듯 유희에도 지친 아이가 쓰러져 잠이 들면 난 조바심을 느끼
며 몸 구석구석을 살펴보지요. 열기가 채 식지 않은 뺨과 입술, 가슴
팍, 손가락, 발톱, 성기까지 샅샅이. 그리고 그 온전함에 새삼 안도합
니다. 자문해보지요. 이런 온전한 존재가 어디서 생겨났을까. 내게
서? 아아 이건 결함투성이인 내가 할 수 있는 일이 아닌데. 바로 그
순간 신이라는 절대자의 존재를 실감하며, 어떤 초월적인 질서에 순
응하듯 아이의 얼굴에 내 얼굴을 포개면 달큰한 그애의 숨결과 내 숨
결이 막 뒤엉키고, 정말 이 순간만큼은 단 한 치의 틈도 없이 완벽하
게 내게 의존하는 이 존재와 나는 황홀하게 겹쳐집니다.

어떻습니까, 아름답지요? 네, 이 풍경은 내 인생에서 가장 아름다
운 이미지입니다. 감히 아름다움의 은유라 부를 수 있을 만큼. 이러
한 이미지만으로 내 인생을 꽉 채울 수 없다는 것. 그것이 나의 슬픔
이니까요. 그러나 생각을 조금 틀어서, 만약 이런 이미지만으로 내
인생이 꽉 차 있다면 그때도 내가 그것을 아름다움으로 느낄 수 있을
까요?

아닙니다. 아이러니컬하게도 인간은 풍요를 갈구하면서도 그것에
감사할 줄 모르는 존재입니다. 인간을 고양시키기보단 더욱 둔감하
게 마비시켜버리는 풍요. 어쩌면 우리가 탐닉하는 건 풍요 자체가 아
니라 그것을 추구해가는 과정이 아닐까요. 대상의 윤곽만이 멀리 아
른거릴 때의 설렘과 선연한 거리를 견디는 긴장, 조바심. 언뜻언뜻
표피에 닿아볼 때의 아찔함과 드디어 컥 틀어쥐었을 때 손아귀에 꽉

242

차오르는 양감, 충만감. 그 짧은 희열의 순간이 지나면, 슬프게도 사태는 반전됩니다.

이미 소유해버린 대상은 더이상 갈망의 대상은 아니지요. 밀착한 만큼 친숙하고 편안하지만 얼얼한 자극마저 주는 신선한 존재는 아닙니다. 차츰 보지 못했던 결함들이 숭숭 드러나기 시작하고 매혹된 고유의 아름다움에조차 둔감해져가지요. 바로 권태라는 암균이 피어오르는 순간. 그것이 우리의 영혼을 잠식해가는 속도는 무섭도록 빠릅니다. 어쩜 이것이 최선이 아니었는지 몰라 하는 의혹이 솟고, 그로 인해 소유한 것보다 그럴 수 없었던 것들이 더더욱 도드라져 보이고, 꽁꽁 붙박인 몸을 비웃기라도 하듯 마음은 황황히 문 밖을 떠돌고, 기껏 힘겹게 가꾸어온 공간조차 죄 깨어버리고 싶다는 충동.

훗, 웃고 있군요. 바로 결혼한 사람들의 불행이 아니냐구요? 특히 사랑했기 때문에 결혼할 수밖에 없었던 사람들에게 퍼부어진 저주?

결혼. 내가 스물일곱에 선택한 삶의 방식. 스무 살 적의 이데아가 깨어지며 자연스럽게 옮겨간 관계의 축(軸). 그리고 또다른 파열, 혹은 성숙? 얼마 전 난 한 지인(知人)의 결혼식에 다녀온 적이 있습니다. 가톨릭의 혼배성사였지요. 여고 시절에 보고 처음 접하는 의식이었는데 참 묘한 느낌을 주더군요. 독서와 응송, 복음, 강론. 지루할 만큼 긴 철자들이 사제 앞에 선 두 남녀를 서서히 조여가더니 서약과 성혼선언이 있었습니다. 성부와 성자, 성령의 이름으로 두 사람이 부부가 된 것을 공포하노라…… 이제 둘이 아니요 한 몸이니 하늘이 맺은 것을 사람의 힘으로 풀지 못하리라. 순간 난 가슴이 컥 막히는 듯했습니다. 그만 그 결속에 내가 묶이는 듯하달까. 식이 끝나고 성당 밖으로 나서며 난 동행한 친구에게 말했습니다.

—으슬으슬했어. 사람의 힘으로 풀지 못한다니.

친구는 먼 허공을 응시하며 반문했습니다.

—글쎄. 그토록 단단히 묶으려는 건 그만큼 사람의 마음이란 게 묶이기 힘들기 때문이 아닐까? 생각해봐. 어느 시대, 어느 사회에서나 가장 강한 욕망은 가장 엄격한 금기 속에 갇혀 있어…… 음, 신의 계율 중에 간음하지 말라는 사항이 있는 것도 그만큼 파트너를 바꾸어보고 싶은 욕망이 강하다는 의미가 아닐까?

네. 그것이 캠퍼스에서 만난 첫사랑의 상대와 긴 열애 끝에 결혼해 오 년쯤 살아온 친구의 해석이었습니다. 물론 나도 반박하지 않았고. 그래서 왠지 더더욱 막다른 골목에 이른 듯 황막한 심정이 되어 가을빛 속에 떨며 서 있는데 마침 막 부부가 된 남녀가 뜰로 걸어나왔습니다. 전신에 스팽글이 듬뿍 박힌 웨딩드레스를 입은 신부는 아름다웠지요. 하객들의 축하에 일일이 화사한 웃음으로 답하는 그녀는 그 순간의 행복의 영속성을 굳게 믿는 듯 환했는데. 난 문득 그런 생각을 했습니다. 결혼이란 어쩜 인생의 내장(內臟) 속으로 들어서는 통로일 텐데 왜 그 입구에서 저토록 눈부신 순백의 성장(盛裝)을 하는 것일까. 그리고 신부가 사진촬영을 마치고 마지막으로 친구에게 부케를 던져주며 핑그르르 돌 때 햇빛 속에 화르르 퍼지던 드레스 자락에 언뜻 핏물이 배는 듯.

네, 그런 불길한 환각을 볼 만큼 내 정서는 황막했습니다. 마치 나목처럼 헐벗은 느낌이랄까. 미혼이었을 땐 달랐지요. 분명 내 내면엔 동화 속 비밀의 화원 같은 곳이 있었습니다. 아직 누구도 발 디딘 적이 없는, 내 손길을 기다리는 처녀지 같은 공간. 그런데 결혼을 겪어내면서 난 그곳으로 들어서는 열쇠 자체를 영영 잃어버린 듯합니다. 그래서 더이상 내가 캐내야 할 인생의 비밀은 없는 듯, 어쩜 이 빈곤함만으로 끝까지 갈 것만 같은 예감.

결국 결혼에 대해 말한다는 건 아주 쓸쓸한 이야기가 되겠지요. 그러나 그에 앞서 그보다 더 쓸쓸한 이야기를 하나 할까요. 바로 내 어머니의 이야기. 과연 그녀의 삶이 내 삶과 어느 부분에서 겹쳐지는지는 알 수 없으나 그녀를 건너뛰고선 내 삶의 어느 부분도 해명할 수 없으리라는 느낌만은 확실하므로.

3

어머니는 조그만 여자입니다. 키도 작고 얼굴도 작고 몸집도 작습니다. 이목구비는 날카로울 만큼 섬세하지만 풍기는 느낌은 아주 유순하지요. 꼭 소녀 같달까. 잔주름이 세그물처럼 그득한데도 말입니다. 또 걸을 때도 그녀는 가만가만 걷습니다. 마치 빙판을 밟듯 조심스럽게, 아이처럼. 그런 그녀에게선 거의 무게가 느껴지질 않지요. 아니 체취조차 없을 듯 가뿐합니다. 단 한 번도 중년 여자 특유의 풍염함을 지닌 적이 없는 사람.

당연히 목소리도 작아서 조금 쉰 듯한 칼칼한 음성으로 더듬거리다 말끝을 흐리기 일쑤인 그녀는 자신을 잘 표현할 수 있는 사람이 아닙니다. 난 지금껏 그녀가 타인에게 무언가를 명령하거나 조목조목 따지거나 암팡지게 대들며 싸우는 걸 본 적이 없습니다. 싸우기는커녕 늘 일방적으로 당하는 편이지요. 항변조차 변변히 못 한 채 눈물을 글썽이며 돌아서버리면 그뿐이니까요. 그런데 당한다는 표현은 좀 부적절하군요. 왜냐하면 그녀는 애초에 모든 싸움의 구도로부터 비켜서 있으니까. 자신이 이길 수 있다고, 그래서 무언가를 획득할 수 있다고 기대조차 않는다는 듯.

난 가끔 가족 앨범을 꺼내 펼쳐보곤 합니다. 빛 바랜 흑백사진들 속엔 처녀 시절의 그녀가 담겨 있습니다. 곱슬곱슬 지져 붙인 머리칼에 풍만한 몸을 쥔 잿빛 투피스, 발목이 부러질 듯 높은 하이힐을 신은 그녀는 전형적인 육십년대 처녀입니다. 아주 단아하고 탐스럽지요. 또 결혼식 사진 속의 그녀는 흰 공단 한복을 입고 엷은 베일을 쓰고 있습니다. 미래에의 기대로 바짝 긴장한 걸까요? 카메라 앞에서 딱딱히 굳은 채 눈이 번쩍 뜨이도록 훤칠한 미남 청년의 팔짱을 끼고 서 있습니다.

앨범을 탁 덮는데, 기이하지요? 사진 속의 그녀는 내 기억 속의 그녀와는 너무도 다릅니다. 그건 내 기억 속의 어머니가 훨씬 여위었다, 늙었다만으로 설명될 순 없는 어떤 것. 바로 성징의 문제지요. 그렇습니다. 사진 속의 어머니는 여자로 느껴지는데 내 기억 속의 어머니는 그렇지가 않습니다. 그저 그녀는 어머니일 뿐.

잠깐, 어머니의 외양을 묘사해볼까요?

내가 기억하는 한 그녀의 차림새는 한결같습니다. 한 갈래로 바짝 묶은 단발 길이의 생머리에 옷은 회색이나 갈색, 검은색의 헐렁한 원피스를 즐겨 입습니다. 원색이나 무늬가 화려하거나 광택이 있는 옷은 딱 질색이지요. 물론 화장도 하지 않아 늘 파리합니다. 외출할 때만 까칠한 입술에 슬쩍 찍어누르는 립스틱이 전부니까요. 한마디로 장식성(粧飾性)이라곤 없는 무채색의 여자인데.

참으로 엉뚱하게도 그녀가 하는 일은 타인을 꾸며주는 일입니다. 소도시인 K시의 변두리에서 꼬박 이십 년 동안 작은 미장원을 경영해왔으니까요. 정작 자신은 정결하다 못해 스산한 모습으로 종일 거울을 마주한 채 손님들의 머리칼을 자르고 파마를 말고 마사지를 해주고 손톱을 다듬어주는 겁니다. 그 모습을 보면 알 수가 있지요. 그녀가 자신의 일을 무척 좋아한다는 것을. 왜냐하면 단지 생계의 절박

함만으론 연출할 수 없는 몰입과 도취의 기색이 역력하니까요.

　물론 그녀의 일은 그뿐만이 아니어서 틈틈이 안집을 드나들며 가사노동을 합니다. 단 한 해도 간장, 고추장, 김장, 명절 채비, 무엇 하나 빠뜨린 적이 없는 그녀는 자신의 공간을 꼭 제 손으로 추슬러야만 직성이 풀리는 그런 타입이지요. 아, 그렇다고 해서 그녀가 일을 잘한다는 의미는 아닙니다. 오히려 가사노동만큼은 지독히 서투른 편이지요. 뭐랄까, 그녀가 일을 하는 과정 속엔 철저히 비합리적인 구석이 있습니다. 나로 하여금 부엌에서 단 삼십 분도 함께 있지 못하게 하던 어떤 것.

　결국 기억들을 끌어모아 걸러낸 그녀의 이미지는 일하는 여자입니다. 그리고 그것을 압축하는 건 그녀의 손. 독한 파마약으로 갈라터지고 부풀어오른 뭉툭한 손. 간혹 울음을 터뜨릴 때면 그 조그만 얼굴을 다 덮어버릴 만큼 큰 손.

　그녀가 그런 이미지로 남아야만 했던 건 바로 사진 속의 남자, 영화배우 같았던 ㄱ 남자가 ㄱ녀를 돌보아주지 않았기 때문이지요. 그는 생래적으로 유랑의 피를 가진 사내였을까요. 외지인 J시에서 어머니를 만나 결혼하고도 안착을 못 했습니다. 고향인 K시에 정착하긴 했지만 자꾸 직업에서 직업으로 전전을 했지요. 사진관, 인쇄소, 제재소, 벽돌 공장. 내가 기억하는 모든 사업은 그의 과욕과 허영으로 무너져내렸고, 그때마다 어머니가 나서서 수습을 해주었고, 또 한동안은 첩살림을 차리기까지 해 가족을 외면했고, 모든 것을 잃고 돌아온 후엔 걷잡을 수 없는 내리막. 결국 어머니는 스스로 부성이 결여된 우리 가족의 무게중심이 되어주어야만 했습니다.

　물질적으로 보면 우린 가난하지도 풍족하지도 않았습니다. 이것의 의미를 아시겠어요? 늘 빠듯이 절약하는 사람이었지만 우리 자매들은 칠십년대의 아이들이 별 구김없이 자라는 데 필요한 모든 것을 얻었습니다. 동화집과 위인전기집, 백과사전, 문학전집, 피아노…… 오히려 또래 아이들에 비해 퍽 사치스러운 편이었지요. 물론 그것은 절실한 사치였습니다. 적어도 자신이 꾸는 꿈이 어머니의 땀의 등가물이라는 걸 잘 알고 있었으니까요. 그래서 무언가를 할 때면 아주 간절히 원해야 했고 약속해야 했고 성실해야 했고, 그렇지 못할 땐 가책을 느껴야 했고. 무엇 하나 쉽게 얻어지지 않는, 남아도는 것이라곤 하나도 없는 뻑뻑한 삶. 그것의 연속이었던 성장기를 생각할 때마다 상징처럼 떠오르는 건 역시 앞서 말한 손, 어머니의 손입니다.

그렇습니다. 우린 그 손에 압도당하며 성장했습니다. 그 손이 건네주는 모든 것, 심지어 뼈를 바른 생선살, 사과 한 알조차도 이렇게 속삭이는 듯했으니까요. 자 봐, 삶이란 이토록 고단한 것이야. 결코 함부로 살아낼 수 없는 것이라구. 어쩜 내게 있어서 삶이 근본적으로 무거운 것이었다면 그것은 그 손의 뉘앙스 때문이 아니었을까요? 분명 그것은 어떤 순간에도 인간의 노동과 애정을 배반해선 안 된다는 모럴을 주어 내 삶이 뒤집히지 않도록 해주었지만 또 이면에선 나를 괴롭혀온 둔중한 추이기도 했습니다. 당신과 함께한 청춘기에 이데아를 향해 도약하려 할 때마다 부디 땅에 안착하라고, 무모하게 굴지 말고 순응하라고 나를 죽죽 끌어내리던 힘. 그것에 맞서 팽팽히 퉁겨오르려는 욕망이 내겐 있었습니다.

네, 고백하자면 난 어머니를 사랑하면서도 사랑하지 않았습니다. 가능한 한 한껏 그녀로부터 멀어지려는 원심력이 있었던 거지요. 무엇보다도 난 어머니의 살(肉)을 그리워하지 않았습니다. 아니 싫어했지요. 특히 어린 시절 나를 목욕시킬 때면 몸 구석구석 파고들던 까칠한 손의 감촉은 정말 싫었습니다. 자라서도 절대로 목욕을 함께 하

지 않았지요. 내 살을 보이기 싫어한 만큼 난 어머니의 살을 보는 것
도 싫어했습니다. 유독 결벽증이 심해 공중목욕탕엔 가지 않는 그녀
가 부엌에서 목욕을 하다 등을 밀어달라고 부르면 난 달아납니다. 마
주치면 싫어, 징그러워요 하고 쏘아붙였고, 그녀는 저런, 인정머리
없는 것, 하며 파르르 떨고. 뭐랄까, 난 어머니의 벗은 실루엣을 보는
게 싫었습니다. 유독 속살이 고와 뽀얀 우윳빛이 도는 등, 외면당한
채 속절없이 늙어가는 육체를 보는 게 싫었고, 아니 더 정확히 그 모
습이 상징하는 어떤 생의 포즈, 자신의 체적을 좁히며 위축되어가는
조심스러움이 싫었습니다.

바로 그런 갈등을 극명하게 드러내주는 몇 장의 삽화.

초등학교 이학년 때였을까요. 하학길의 교문 앞에 아버지가 서 계
셨습니다. 한 달쯤 귀가하지 않고 있던 그는 날 시내로 데리고 가 옷
과 구두, 학용품을 사주었습니다. 그리곤 자장면도 먹지 않고 택시를
잡아타고 어디론가 갔습니다. 아담한 단층집 앞에 내려 초인종을 누
르자 젊은 여자가 달려나왔지요. 모란꽃처럼 풍민한 그녀는 내 손을
덥석 잡고 활짝 웃었습니다. 안방에 앉아 밥상을 받았지만 난 거의
먹질 못했습니다. 다만 여자가 뿜는 짙은 육향에 컥 체할 듯한 거북
함으로 그녀를, 아버지의 밥숟갈에 장조림을 얹으며 종알거리는 그
자홍빛 입술을 바라보고 있었지요. 집이 너무 좁다, 낡았다, 외풍이
세다, 계속 불평을 했지만 놀랍게도 아버지는 화를 내지 않았습니다.
도리어 밥상을 물리자마자 마루에 난로를 놓아주었고, 새 커튼을 달
아주었고. 우리집에서라면 상상도 못 할 그 모습을 물끄러미 지켜보
다 난 그들이 지붕을 손본다며 잠시 뒤뜰로 나간 사이 그 집을 빠져
나왔습니다. 길을 묻고 물어 어둑어둑할 무렵 집에 들어섰을 때 파랗
게 굳은 엄마가 날 몰아세웠습니다.

—어디 갔다 왔어?

—……

—바른대로 말 못 해?

—그 아줌마네 집에.

또박또박 내 속의 악마가 내뱉었고, 그녀의 눈에선 푸른 불꽃이 튀고, 정말 거짓말처럼 세찬 주먹질이 내 어깨와 등으로 퍼부어지고, 울음도 없이 그 몰매를 다 맞는데, 기이하지요? 비로소 마음이 누그러지는 것이었습니다. 늘 묵묵했던 어머니가 스프링처럼 맹렬히 튀어오르는 걸 보고서야 내 속에 똬리 튼 적의가 수그러들다니……

그리고 또하나의 삽화는 그 갈등이 극에 달했던 사춘기의 어느 저녁입니다. 아랫목엔 어머니와 내가 있고 텔레비전의 흑백 화면에선 연속극이 돌아갑니다. 해묵은 궁중비사를 각색한 〈장희빈〉. 유폐당한 폐비 민씨가 소복의 옷고름으로 눈물을 찍어내고 있고 어김없이 쿨쩍쿨쩍 우는 어머니. 난 베개를 끌어안고 휙 돌아눕습니다.

—지긋지긋해. 저 청승.

—…… 모두가 한 사람 때문이야. 한 사람이.

난 벌떡 일어나 대들듯 말하지요.

—하지만 저 여자만 나쁘다곤 말 못 해요. 애초에 자신이 선택하지 않은 상황 속에 태어났는걸.

—……

—그렇잖아요? 내가 저 여자였대도 저 길밖에 없다면 저렇게 해버렸을지도 몰라.

어머니는 낯이 새하얘져 못을 박습니다.

—어디 가서 그런 말 하지 맛…… 계집애가.

난 그 철벽같은 미덕을 향해 신음처럼 토해내지요.

─무력한 건…… 죄악이야.

네, 난 어머니의 그 파리한 식물성이 싫었습니다. 왜 매사에 자신의 몫을 떳떳이 요구하지 않는가. 당당하지 못한가. 혹 그렇기 때문에 늘 무언가를 잃는 건 아닐까. 어머니와 어린 시절에 본 그 여자. 두 사람 사이의 차이는 무엇인가. 당신. 내게 어떻게 살고 싶으냐고 물으셨지요? 네, 난 어머니처럼 살고 싶지 않았습니다. 당신이 지적했듯이 스무 살 적의 내 꿈은 너무 막연했지만 적어도 어머니처럼 살지 않는다, 그것만큼은 확실했습니다. 언제부터인가 난 어머니를, 집을 떠나야 한다고 생각하게 되었고 서울의 B대학에 진학하며 꿈을 이룰 수 있었지요. 짐을 꾸려 올라오는 밤기차 안에서 난 거푸 다짐을 했습니다. 난 강해지겠어. 누구도 날 함부로 할 수 없을 만큼. 절대로 내 자아를 굶기지 않아. 타인에게 의존하지도 않아. 차창에 어리는 여린 얼굴을 노려보며 꾹꾹 다져밟던 각오들. 터질 듯이 팽팽한 자의식과 숙명에의 오만한 전의(戰意). 그것이 내 청춘의 시작이었는데.

그러나 난 다시 자문하게 됩니다. 어머니의 그 양보와 인내는 다만 패배였을까. 체념이었을까. 그녀는 정말 자신의 삶을 방기한 걸까. 어쩜 그것이 아닐 수도 있다고, 내 판단 역시 하나의 독단일 수도 있다고 회의케 해주는 마지막 삽화.

초등학교 오학년 때였습니다. 파산을 한 아버지가 집으로 돌아오셨지요. 그리고 곧장 혼수상태에 빠져 병원 응급실로 옮겨졌고 급성 간염에 폐렴, 쇼크까지 겹쳐 위독한 상태라 했지요. 우리 가족은 찢어져 동생과 나는 친척집에 맡겨졌습니다. 도시의 한 끝에서 또다른 끝으로 버스 통학을 한 지 일 주일, 어머니가 학교로 찾아와 우릴 병원으로 데려갔습니다. 병실로 들어서는 순간 키가 훤칠한 노인 한 분이 우릴 돌아보았지요. 외할아버지시다. 어머니의 말에 우린 엉겁결에 인사를 했고, 노인은 암울한 눈빛으로 우릴 물끄러미 바라보고 침대에 혼절한 듯 누워 있는 아버지를 내려다보고 다시 창 밖으로 시선을 돌려버렸습니다. 어머니는 말이 없었지요. 건너편 벽만을 하염없이 바라볼 뿐. 가느다란 목엔 퍼렇게 정맥이 돋고, 우린 그 정적에 짓눌려 숨이 막힐 것만 같고…… 그날 밤 아버지가 고비를 넘기는 걸 보고 외할아버지가 떠난 후에야 깨달았지요. 지금껏 한 번도 외가에 가본 적이 없다는 것, 아니 그곳 자체가 사진 속에서나 보는 비현실적인 공간이었다는 것.

그리고 그 이듬해 우린 처음으로 외가 나들이를 했습니다. 외할아버지의 부음을 듣고서였지요. 심장마비였기에 임종조차 못 한 어머니는 누각처럼 무너져내렸습니다. 얼굴 윤곽이 허물어지도록 비통한 오열을 쏟으며 마당 한가운데 주저앉아 바들바들 떨던 작은 몸…… 그곳에서 전해들었지요. 어린 시절 그녀가 얼마나 조용하고 깔끔한 소녀였는지. 여학교 땐 학교를 몰래 야간으로 돌려놓고 미용학원을 다닐 만큼 당돌했고, 외할아버지에게 들켜 죽도록 매를 맞고도 굽히지 않을 만큼 고집스러웠고, 가족의 반대를 무릅쓰고 자신이 선택한 상대와 결혼했고, 어김없이 불행했고, 모친상을 겪은 후엔 아예 친정에 발을 붙이지 않았다는 것. 꼭 십 년을. 십 년, 상상이 되세요? 타지에서 여자로서의 최악의 삶을 살면서도 핏줄의 위안을 거부하던, 자신이 선택한 삶을 스스로 구겨버릴 순 없었던 자존심, 무서운 근기 같은 것. 어쩜 그녀는 지친 게 아니라 내면에서 치열하게 대결하고 있었던 건 아닐까요? 달아나지 않고 중심에서 철저히 견디어내는 것. 그것이 그녀의 견딤의 방식이었다면 그녀의 딸인 나는 내게 주어진, 아니 내가 선택한 숙명을 어떻게 견디는가.

4

　청춘을 생각하면 난 갱도(坑道)를 떠올립니다. 아주 길고 어둡고
축축한 미로. 앞을 밝힐 탐조등이 없어 자꾸 무릎이 꺾이고 측벽에
머리를 쿵쿵 찧고, 그렇게 캄캄한 혼돈 속에서 더듬거리다 어느 날
햇빛 속으로 나서니 그만 늙어버린 걸 발견하게 되는……

　스무 살 적엔 달랐지요. 난 내가 광활한 벌판에 서 있다고 생각했
습니다. 눈앞엔 미답의 세계가 활짝 펼쳐져 있고, 난 가난하지만 열
정적인 진실의 순례자. 언젠가는 이 모든 누추한 어둠을 박차고 훨훨
날아오를 거라고. 그때 날개로 받아들인 이데아는 마르크스주의, 대
학이라는 한 뼘의 안전지대에서 받아들인 그것은 세상 속으로 들어
서는 순간 이카루스의 그것처럼 와해되어버렸고 전부가 아니면 전무
다 식의 사고에 길들여진 정신은 균형을 잡지 못했지요. 오만한 영웅
주의자가 아니면 조급한 허무주의자. 난 후자 쪽이었지요. 이전해간
현장에서 목도한 풍경들에 경악했고, 극심한 질곡 속에 갇혀버렸고,
애초에 난 싸움꾼으로 태어나질 못했다고 자위했지만, 그러나 다시
모두 자신의 짐이 아니라고 떠나버리면 누가 하는가.

　죽음 같은 시간이 왔습니다. 최선이라 여긴 일에서 실패했다는 상
실감과 한 치 앞도 가늠할 수 없는 막막함, 손가락 하나 까딱해볼 수
없는 무력감. 그 지독한 냉소의 시기엔 당신과도 최악이었지요. 사소
한 일에도 우린 무섭도록 싸웠고, 제 상처에 눈멀어 상대의 상처를
다독여줄 수 없었고, 결국 거울을 피하는 폐인들처럼 서로를 등지고
푸스스 흩어졌습니다.

　마치 탕아처럼 난 집에 돌아왔습니다. 그토록 폄하해온 가족들의

맹목적 애정에 감싸여 펑펑 울었고, 노독(路毒)을 풀었고, 이어 집을
덮친 아버지의 병과 죽음. 그것은 축(軸)을 잃어버린 날 거침없이 잠
식했지요. 그토록 나를 틀어 가두지 말라고 싸웠지만 이제 누가 나를
그만큼 단단히 묶어두려 할까. 아니 누구 앞에서 그렇듯 발을 뻗고
엉엉 울어볼 수 있을까. 외로웠지요. 거리를 걸을 때면 딛고 선 지각
이 일시에 뒤집히는 듯, 누군가 체온 가진 이가 손만 내밀어주어도
와르르 무너져내릴 것 같은 나날들.
　바로 그 시기에 난 지금의 남편을 만났습니다. 복학을 하고 출판사
에서 아르바이트를 하던 무렵이었지요. 그곳을 드나들던 그는 일간
신문의 수습기자이자 갓 데뷔한 시인이었고, 대학신문의 기자로 문
학도로 청춘기를 보낸 탓인지 마르크스의 적자이기만을 꿈꾸던 우리
와는 많이 달랐습니다. 아, 잠깐 그가 대학을 떠나며 쓴 시를 보시겠
어요?

누구나 저마다의 영혼에는
눈 덮인 오솔길 하나쯤은 덮여 있다고
새처럼 제 노래에 취할 줄 알던
확신의 때가 있었다
언제나 맑은 슬픔이 배어 묻던 바람을 따라
(……)
그러나 부채(負債)처럼 쌓이는 회상의 끝에는
슬퍼하라
이문동의 거리에 눈이 내린다.
지난 몇 해의 여름
타는 태양에 태양보다도 더 빛나는 어깨를 내어주던

튼튼한 신념들은 스스로 절망의 목비(木碑)를 세우고

이 겨울 마른 내 어깨를 세차게 두드리는 눈

아픈 눈이여

지금도 시는 사랑을 회임하고

서적 속으로 앉은뱅이들은 춤추며 돌고 있는데

매일 영가를 불러주던 눈 찔린 가수들은

안개의 나라로 돌아가야 했다

허무하지 않은가

허무하지 않은가

아직도 발목 묶인 말들은 궁핍의 여울을 떠나지 못하는데

살아온 변명과 살아갈 구실을 찾으며

마침내 토플 책을 깔고 앉아 시를 쓰는 것이다

　네, 이런 가책과 회한, 미명 같은 회원이 그의 의식의 주조였고, 비록 중심의 치열함은 없었지만 거리를 두고 관망한 자 특유의 섬세함과 유연함은 내게 신선한 것이었고 우린 급속도로 가까워졌습니다.

　확실히 그와의 사랑은 당신과의 사랑과는 달랐습니다. 난 처음으로 사랑의 가벼움, 감미로움에 눈뜨는 듯했지요. 무언가를 걸고 맹세하고 그 무게에 짓눌려 신음하는 게 아니라 감정에 순응하며 일상의 결을 가꾸어가는 사랑. 난 오래 전에 당신과 내가 그토록 경멸하면서도 또 내심 갈망했던 프티부르주아적인 데이트를 만끽했습니다. 저녁이면 만나 커피를 마시고 술을 마시고 거리를 걷고 주말이면 짧은 여행을 다녀오고. 마치 도보여행을 하는 듯한 그 과정 속엔 강렬한 자극도 극적인 반전도 없었지만 휴식과 평화, 신뢰가 있었고, 난 그의 돌봄 속에서 차츰 상처들이 아무는 걸 느꼈고, 이념의 돌덩어리를

벗어던질 수 있었고, 폐선처럼 황폐했던 내가 어느덧 미래를 생각하고 있었습니다.

그리고 그 이듬해 어느 주말 교외에서였습니다. 나란히 걷던 그가 불쑥 물었습니다.

—너 첫사랑이 언제였니?

—형이 첫사랑인데요.

—거짓말 말구.

—음, 대학 일학년 때요.

—심각했어?

—제법.

그리곤 말이 뚝 끊겼지요. 한참 묵묵히 걷던 그가 휙 돌아서며 날 바라보았습니다.

—계속 우기는 게 나았을 것 같지 않니?

—그럼 형은 내가 첫사랑인가요?

—인마, 난 서른이야. 네가 첫사랑이라고 해도 믿기나 하겠니?

—난 스물여섯이에요. 형은 내가 지금껏 아무도 사랑하지 않았을 만큼 건조한 여자라고 생각하세요? 살아간다는 건 어떤 식으로든 누군가를 사랑한다는 건데 그걸 탓한다면?

—탓한다면?

—형은 만나기 전엔 존재하지도 말았어야 한다는 말과 똑같지요. 그건 폭력이에요. 부당한 침해라구요.

한껏 격앙된 내 얼굴을 물끄러미 바라보던 그. 그리고 우리가 더 가까워져 함께 보내게 되었을 때 그는 어둠 속에서 싱긋 웃으며 귓불을 깨물며 속삭였지요. 이것도 침해일까?

네, 이렇듯 그는 악력(握力)이 느껴지지 않는 사람이었습니다. 특유의 담백한 시선 속에서 난 자유롭게 유영할 수 있었고, 숨길을 틀수 있었고, 스스럼없이 그와의 동행을 수락했습니다.

물론 불안은 있었지요. 결혼만큼은 내가 선택하는 운명이다. 그럼 이 사람이 정말 나의 운명의 상대일까? 혹 다른 가능성을 끊어버리는 덫은 아닐까? 그러나 결혼식을 치를 때 그가 끼워주는 순금의 링 속으로 내 인생이 둥글게 모아드는 걸 보면서 생각했습니다. 이 속이 갑갑할 수도 있겠지. 그러나 따스하리라. 세상의 어떤 비바람으로부터도 날 지켜주리라.

그리고 결혼 사 년째인 지금 난 실소합니다. 마찰은 운명이라는 말이 무색할 만큼 사소한 것에서 비롯되었고, 무풍지대라 믿었던 곳이 내 전 존재를 뒤흔드는 폭풍의 눈이었고, 표연한 자아의 외피 아래 시도때도없는 내출혈…… 공식화된 사랑의 무거움, 혹은 일상화된 사랑의 타성이었을까요. 식탁과 침대를 공유하는 남녀의 관계엔 무언가 근본적인 착오가 있었습니다. 그의 거리의 이미지에 반했으나 그 이면의 헝클어진 반쪽만을 갖는다, 아니 더 정확히 부성을 꿈꾸는 여자와 모성을 꿈꾸는 남자가 만나 똑같이 아이처럼 군다. 예정된 트러블?

환멸의 정점은 임신과 함께 찾아왔습니다. 입덧이 너무 심해 아예 병자처럼 누워 지내야 했던 난 내장이 죄 뒤집힐 듯한 구토로 푸른 위액까지 쏟아낼 정도였고, 거의 링거만을 맞는 상태로 여섯 달이 흘렀지요. 생명의 착상이 준 물리적인 아픔이 내면까지 할퀴어 극도의 불안과 우울로 치달을 무렵 마침 그가 문화부의 문학기행 담당자로 내정되었습니다. 동경해오던 일이라 그는 무척 기뻐했지만 난 그 없이 남은 시간을 버텨낼 자신이 없었습니다. 난 애원했지요.

— 다음에 해요, 네?

─기회란 늘 오는 게 아냐.

─하지만 나도 이런 고통을 늘 겪진 않아요.

─……

─나 혼자만의 일이 아니잖아요?

─이건 병이 아니야. 누구나 겪는 일인걸.

─난 그 누구나에 속하고 싶지 않아서 결혼한 거예요. 당신에게만
은 특별한 존재이고 싶어서.

─제발 아이처럼 굴지 마. 매일 전화할게.

그렇게 그는 날 시가에 맡겨둔 채 길을 떠났고, 난 아득히 벼랑으
로 굴러떨어지는 느낌이었습니다. 무언가 동행의 룰을 파기당했다는
느낌, 모든 것을 부당하게 홀로 전가받고 있다는 피해의식. 이후 누
구에게도 결코 괴로움을 호소하진 않았지만 내 안에서 전쟁이 시작
되었습니다. 밀착한 관계에서 소외당했다는 아픔을 너머, 관계에 온
체중을 실어버린, 혼자라는 지고의 생리를 망각한 자신에 대한 염오.
그것은 타인에 대한 첨예한 적의로 뻗쳤고, 더이상 부를 사람도 더
이를 곳도 없는 외로움.

그렇게 가을이, 겨울이 갔고 출산을 했습니다. 아이와의 서툰 씨름
속에 또 봄이 왔지요. 라일락 향기가 진동하던 어느 날 남편은 남해
쪽으로 길을 떠났습니다. 난 세탁기에 넣을 빨래들을 챙기다 그의 점
퍼 호주머니에서 꾸깃꾸깃한 메모지를 발견했습니다. 펼쳐보니 취중
의 것인 듯 꾸물꾸물한 그의 글씨들.

달리고 또 달린다. 눈앞의 표적은 점점 흐릿해지는데, 다만 주어
진 시간을 메우기 위해. 달리면서 묻는다. 이 필사적인 버둥거림은
무엇인가. 관성일 뿐인가. 생각해보면 한 시대의 시인으로 가장 민

감한 촉수를 지닌 자로 사는 것. 그 이상을 바란 적이 없는데……
날 조이는 일상의 틀은 너무 단단하고 불감(不感)의 각질은 너무
두꺼워…… 혼(魂)을 깨우기 위해 술을 마시면 취기 속에 선연해
지는 건 내가 마모되어가는 소리, 바삭한 모래알 같은 풍화……
내가 진정으로 이 시대의 곡비(哭婢)가 될 수 있을까.

일(work)과 친구와 한 여자. 인생의 최소치라 생각했던 것. 그
러나 늘 그렇듯이 최소치는 최대치…… 생의 인색함에 실소한다.

어떤 약속이 있었던가. 내면에 거울 속의 길을 닦자 했던가. 실
핏줄까지 비출 만큼 준열한…… 그러나 시야 그득 혼탁한 산성 안
개의 천지. 뜨겁고 무모한 옛 맹세의 친구들은 어디로 갔을까. 전
화하기가 두렵다.

하, 거리(距離)가 없다. 세상의 혼돈과 악덕을 내 속에서 쥐 보는
데, 뫼비우스띠처럼 안과 밖이 구분되지 않는…… 이 오욕의 수렁
에서 신이 잉태된다? 그러니 뿌리내려야 한다. 칭얼거리지 말고 허
황한 부침 없이. 으스러지도록 껴안지 못한다면 차라리 몰락하라.

한밤중에 깨어 바라보는 얼굴 둘. 달걀처럼 희고 무심한…… 사
막을 가는 낙타의 혹은 그를 짓누르는 무게이자 생명을 지탱시키
는 보고(寶庫). 바로 내 육체와도 같은 아내라는 혹 하나, 아들이라
는 혹 둘. 정답고도 무거운 짐, 업(業) 덩어리.

난 아찔했습니다. 간혹 내가 그를 짐스러워하듯 그 역시 나를 짐스

러워할 수 있다는 것. 내가 나만의 패각 속에 유폐되어 앓듯이 그도 내가 포착 못 한 그만의 괴로움을 앓는다는 것. 등이 휘도록 무거운 짐을 지고 간다는 것. 서로 죽어도 못 보는 무엇이 있다는 것.

그리고 꼭 사흘 후 난 그의 엽서를 받았습니다. 짙푸른 남해 바다와 확 트인 수평선이 담긴 풍경…… 뒤집으니 조금은 단정해진 그의 글씨들.

밤바다의 수면을 핥는 바람이 향기로워. 내가 실어보내면 당신도 맡을 수 있나? 소금기 짙은 내음, 당신의 머리칼에서 나던…… 눈을 감으면 잔물결 소리…… 너머 시원의 어둠을 박차고 날아오르는 새, 환해지는데 아, 피묻은 날개가, 날개의 뼈 속에 숨긴 무거운 돌덩이, 죽을 듯이 힘겨운 비행으로 하얗게 질려가는 아름다운 긴장…… 얼핏 새는 두 마리로 분열하여 날다 한 몸처럼 겹쳐져 먼 정처를 찾아가는데…… 드문드문 유숙의 불빛이 박힌 포구의 품을 향해 치닫는 순간 수천수만으로 증폭, 명멸하는 흰 얼굴…… 그, 그대인가?

금산의 밤

눈앞이 뿌옇게 흐려져왔고 가슴이 먹먹해졌습니다. 한 올 입김으로 꽝꽝한 마음의 얼음장이 녹는 듯했고, 물길이 터지듯 가느다란 울음이 새어나왔지요. 내면의 숱한 자상(刺傷) 너머 응어리들이 녹아흐르고…… 그 감정들조차 텅 비어가는 듯할 때 난 고개를 들었습니다. 봄볕 아래 청결히 말라가는 새하얀 기저귀들이 눈부신 휘장처럼 펄럭였고 그것은 거의 카타르시스로 치달았습니다. 혹독한 부대낌 끝의 참혹한 이해랄까. 비로소 그와 단단히 묶여 있다는 느낌. 내가 아내라는 서러운 이름을 받게 되었다는 것.

그리고 우린 차츰 안착해갈 수 있었습니다. 결혼은 문화와 문화의 조우다, 그러니 한 발짝 물러설 것, 상대를 변형시키려 하지 말 것, 싸우되 절대로 아킬레스건은 건드리지 말 것. 그렇게 각(角)을 깎아내며 질 좋은 가죽처럼 잘 닳아갔지요. 서로의 피로와 역정을 받아주며 누군가 감정을 투사할 대상이 있다는 것에 안도하며, 서로의 살에 파묻혀 위무를 받다가도 어쩜 이 교접조차도 근본적으로 자위에 불과한 건 아닐까 아찔해하며, 혹 이 무사함, 평온함이 그토록 경계해온 거짓 행복은 아닐까 의혹을 피우기도 하며.

바로 그즈음 그 이완된 일상 속으로 소포 한 꾸러미가 날아들었습니다. 풀어보니 육십년대 미국 록 그룹 도어스와 우드스톡의 공연을 담은 비디오테이프와 엽서. 아프리카의 오지에서 포착한 일식 장면…… 달이 해를 컥 삼키며 어둠을 부르는 찰나의 환(環)은 섬뜩하도록 아름다웠고, 그 뒷면에 가늘고도 거친 필체…… 미모사처럼 경련하던 그대 얼굴이 생생하군. 아직도 그렇게 열렬히 살아 있는가? 서른셋. 까무룩한 뻘밭 속으로 잠겨드는 듯한 나날들. 맛없고 질기기만 한 삶. 난 물었습니다.

　─……누구예요?

　─독일에 유학 가 있던 친구. 연극배우야. 돌아왔나보군.

　─가까웠어요?

　─애인이었지.

　─왜 결혼 안 했어요?

　─그녀가 원하지 않았어. 들고양이 같은 여자거든.

그리고 그가 테이프를 비디오 속으로 밀어넣자 불그스름한 화면 그득 록 리듬이 튀어오르며 검은 머리칼의 선정적인 사내 짐 모리슨

이 나타났습니다. 전후 서구사회의 보수성, 육식성에 반항하던 젊은 이들의 우상이라던 그. 〈Light My Fire〉〈Waiting for the Sun〉〈The End〉 등을 부르는 모습은 인생의 공허를 꿰뚫으면서도 쾌락의 극단을 추구한 디오니소스랄까. 시인과 짐승이 공존하는 내면의 폭발로 화면은 터질 듯 부풀어올랐고, 마치 내 속의 정염을 보는 듯 얼얼했고. 그리고 우드스톡. 미친 사내 조 카커의 삼박 사일의 노천축제. 빗속에서 음악과 술과 마약으로 뒤엉켜 교감했다는 청중들은 이후 중년이 되어 그랬다지요. 우린 그때 다 살아버렸다. 나머지는 길고 지루한 잔영에 불과할 뿐…… 과연 원초적인 리듬과 끈끈한 육성으로 가장 순수한 본능적 열망만을 도려내는 그 필름은 마치 대낮의 거리에서 옷을 확 벗는 듯 당혹스러우면서도 걷잡을 수 없이 사람을 휘감는 자력을 뿜었고. 그렇게 세 시간쯤 보고 났을 땐 맥이 쑥 빠졌지요. 왠지 좁은 공간이 더 좁게 느껴지고, 모든 정물의 빛이 바래는 듯하고. 돌아보니 그의 얼굴엔 엷은 홍조가 피어 있었습니다. 마치 소년 같은 신선한 흥분, 설렘으로 꽉 찬 얼굴.

　이후 그는 급격히 변해갔습니다. 빽빽한 일의 일정도 버거워하지 않았고, 가족들에게도 훨씬 다감했고, 잦은 일상의 트러블에도 관대했고, 그의 전신에 돋은 생기가 촉촉히 집 안을 물들여갔지만, 난 거꾸로 급속도로 침체되어갔습니다. 아내로서의 본능, 아니 더이상 관능이 배제된 사랑을 믿지 않는 중년의 칙칙함 탓이었을까요? 느닷없이 공간을 침입해온 낯선 존재를 내 자아는 격렬히 밀어냈고, 그러던 어느 날 난 대학로에서 그녀의 공연을 볼 수 있었습니다.

　퍼포먼스가 가미된 그 드라마는 유고 영화 〈유기체의 신비〉를 극화한 것이었습니다. 정치적 자유의 문제를 성으로 대치시켜 풀어낸 그 텍스트는 한마디로 선명했습니다. 확대된 세포의 무늬들을 투사한 무대에서 마주 앉은 남자와 여자. 남자는 사회주의 국가관리시스템 속에서 길러진 스케이터로 국가의 신화, 남성의 신화를 추종해왔지만 정작 사랑에선 임포텐츠. 갈망과 무력감으로 뒤틀린 이 예민한 사내를 여자가 리드해갑니다. 양성 모두의 껍질 벗기라 할 이 의식은 문명의 각질을 벗고 척추와 자궁을 가진 생명체로서의 자신을 실감하는 데서 재출발해야 한다는 전언으로 성환원주의인 듯 조금 역하면서도 현대의 허를 찌르는 신선함이 있었고.

그러나 무엇보다도 인상적인 건 그녀의 춤이었습니다. 붉은 조명과 초록빛 조명이 명멸하는 속의 격렬하고도 즉흥적인 동작들은 골격의 언어인 듯 절박하면서도 내밀한 떨림까지도 전하듯 섬세했고, 세포의 욕망을 잘 형상화하고 있었고. 특히 이중 조명을 받는 얼굴. 분방한 소년인가 하면 아찔하도록 농익은 중년 여자가 되는…… 포스터 속의 얼굴이 겹쳐졌지요. 눈가에 주름이 잡히도록 거침없이 웃던 화장기 없는 얼굴. 과장이 주는 거북함에도 불구하고 통쾌함을 느끼게 하던, 시간과 통념에 포박당하지 않는 보헤미안의 냄새. 난 비로소 그를 점령해버린 감정의 실체를 알 것 같았습니다. 아마 그, 아니 모두의 내면에 잠복했으나 선뜻 터뜨려보지 못한 격한 정서, 즉 일탈, 방랑, 도약의 화육 같은 존재. 그에겐 다른 극단의 매혹이면서 통풍구 같은 존재.

돌아오는 길은 쓸쓸했습니다. 그건 단지 그의 감정을 확인해서만은 아니었습니다. 그에 대해서라면 난 이해했습니다. 정점에 서서 미친 듯이 질주하면서도 허탈할 수 있다, 권태로울 것이다. 아내와 아이로도 채워지지 않는 공동(空洞)이 있을 것이고. 왜냐하면 내가 그렇듯이. 글쓰기를 내 몫으로 선택했으면서도 암호와 같은 언어의 미로에서 헤맬 때마다 정말 이것뿐일까라고 회의하듯, 기꺼이 수락한

이 관계에서조차 바닥 없는 허기와 갈증을 느끼듯 그도 그럴 수 있다. 어쩜 어느 순간 핸들을 휙 꺾어 커브를 돌고 싶을 수도 있고, 가지 않은 길로 진입하는 그 기로에서 여자도 바꿀 만큼 가벼워지고 싶을 수도 있고, 최소한 저물녘 귀갓길의 버스 안에서 내가 한 번쯤은 집 앞에서 내리지 않고 어떤 먼 곳으로 가고 싶어하듯 그도 그럴 수 있다. 그날 밤 난 그에게 싸움을 걸었습니다.

— 싱싱하군요. 좋은 친구가 돌아와서 그래요?

— ……소중한 우정이지.

— 에로틱한 우정?

— 당신…… 왜 그래?

— 하, 대단한 균형감각이군요.

— ……

— 왜 거북한가요? 윤색하질 않아서.

전혀 예측지 못한 방향으로 말이 빗나갔고, 그것이 숨은 환부를 들춰냈고 우린 격렬하게 싸웠습니다. 열린 관계, 혹은 자유롭다, 난센스다…… 관계의 원칙들이 불려나왔고, 한번 불붙은 회의는 걷잡을 수 없이 번졌지요. 어쩌면 이 원칙조차도 허구며 열망일 뿐 솔직하지 않아. 그렇듯 당위의 꺼풀을 벗자 복병 같은 적의와 질투가 뛰쳐나와 가시로 돋았고, 그럼에도 또 그는 새로운 격정 속으로 불가항력으로 빨려들어갔고, 끈끈한 관능의 냄새를 포착한 내 더듬이는 구토를 일으키고. 더 피할 곳이 없었지요. 서로의 말꼬리를 물고 시작한 싸움이 사생결단을 낼 듯 치열해졌고 상대를 정면에서 거침없이 난자했고 돌아서면 적나라한 직설에 넌더리를 치면서도 또 그의 소중한 무엇이 무참히 얼룩지고 있다는 것에 으슬으슬한 쾌감을 느끼고. 온 집 안이 폭풍 속에 좌초하는 듯하던 날들. 끝내 한 싸움 끝에 그가 내 뺨을 쳤습니다.

—그만두겠어. 만나지 않아.

붉게 핏발 선 눈. 역시 한 마리의 상처입은 짐승일 뿐인 그. 그건 제스처가 아니었습니다. 아마 그는 그의 말대로 할 것입니다. 왜냐하면 완벽하게 포기하는 것. 그것이 그의 반항이니까. 그러나 그조차도 내가 원한 것은 아니었습니다.

—우리 이혼해요…… 끝내요.

불쑥 충동으로 내뱉은 말이 결의처럼 굳어졌고 난 애써 가꾸어온 모든 것을 향해 되뇌었습니다. 이 결속은 무의미해, 허위야, 기만이라구. 난 하얗게 질린 그를 등지고 돌아섰습니다.

그날 밤 난 아이와 함께 고향으로 가는 밤기차에 몸을 실었습니다. 꼭 십 년 전 상경 열차의 차창을 노려보며 누구와도 다르게 살겠노라고 입술을 앙다물던 처녀는 이제 모두가 함몰해가는 진부한 덫에 치여, 짐을 친친 동여맨 여자가 되어 떠나온 곳으로 되돌아가고 있었고, 청춘의 신비가 벗겨져 스산한, 어딘가 귀퉁이가 허물어져가는 듯한 그 검은 얼굴을 부수고픈 참담함.

집은 스산했습니다. 그곳을 팔고 아파트로 이사를 가자는 딸들의 말에 귀를 틀어막은 어머니는 분신 같은 가게를 꾸리며, 틈틈이 안집에 드나들며 분주했지요. 얼핏 보면 음산한 귀기(鬼氣)마저 감도는 공간을 부둥켜안고 기억들을 파먹으며 사는 것 같았지만, 아니었습니다. 동년배 아주머니들의 푸석한 머리칼을 매만지며 윤곽이 허물어지도록 웃는 그 얼굴에 짝 잃은 노년의 치명적인 공허는 없었습니다. 그 옛날 사슬 같은 관계를 수긍했듯이 지금의 혼자를 수긍했고, 아버지의 폭력이 그녀를 망가뜨릴 수 없었듯이 그의 죽음 역시 그럴 수 없었고. 그렇담 그녀의 힘이란 의지만도 아닌 관성? 간혹 관절염을 잃는 그녀는 우기의 눅눅함 속에 낮잠을 잡니다. 혼절한 듯한 그 잠에서 깨어나면 몽롱한 목소리로 꿈 이야기를 합니다. 고된 노동과 가슴앓이의 연속이었던 삶 속에 드문드문 박힌 추억들. 그것들을 거푸 반추하며 변주해가는 그녀를 보면, 아뜩하지요. 어떤 순간에도 아름다움만을 도려내어 간직하는 것. 그것도 본능인가? 그렇게 심연을 건너뛰는가?

곧이어 장마가 시작되었습니다. 광폭한 태풍이 측벽을 미친 듯이 후려쳤고, 집 안의 정물들이 쿵쿵 넘어지고, 염색한 광목 커튼이 펄럭이고, 뜰의 무화과, 석류나무의 잎들이 바들바들 떨고. 온 천지가 진동하는 듯한 검푸른 어둠 속에서 뒤척이다 난 아버지의 기일에 쓸 제기들을 챙기러 다락에 올라갔습니다. 그곳은 모든 낡은 것들의 종착지였지요. 어머니의 일생의 증거이기도 한 물건들을 세세히 더듬어가는데 구석에서 울긋불긋한 궤짝이 눈에 띄었습니다. 열어보니 아기 배내옷과 포대기…… 좀이 슬어 푸슬푸슬 해체되어가는 그것들 옆의 신문 뭉치를 풀자, 하이힐이었습니다. 어머니의 사진에서 본 것과 똑같은. 흰 것과 검은 것 한 켤레씩을 들어올리자 굽이 툭 부러졌지요. 시간의 무게를 더는 견딜 수 없다는 듯. 어느새 내 앞에 랜턴을 든 어머니가 서 있었습니다. 묵묵히 구두를 받아든 그녀는 뒤뜰로 가 바람이 들지 않는 곳에 불을 피웠지요. 쭈그리고 앉아 홍싯빛 화염이 피식피식 사그라들도록 잔해들을 바라보는 그 모습…… 네, 자명했지요. 이 완벽한 와해와 상실. 무엇이 남아 있는가, 그녀의 청춘의 꿈 중. 난 무릎에 얼굴을 파묻었고, 울음이 발작처럼 터져나왔고, 온몸이 뒤흔들리는데…… 확연해졌습니다. 그토록 화살처럼 멀리 퉁겨나가려 했으나 보이지 않는 고무줄 끝에서 통통거리다 원점으로 되돌아오고 말았다는 것.

밤이 되자 폭우가 쏟아졌습니다. 흰 번개가 하늘을 쩍쩍 가르고, 세상 모두를 수몰시켜버릴 듯…… 으슬으슬한 한기와 적요 속에 불을 끈 채 동생과 나는 나란히 누웠습니다. 그 옛날 버스 통학을 같이 하던 동생이었지요. 집이 깨어질지도 모른다는 공포로, 단둘뿐이라는 비장한 유대감으로 한 달을 버티던 그 시절 생생한 공포로 남아 있는 기억 하나. 우린 만원버스 속에서도 늘 손을 꼭 잡고 있었는데 어느 날 입구로 치닫는 어른들에게 떠밀려 나만 버스 밖으로 내동댕이쳐졌습니다. 난 발딱 일어섰지요.

—그때 언니 모습이 선해. 무릎이 깨져 피가 줄줄 흐르는데도 이 바보야, 빨리 내려, 빨리.

—넌 버스 안에서 숨이 넘어갈 듯이 울고.

—아찔했어. 공포의 원형이야.

—왜 그랬을까, 난 버스가 날 다시 태워줄 거란 생각은 못 했어. 그냥 가버릴 거라고만.

네, 난 정말 버스가 날 태워줄 거라는 생각은 못 했습니다. 이미 아버지에게 한 번 내팽개쳐진 악몽 탓이었을까요? 보호받지 못한 아이가 자기 보호를 위해 지닐 수밖에 없는 치밀한 적의 같은 것. 그 긴장을 새삼 떠올리며 전율하는데 문득 동생이 오래도록 만나온 자신의 연인에 대해 이야기를 시작했습니다. 끊길 듯 끊길 듯 질기게 이어져 온 이들의 관계는 묘했지요. 유복자인 그는 어머니의 사업 탓에 초등학교 때까지 시골 할머니에게서 자랐고, 그래선지 지금도 어머니와의 갈등이 심하고 또 모든 인간 관계를 버거워한다고 했지요.

—술에 취하면 늘 그래. 난 지금껏 아무도 사랑한 적이 없어. 만약 있다면 네가 처음이겠지만…… 그러나 떠나고 싶으면 언제든지 떠나도 좋아.

―……힘들겠구나.

―한 발짝 다가왔나 싶으면 어느새 두 발짝은 물러서 있고…… 그 사람 속엔 아이가 하나 숨어 있어. 막막한 들판과 먼지가 부옇게 피는 신작로를 바라보며 엄마를 기다리는, 기다리고 기다리다 마음의 빗장을 걸어버린 아이.

―사람은…… 변하지 않아.

눈을 감는데…… 섬광처럼 선연해졌습니다. 동생의 상상 속의 아이, 내 기억 속의 아이, 불신으로 오그라든 숱한 아이들. 버려진다는 것에 대한 공포로 차라리 먼저 버리려 하는, 어떤 관계에서든 이미 시작부터 발을 뽑을 준비가 되어 있는 그 아이로부터 우린 단 한 치라도 더 자란 적이 있을까? 그렇다면 이 실패 역시 예정된 것은 아니었을까? 불쑥 밑이 빠지는 듯한 공허감이 엄습하여 환각처럼 어머니도 나도 동생도 한 꼬챙이에 컥 찔려 까무룩 구멍 속으로 함몰되어가는데…… 순간 불길한 숙명의 전조(前兆)처럼 다시 번개가 치고, 잎들의 검은 그림자가 바르르 떨고, 난 맥을 털썩 놓고 뇌우 속으로 잠겨들었습니다.

이틀 후 아버지의 기일에 남편이 집에 내려왔습니다. 수척해진 그는 말이 없었지요. 예를 치른 후 잠깐 눈을 붙이고 새벽에 또 길을 나섰습니다. 짤막한 인사말을 건네고 돌아서는 내게 조수석 쪽의 문을 열어주더군요. 우린 빠른 속력으로 비에 말끔히 씻긴 포도를 달렸지요. 시의 북쪽 외곽으로 빠질 무렵 난 그가 어디로 향하는지를 알았습니다. 운주사. 천불천탑이 있는 곳. 결혼 전 K시에 올 때마다 들르곤 하던 추억의 공간.

경내는 적막했습니다. 첩첩의 돌덩이를 머리에 인 입구의 석불들도 여전했고. 무게에 짓눌려 우는 듯 찡그리는 듯한 얼굴들이 눈에 툭툭 채는 길을 걸어가는데, 기이하지요? 예전엔 그저 경이롭기만 했던 그것들이 전혀 낯설지가 않았습니다. 마치 내 내면풍경이 고스란히 환치되어 있는 듯하달까. 밟히는 잡풀만큼이나 하찮았던 사람들이 돌덩이에 제 상(像)을 새기며 투사했을 설움, 희원 덩어리가 내 가슴팍으로 픽픽 떨어져 쌓였고. 그렇게 아침의 적요 속을 걸어 와불이 있는 곳까지 왔습니다. 커다란 귀를 나란히 맞대고 누운 이 불상들에게 연(戀)을 비는 남녀는 짝을 이룬다고 했었지요. 두 귀 사이의 골에 고인 빗물은 고름처럼 흥건했고. 질기고 질긴 인연처럼. 돌아오는 길에 그가 말했습니다.

　—처음 당신을 만났을 때 난 이미 약속의 허술함 같은 걸 감지한 나이였지. 그러나 당신하고라면 실패하지 않을 자신이 있었어.

　계속 풍경이 흘러갔지요. 앞에도 길, 뒤에도 길, 끝도 지표도 없는 막막한 행로. 그리고 이명(耳鳴) 같은 그의 목소리.

　—결혼이란…… 이런 동승이 아닐까? 삐긋하면 같이 죽을 수도 있는, 몰락이 보장된 유대…… 우리 같이 가자.

　떨며 젖어드는 음성. 힘없이 뻗은 내 손에 칡뿌리처럼 깊숙이 얽혀들던 그의 여윈 손.

　그렇게 난 집으로 돌아왔습니다. 비록 작지만 생의 모든 것, 사랑과 증오, 배신과 화해, 체념이 응축된 공간에서 부대끼며 살아갑니다. 무언가를 더 갖기보다는 다만 잃지 않기를 바라며, 가능한 한 흠집 없이 품을 수 있기를 바라며, 그럼에도 또 피할 수 없이 예리한 자아의 날에 살을 베이며, 그걸 속수무책으로 바라보며. 가끔은 죽도록 외로워하지요. 그러나 외롭다라고 말하진 않습니다. 물론 외로운가라고 묻지도 않지요. 그저 영화를 보거나 노래를 들으며 참, 사람이란 하고 뭉뚱그려 말할 뿐. 왜냐하면 우리의 사랑은 이미 금이 간 사랑. 말하는 순간 와르르 깨져버릴 것만 같아.

　혹 사랑하는 사람의 벗은 등을 본 적이 있으세요. 새벽녘 침대에서 홀로 빠져나와 뒤를 돌아보면 벽을 향해 완강히 돌아누운, 골격이 앙상히 드러난 그의 등…… 단호히 혼자임을 말하는 그 실루엣 앞에서 난 또 앞이 뿌옇게 흐려옵니다. 그와 나 사이. 불과 몇 자 사이의 거리엔 캄캄한 심연이 패 있습니다…… 어떤 몸부림으로도 메울 수 없는 자명한 거리. 바로 이것을 수긍하지 못해 그토록 서로를 물어뜯으며 여기까지 온 걸까요? 어쩜 이조차도 그의 탓도 내 탓도 아니고 다만 우리가 부부로 짝지어졌기 때문인 것을. 순간 섬광처럼 하나의 시가 스쳐가지요. 삶의 공허에 너무 일찍 눈떠 팽팽한 자의식의 외줄을 타고 가다 추락해버린 시인 이상의 시,

　　내키는커서다리는길고왼다리아프고안해키는작아서다리가짧고바른다리가아프니내바른다리와안해왼다리와성한다리끼리한사람처럼걸어가면아아이부부는부축할수없는절름발이가되어버린다.

5

　점(占)을 친 적이 있으세요? 너무도 자주 시야가 막혀 지표를 볼 수 없을 때, 마치 자신이 인형극 무대에 선 꼭두각시일 뿐 배면에서 조종하는 음험한 손을 느낄 때, 그렇다고 무대 밖으로 뛰쳐나갈 수도 없을 때 난 자꾸 내 발등을 찍는 운명의 숨은 패를 훔쳐보며 가볍게 생을 퉁겨보고 싶어집니다.

　정초의 어느 오후였습니다. 명절 끝의 피로와 허탈감에 젖은 나는 쇼핑을 마치고도 한참 거리를 훌러다녔고 어디선가 고개를 드니 낯

선 구역. 주위를 두리번거리니 회청빛 하늘을 찌를 듯 높이 솟은 대나무가 있고, 선연한 오색 공이 매달려 있고, 난 홀린 듯 골목으로 들어섰지요. 그 끝은 점치는 집이었습니다.

원색의 성장과 얼룩덜룩한 화장의 중년 여자들은 스산해 보였지요. 덫으로부터의 탈출과 마지막 반전을 꿈꾸는 조바심으로 팽팽해진 공기…… 그 틈에서도 난 바로 내 앞의 여자에게 끌렸습니다. 서른네댓쯤 되었을까. 고무줄로 질끈 묶은 생머리에 검은 코트를 입은 그녀는 무섭도록 창백한 낯에 불안한 눈을 하고 있었고. 소매와 손등에 묻은 물감을 보니 그림 그리는 여자였을까요. 그녀가 옆방으로 불려들어가자 난 벽에 바짝 붙어 신경을 곤두세웠습니다.

—쯧쯧, 임자 팔자엔 사내가 없어. 있어도 그늘이 못 돼.

카랑카랑한 직설에 풋, 실소하는 여자. 점쟁이가 다시 못을 박았습니다.

—자네 기가 드세지. 살이 하도 많아 즈이끼리 부딪히다 없어지네. 이건 가운을 입을 팔자야. 검은 가운 입고 사람을 죽이고 가두거나 흰 가운 입고 살리거나…… 피를 봐야 해.

—어디선간 중이 될 팔자라던데?

—그, 그럼 수행도 보통 일이야?

—그래도 싫어. 그 힘이면 뭘 해도 이루겠네.

당돌하게 받아치던 여자는 점차 격양된 음성으로 남편과의 불화를 토로해갔습니다. 같은 미술학도로 만나 결혼했으나 그의 이기적이고 괴팍한 성격 탓에 가정이 거의 파탄 지경에 이르렀다는 것. 충돌을 세세히 묘사할 땐 아예 울음이 터질 듯했지요.

—난 참았어요. 그런데 여편네와 제 새끼가 자는 데 가스레인지에 셔츠 벗어 불붙여 던지는 놈이.

—그것도 사내가 제 기를 지키려고 발광을 하는 게지.

—하지만 이혼을 하자면 또 매달리는 건.

그렇게 단서를 줄줄 흘리는 여자와 순발력 있게 받아치며 유도해가는 점쟁이의 팽팽한 신경전을 엿들으며 난 문득 세상 속의 무녀(巫女)들의 위상을 이해할 것 같았습니다. 지상과 신 사이의 경계를 넘나들며 운명을 엿보는 그들을 최하층 계급으로 억눌렀던 건 권력의 행방까지도 점칠 수 있는 또다른 권력의 방만함을 경계하는 일종의 균형 장치가 아니었는지. 그때 또 소곤거리는 여자의 목소리.

—어때요, 내가 그림으로 성공하겠어요?

—그럼, 서른아홉엔 확 뜨지.

—……그이와 나 둘 중에 누가 먼저요?

탐욕스럽도록 절박한 음성. 당연히 당신이, 압도적으로라고 약속을 받은 그녀는 완연히 생기가 돌아 날듯이 가벼운 걸음으로 그 집을 빠져나갔고, 마치 화염이 쑥 빠져나가는 듯한 그 뒷모습을 바라보다 난 옆방으로 들어갔습니다.

열린 벽장 안엔 울긋불긋한 제단이 있고, 호마이카 밥상 위엔 쌀, 동전, 색실, 염주알, 아기 꽃신 등이 놓여 있고, 그 너머의 바싹 마른 중년 여자는 전형적인 무녀의 얼굴이었지요. 흰자위가 많은 가느스름한 눈에 뾰족한 턱, 푸릇한 입술. 그 순간 메어지는 듯한 목소리.

—단명이야!

난 얼른 고개를 수그렸지요. 아마 내 시선이 너무 불손했던 모양이지요.

—자리를 바꿔 앉아도 되겠네. 눈이 매워 남의 팔자도 잘 보겠어.

흐물흐물 웃는 그녀.

—남의 집 문 안을 기웃거리고 남의 켯속을 들춰보고 아예 길을

품고 다니니……

혹 이야기꾼의 숙명? 그러나 난 잽싸게 말을 낚아챘습니다.

—그런 것말구 제 짝이랑 잘 살겠나 그거나 봐주세요.

—암, 잘 살지. 이녁은 누구하고도 살아. 물이거든.

—징그러워라.

—그 대신 누구하고 살아도 외로워. 반듯하게 살아도 혼은 거렁뱅이지.

그렇게 생의 나이테를 뚝뚝 잘라 보이며 게임의 자장 속으로 말려들어가는 나. 타인을 바라보며 견지하던 냉정함을 잃고 미끼를 덥썩덥썩 물며 친친한 욕망의 그물 속으로 감겨들어가는 나를 또다른 내가 아연하게 바라보는데 다시 단언하듯 그녀가 말했지요.

—죽은 아비에게 파(破)가 꼈지. 그 양반이 얹혀 있어.

—……?

—이녁 앞을 자꾸 막아. 살을 풀어야지. 굿을 하라구, 응?

그러나 난 완강히 고개를 저었습니다. 그녀의 눈에 짧은 실망의 빛이 스쳐갔고, 다시 그럼 부적을 하나 사가라는 말에 난 잠시 망설이다 고개를 끄덕였습니다.

골목을 터벅터벅 걸어나오며 난 부적을 펼쳐보았습니다. 붉은 인장으로 그린 상형문자 문양의 그것은 조잡하면서도 섬뜩했지요. 횡액을 막아주고 풀어준다, 풀어…… 그러나 과연 무엇을 풀 수 있을까요? 이렇듯 늘 가시처럼 인후에 박혀, 아니 어혈(瘀血)로 가슴속에 응어리져 죽음까지 가는 것. 그것이 사랑이 아닌가? 비록 매순간 혈맥을 막을지라도. 그러나 그걸 찢지는 않았지요. 살아 있으므로 또 품을 수밖에 없는 희원을 간직하듯.

뒤를 돌아보니 내가 걸어나온 길은 마치 구불구불한 식도처럼 보였습니다. 숱한 욕망과 절망, 희원으로 얼룩진 질척한 내장 속. 뿌연 잿빛 대기 속을 떠도는 저 헛것들. 우린 바닥 없는 허기로 그것을 뜯어먹고 그만 헛배가 불러 더더욱 빠져나올 수 없는. 아마 인간이 살아 있는 한 영영 사라지지 않을 그 음습하고 후미진 골목길을 난 오래오래 바라보았습니다.

돌아오는 길에 난 화방에 들러 자코메티 조소집을 샀습니다. 오래도록 내 마음을 끌었던 실루엣들. 골격만 남은 가느다란 지체, 흐르는 듯한 늑골, 축 늘어뜨리거나 모아쥔 두 손, 움푹한 눈. 실존의 끝까지 간 듯 청청한 직립. 눅눅한 욕망을 다 털어버린, 더이상 남자도 여자도 아닌 듯한 이들의 전언은 제 존재에 대한 수락입니다. 삶의 불구성에 경악하지 않고 상처를 숨어들 수 있는 은신처로까지 보지요. 다리를 다쳐 절뚝거리는 자코메티는 자신의 아틀리에를 방문한 작가 장 주네의 초상을 그려주며 말합니다. 당신 아주 잘생겼군. 잘생겼어…… 더도 덜도 아닌 세상의 모든 이들처럼 말이요. 네, 바로 옆의 의자 위에 걸린 수건처럼. 자기 고유의 자리, 무게, 침묵까지도 가지고…… 따라서 나는 혼자다. 그러므로 그 필연성에 대항하여 당신은 아무것도 할 수 없다. 내가 지금 이대로의 나일 수밖에 없다면 나는 파괴될 수 없다. 지금 있는 이대로의 나, 그리고 나의 고독은 아무런 거리낌 없이 당신의 고독을 알아볼 수 있다. 난 그만 화집을 덮고 맙니다. 네, 관조의 사랑이지요. 그러나 아직은 젊다는 것 하나 때문에 거리를 무너뜨리려는 몸부림으로 난 또 얼마나 피를 흘려야 하는 걸까요.

그럼에도 자세만은 생생히 남습니다. 고양에의 열망으로 사슬 같은 실존조건들을 박차고 거슬러오르려는 몸짓들. 자문해보지요. 지금껏 묵시록이 없는 시대가 있었을까? 없었지요. 모든 종교는 종말을 경고해왔지요. 바로 자기 내부의 사악함, 허약함으로부터 끝을 예감해왔기에. 그러나 인간은 존재하기를 그친 적이 한 번도 없습니다. 바로 자신의 어둠을 박차고 날아오르려는 열망 때문에. 비록 숱한 가상의 날개들을 달고 덧없이 추락할지라도. 그렇다면 구원이란 어느 정점의 완결된 상태가 아니라 그곳에 이르려는 부단한 지향이 아닌지…… 그러나 그 긴장을 살아내는 일의 아득함이란. 바르르 떠는 내게 그날 당신이 말했지요.

—체위를 바꿀 때가 된 거지.

—하지만…… 이미 무수히 금이 간걸요.

당신은 싱긋 웃으며 대답했습니다.

—그 금의 긴장이 잔을 지킨다면, 이를 악물고 동강나지 않도록.

네, 파열해버릴 것만 같은 이 위기감 속에서도 난 내 서른 살에 얻은 게 무엇인지를 압니다. 바로 삶에 흠씬 난타당한 후의 피로가 만들어준 부드러움, 내 상처로 타인의 상처를 품을 수 있게 된 것. 스무 살 적의 흠집 없는 허상들을 내어주고 얻은 것들. 기장 소중한 허니를 잃고서야 다른 무엇을 얻는다는 가혹한 타산. 생성하는 순간 이미 파괴하고 있는 생의 모순.

그 모순의 날(刀) 위를 춤추며 가는 행로에서 온전히 살아남을 수 있는 단 하나의 열쇠가 무엇인지도 난 감지합니다. 바로 자아를 어떻게 치환하는가의 문제라는 것. 결국 내 어머니에게로 돌아오나요? 그녀가 뿌리 뽑히지 않았던 것은 그녀의 자아가 돌출해 있지 않았기 때문이지요. 자기 내부에 타인의 자리를 내어주며 그들을 통해 자신을 관철시켰기에 공격적인 것들의 허약함 없이 정체성을 잃지 않을 수 있었던 거지요. 지금도 그녀처럼 살고 싶진 않지만, 그러나 한 사람이 견뎌준다는 것의 의미만큼은 잘 알기에. 그렇다면 지금껏 내가 찾던 성이란. 난…… 그만 여기서 멈춥니다. 아직은 눈뜨고 싶지 않은 진실.

단지 이 하나만을 알지요. 세상을 향해 나를 열어두는 한 앞으로도 무수히 살을 베이게 되리라는 것. 지금껏 그래왔던 것보다 더더욱. 그리고 혼신으로 삶을 끌어안아도 무엇도 나에게 머무르지 않고 나를 투과해갈 뿐이라는 것. 지금 내가 이토록 완벽하게 충일감을 느끼는 아이조차도 언젠간 파닥거리는 물고기처럼 제 생 속으로 떠나갈 것이고. 내 어머니를 알뜰하게 파먹고 자란 나조차도 또 고스란히 파먹히겠지요.

그날 코드가 꽉 맞는 대화 끝에 '야누스'를 나와 거리에 섰을 땐 석양 녘이었지요. 난 처음인 듯 붉은 잔양에 물든 당신의 얼굴을 바라보았지요. 그 옛날 눈이 부셔 똑바로 바라보지도 못했던, 청춘의 표지 같았던 그 얼굴은 이젠 얼마쯤 마모되어 친근하고 부드러웠지요. 당신이 가끔 연락주겠니? 라고 물었고 난 고개를 끄덕였지요. 당신이 건네준 사는 곳과 일하는 곳, 두 곳의 코드는 내가 지금도 훤히 기억하는 옛집의 전화번호와 나란히 인각되었습니다.

그러나 돌아서서 걸어오며 난 자각할 수 있었습니다. 바로 다섯 해 전의 이별의 의미를, 그때 난 왜 슬픔 속에서도 그토록 선선히 동의했을까. 네, 한 시기의 끝을 직감했기에…… 그래, 이 이별도 괜찮다. 이 핏물 흥건한 살덩이, 실체를 내어주고 투명하고 바삭한 이미지만을 갖기로. 그런 무의적 타산이…… 그렇지요. 삶이란 생과 죽음이 등을 꽉 맞대고 한 몸처럼 걸어가고 남자와 여자가 한 몸처럼 걸어가는 길이듯 현실과 환상이 한 몸처럼 절뚝거리며 걸어가는 길이라는 것. 아니 이 완강한 환상 역시 하나의 절박한 현실이라는 것.

아마도 내 혼은 부단히 거리를 떠돌 것입니다. 오늘과 같은 돌연한

해후를 꿈꾸며. 그를 거치지 않고선 회억 속으로 들어설 수도 없는
청춘의 환(幻) 같은 존재인 당신. 어쩜 당신일 수도 아닐 수도 있는
그 누군가를 찾아서.

서른 살의 강

1판	1쇄	1996년 7월 20일
1판	12쇄	2002년 10월 22일
2판	1쇄	2003년 3월 20일
2판	10쇄	2022년 2월 10일

지은이 은희경 김소진 전경린 성석제 양순석 이병천 차현숙 박상우 윤효

펴낸곳 (주)문학동네
펴낸이 김소영
출판등록 1993년 10월 22일 제406-2003-000045호
주소 413-756 경기도 파주시 문발동 파주출판도시 513-8
전자우편 editor@munhak.com | 대표전화 031)955-8888 | 팩스 031)955-8855
문의전화 031) 955-8895(마케팅) 031) 955-2675(편집)
문학동네카페 http://cafe.naver.com/mhdn

ISBN 89-85712-95-0 03810

www.munhak.com